장군이야기

Vol. 1

[추천의 글]

작가를 말하다

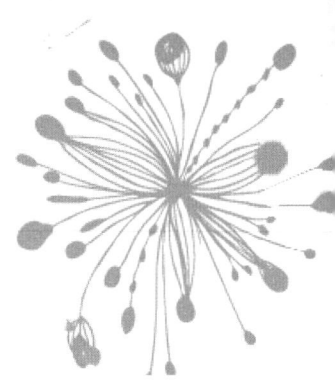

김 홍 신
인간시장의 작가, 문학박사

　어느 가을날 아침, 뜬금없는 전화를 받았다. 십수 년 넘게 기별없던 동무 녀석이 흐른 세월만큼이나 침착한 목소리로 이름을 밝혔다.
　[김실] 이라고.
　기억하다마다. 대학시절의 괴짜이자 건달노릇으로 제법 어울렸던 사내였다. 떡 벌어진 어깨에 말투가 사뭇 도전적이었고, 생긴대로 의리깨나 있던 녀석이었는데… 흘러다니는 소문으로 어느 산골에 묻혀 산다고 들었는데…….

　화끈한 성격에 두주불사요, 눈꼴 신꼴을 못봐서 늘상 주먹다짐을 하던 녀석이었지만 근본이 착한 인간이어서 꽤나 친하게 지냈었다. 옛 정이 그리운 탓에 녀석이 살고 있다는 양주 땅 산골을 찾아 나섰다. 초행길이어서 두어 차례 전화를 걸어서 그가 살고 있는 산골마을에 도착했다. 얼기설기 지어진 집이지만 정감이 느껴졌다. 채소밭이며 개와 닭의 평온한 모습이 과거의 김실의 모습과는 영 어울려 보이지 않았다.

그러나, 금세 녀석과 제대로 어울리는 곳이라는 걸 알게 되었다. 한복 전문가인 부인과 아이들, 모친이 함께 어울려 사는 모습이 부럽기까지 했다. 나도 기회가 되면 이런 산골 마을에서 글이나 쓰고 책 읽어가며 작은 농사를 짓고 싶었기 때문이다.

녀석의 표정이 안온해 보이는 것도 그가 기독교에 심취해서 삶의 방식을 바꾸었다는 걸 느끼게 되었다. 젊은 시절의 그답지 않은 대변신이라고 밖에 달리 설명할 길이 없었다. 그 역시 이 부분에 대해서는 구체적으로 설명하지 않은 채 빙그레, 사람좋은 웃음으로 답변을 대신했다.

그리고 얼마 후, 그의 어머님이 소설처럼 돌아가셨다. 아들 하나 굳세게 믿고 사셨던 전통적 조선 어머니 상이던 어머니가, 노인네가 도저히 오를 수 없는 험산의 정상 부근에서 돌아가신 것이다. 그는 정말 질편하게 울었다. 슬퍼하는 모습을 차마 지켜보기 어려울 만큼 처절하게 통곡했다. 그만큼 두 모자의 정과 전생의 인연과 속으로 얽힌 사연이 깊고 험했고 뜨거웠다는 뜻이리라.

어머니가 돌아가신 뒤, 그는 느닷없이 내게 원고지 쓰는 법과 소설 쓰는 요령을 가르쳐 달라고 떼를 쓰기 시작했다. 공부하고는 담을 쌓았고, 소설을 소설나부랭이쯤 알고, 소설 쓰는 인간을 밥먹고 할 짓이 없는 부류로 취급을 하던 학생이 아니었는가. 그가 국문과 출신이라는 사실을 빼곤 전혀 어울리지 않는 소리를 하고 있으니, 세상 편히 살라고 말리지 않을 수 없었다.

하도 졸라대는 바람에 소설이란 인생을 얘기하는 거니까, 네 복잡다단한 인생살이를 문장구조에 맞게 옮겨 놓으면 소설이 된다는 식으로 얘기해 주었다.

그리고 또 몇 년 동안 기별이 없었고, 풍문으로 소설을 쓰기 시작했다는 소식을 들었지만 믿지 않았다. 그게 어디 쉬운 일이며 나이 사십을 넘어선 인간이 그럴 끈기가 있을 것 같지도 않았던 것이다. 소설 한 편 쓴다는 게 얼마나 고통스럽고 얼마나 영혼을 파먹는지 아는 탓이기도 했다.

어느 날 출판기념회에 참석해 달라는 초청장 한 장을 받았다. 놀랍게도 김실 출판기념회 초청장이었다. 더욱 놀라운 것은 무려 여섯 권짜리 장편소설을 썼다는 것이다.

그래 김실답다. 인생을 헛살지 않을 줄 알았다.

나도 늦은 나이에 공부해봐서 그 나이에 소설 여섯 권을 쓴 내 친구에 대해 감탄하지 않을 수 없었다. 그의 집념은 그 스스로의 인생뿐 아니라 그의 아내 이영휘 여사에게도 비슷하게 나타났다. 한복연구가로, 밥벌이 못하는 내 친구 대신 가정을 꾸려가는 그 틈새에 수필집 두 권을 펴내게 되었다. 그 모든 일이 하도 고마워서, 그들의 삶이 하도 진지해서 그녀의 수필집 『그래도 삶은 아름답다』 『여보 나 여기 있어』의 발문을 기꺼이 써주기도 했다.

그 후에도 내 친구는 모 시사 월간지에 단편과 꽁트를 200여 회 연재했고 꾸준히 작품을 썼다. 내가 정말 칭송할 수밖에 없는 것은 그가 2020년 『신의 눈물』을 세상에 펼쳐놓은 것이다. 무려 2천 7백쪽짜리 대하 장편소설이었다. 그의 필력과 정진하는 모습에 어찌 박수를 치지 않을 수 있을까.

또한 평생 육신과 마음의 벗으로 살며 문학의 동지가 된 아내 이영휘 여사의 따스한 인간미에 고마움을 전한다. 더구나 우리 민족의 전통미를 창출하는 한복명장으로 뭇사람들은 기쁘게 해 주니 부부가 함께 잘 살았다는 말을 듣게 되었다.

그런데 이번에 또 장편소설 『장군이 이야기』 상하 권을 펴낸다.

악령에 사로잡힌 사악한 자에게 사육된, 장군이라는 반려견의 슬픈 이야기가 가슴을 적신다.

인간아, 우리 남은 인생 멋지게 살다가자.

[프롤로그]

선과 악이 대립하는 영혼의 전쟁터

오늘은 체리가 죽은 지 꼭 3년 째 되는 날이다.

장편소설 '장군이 이야기'를 탈고한 뒤라서 그런지 어쩐지 하루종일 가슴이 저리고 먹먹하다. 하긴 체리말고도 나의 추억 속에 선명한 그리움으로 남아 있는 많은 개들 중 유별나게 기억에 생생한 개들이 딱 세 마리 있다.

한 마리는 털이 까맣고 덩치가 송아지만했다. 얼굴이 마구 주물러 놓은 듯이 험상궂은 뚱이라는 개였다.

그리고 체구는 작아도 어디 한번 네가 이기나 내가 이기나 붙어보자는 듯 눈만 뜨면 뚱을 노려보며 이빨을 하얗게 까뒤집고 투구리곤 했던 토종 풍돌이와 진돌이 딱 세 마리 뿐이다.

뚱은 언제나 집 뒤란에 집채만큼 쌓아놓은 솔가지 속으로 터널을 뚫고 기어들어가 동그랗게 제 집을 짓고 살았었는데, 한밤중에 들려오는 녀석의 코고는 소리가 마치 천둥이 굴러가는 듯 드렁거리는 소리를 내었다. 우리 부부는 뚱의 코고는 소리에 노루잠을 자곤 했었지만 습관이 되자 괜찮아졌다.

언젠가 대살년이 졌던 그 해 여름, 건넛 마을에 잡종 진돗개 한 마리가 온 동네를 휘젓고 다니며 닭이나 오리 등을 마구 물어 죽였다. 한 마리만 물고 도망가면 그나마 덜하겠는데, 우리 안에까지 뛰어들어가서 한 마리도 남기지 않고 모조리 물어 죽여버렸으니 주인들이 얼마나 그 개를 잡아 죽이고 싶도록 원망스러웠겠는가. 게다가 사람도 어른아이 가리지 않고 닥치는 대로 물어뜯는 통에 놈은 마을 사람들에게 저주와 공포의 대상이었다.

그렇게 마을사람들이 잠을 설치며 두려워했던 악견이 어느 날 뒷산에 풀어놓은 우리집 점박이 돼지를 공격했었다. 점박이는 만삭이 된 몸으로 잡종 진돗개에게 속수무책으로 물어 뜯기고 있었다. 그대로 놔두면 자칫 뱃속에 들어있는 새끼들이 모두 죽게 될 판이었다. 그때 참나무 그루터기에 묶여진 채로 길길이 날뛰던 뚱이 급기야는 쇠줄을 끊고 폭풍처럼 내달아 그 나쁜 개의 허리를 한입에 꺾어버렸었다.

그때 뚱은 온 마을 사람들에게 영웅이었다. 하지만 뚱의 그 꼴을 아니꼽게 여기고 있던 진돌이가 어느 날 푸나무 서리에서 뚱과 한판 죽자사자 맞짱을 붙고 말았다. 진돌이는 고무줄처럼 늘어지는 뚱의 이마에 이빨을 꽂은 채로 대롱대롱 매어달리면서도 죽어라 놓지 않았다. 만약에 진돌이가 뚱의 이마를 놓치기라도 하면 그야말로 하마 같은 뚱의 입 속에서 대가리째 와드득 부서질 판이었다. 화급해진 우리 부부가 바가지로 끓는 물을 연거푸 뿌려대자 겨우 두 녀석이 떨어졌었다.

그해 겨울, 우리는 사기사건에 휘말려 땅과 집을 경매로 빼앗기고 강아지들도 헐값으로 개장수에게 넘기고 말았다. 그때 개장수의 철망 속에 갇힌 채 우리 부부를 원망스런 눈빛으로 바라보던 강아지들의 눈빛을 생각하면 지금도 너무 가슴이 아프다. 산골마을을 떠나온 후 아파트 생활을 시작하고부터는 개를 기를 장소도 없었지만 어디 개를 키워볼 엄두도 못냈었다.

언젠가 태현(배우)이네 집에 갔을 때였다. 그 집에 두 마리의 강아지가 있었는데 신기하게도 똥오줌을 제자리에 가서 볼 뿐아니라, 밥을 줄 때도 꼭 짤막하게 기도를 끝내고 '아멘' 소리가 떨어지기 전에는 입에서 침이 뚝뚝 떨어지면서도 음식에 입을 대지 않았다. 그 모습이 하도 신기해서 내가 어떻게 저렇게 교육시켰냐고 물었더니 여자친구가 고개를 저으면서 말했다.

"말도 마, 쟤들 교육시키느라고 성우생활 40년만에 새벽기도까지 빠져보긴 처음이야."

그런 어느 날 가깝게 지내는 전도사님이 강아지 한 마리를 안고 아내가 운영하는 한복의상실에 들어섰다.

"누가 날더러 기르라고 주셨는데 우리집에서 기르면 똥개팔자 될 게 뻔해서……."

아내는 뛸 듯이 기뻐했지만 나는 영 탐탁스럽지가 않았다.

똥오줌을 아무데나 싸면 어쩌나 싶어서였다.

아내는 그 강아지의 이름을 체리라고 불렀다.

그런데 참 희한한 일이 벌어졌다. 체리도 태현이네집 강아지처럼 여러 날 교육시켰더니 '똥' 하면 제자리에 가서 똥을 누고, '오줌' 하면 제자리에 가서 오줌을 싸곤 했다. 몇 번 교육을 시켰는데 감사기도가 끝나야 밥을 먹곤 했다. 그럴 때마다 우리 부부는 간식을 물려주곤 했는데 간식을 얻어먹는 재미에 녀석은 가끔씩 꾀똥을 싸기도 했는데 그것이 또 여간 귀여운 게 아니었다.

아내는 운영하는 한복가게에 데리고 가서 하루종일 함께 있었는데 체리는 아내를 졸랑졸랑 따라다니며 종일토록 앙글방글 재롱을 부렸다. 손님이 가게에 들어서도 짜증스레 짖지도 않을 뿐더러 손님들이 한복을 갈아입을 동안에도 전혀 호들갑을 떨지도 않았고, 잔드근히 의자에 엎드린 채 없는 듯 있는 듯 꼼짝도 않았다.

식구들 중 누구 하나라도 안 보이면 방마다 돌아다니며 찾느라고 눈빛을 보석처럼 반짝였다. 털도 그닥 날리지 않아서 밤에 잠잘 때에도 침대에 올라와 네 다리를 쭉 펴고 마음껏 행복해하며 잠을 자는 모습이 어찌나 귀여운지 우리 부부는 넋이 빠져버렸다. 도대체 미운 곳이라곤 한 점도 없었다.

그런데 16년째 되던 어느 날부터 체리의 목덜미에 골프공만한 혹이 생기기 시작했고, 어깨죽지에도 혹이 생기더니 몇 달 후에는 주먹만해졌다. 게다가 백내장까지 겹쳐서 한쪽 눈이 보이지 않았다. 물론 병원에 데리고 가서 의사와 면담을 했으나 의사는 고개를 저으며 말했다.

"수술을 해도 다른 부위에서 재발합니다. 또 수술비도 보통 비싼 게 아닙니다. 그냥 사는 데까지 살다가 조용히 가게 하는 것이 강아지를 위한 길입니다."

어느 날 나는 모처럼 가을 나들이를 하기로 마음먹고 체리를 집에 놔둔 채 전철역을 향했다. 그런데 어쩐지 가을 나들이가 즐겁지가 않고 마음이 편치 않았다. 나는 전철 타기를 포기하고 다시 집으로 향했다. 내가 현관을 들어서자 체리가 응접실 바닥에 앉아서 나를 물끄러미 바라보고 있었다. 내가 체리에게 다가가서 말을 걸었다.

"체리야, 잠자고 있지, 왜 나와 앉았어?"

내가 체리를 안아든 순간 체리는 고개를 뚝 떨구더니 내 바지에 오줌을 지렸다. 깜짝 놀라서 체리를 부둥켜안고 어쩔줄 몰라 했지만 체리의 숨은 끊어지고 말았다. 전화를 받고 달려온 아내는 체리를 안고 울음을 터뜨렸다. 물론 죽을 때가 되어서 그랬는지는 몰라도 체리는 마지막 혼신의 힘을 다해 나를 기다리고 있었고, 내가 안아주자마자 고개를 떨구고 숨이 끊어진 것이었다.

나에 대한 체리의 우정은 유별났다. 항상 나를 분신처럼 따라다녔고, 무엇보다 체리가 고마운 것은 30년 동안 새벽을 깨우며 대하소설 10부작 〈신의 눈물〉을 쓰는 동안 체리는 나의 발 밑에서 잠을 자며 고독을 달래 주는 유일한 친구가 되어 주었다.

그 불편한 몸으로 체리는 17년을 우리 부부와 함께 생사고락을 같이 했다. '신의 눈물'이 책으로 나왔을 때 나는 잠들어 있는 체리가 '신의 눈물'이란 책을 껴안게 하고 사진을 찍어 두었었다.

나는 영어성경을 애용하기 때문에 영어성경 뒷면에 체리의 사진을 코팅해서 붙이고 교회에 갈 때마다, 또 집에서 성경을 볼 때마다 '신의 눈물'을 안고 자는 체리의 사진을 들여다 보며 그리움을 달랜다.

세상은 선과 악이 치열하게 대립하는 영혼의 전쟁터이다. 하지만 악은 진리(선) 앞에 무릎을 꿇을 수밖에 없고, 악령의 음모는 반드시 망한다는 것, 나는 이것을 증명하기 위해 인간과 함께 개들을 주인공으로 등장시켜서 이 소설을 썼다. 물론 이 소설에 등장하는 개들의 이야기는 결코 꾸며낸 이야기만은 아니다.
 나는 한때 산골에 틀어박혀 돼지를 키우며 수십 마리 개를 키워본 적이 있다. 그리고 동물들도 지능의 차이가 현저하게 다르다는 것을 경험했다. 하지만 선하고 귀여운 개들이 대부분이었고, 악령을 뒤집어쓴 듯 무섭고 악한 개들도 몇 마리 있었다.
 내가 강아지를 키우면서 얻은 확실한 경험 하나는 동물이 인간을 악하게 만드는 것이 아니라, 인간이 동물을 악하게 만든다는 사실이다.

[차례]

추천의 글 김홍신   3
프롤로그   7

자유   15
호두   22
디먼 demon   31
어둠 속의 괴한   41
법조인의 꿈   47
뱀의 혀를 닮아가는 학수   53
아빠의 충고   59
고시촌의 봄   66
우리 손녀딸이 참 이뻐   73
자랑스런 아빠   77
아빠의 고백   83
아! 시부모님들   93
원두막   105
추억의 동굴   115
음녀의 늪   120
아베의 집념   127
무서운 아이   135

변신의 시작　148

음모　152

유혹의 함정　159

뚱의 전설　165

악령의 화살　171

사진　181

사랑과 영혼　190

벼랑　201

딸깍발이 부부　214

죽어가는 뚱　227

들개들의 우상 학수　237

의문의 시체　243

디먼의 눈물　247

장군이　252

독신녀　259

기도　266

덫　272

초원　281

자 유

　안개비가 뽀얗게 시야를 가리고 있는 산골의 새벽이었다. 천기덕은 텃밭에 심은 오이와 호박 등에 물주기를 서둘러 끝낸 뒤에 오토바이에 매달린 철망을 꼼꼼히 점검했다. 비닐 하우스 안에 설치해 놓은, 철망 속에서는 각처에서 붙잡혀 온 개들이 공포의 눈빛으로 천기덕의 일거수 일투족을 연신 따라다니고 있었다.
　우연히 산나물을 캐던 아녀자가 지날결에 보면 모를까 인적이 끊기다시피 적막한 산골이었다. 처음 이곳을 택했을 때는 전기가 들어오지 않았지만 천기덕은 많은 돈을 들여서 전기를 끌어왔다.

　천기덕의 아내가 부엌을 나서면서 남편을 향해 소리쳤다.
　"태준이 아빠, 뭐라도 배 좀 채우고 출발해요."
　천기덕이 새끼손가락으로 귓구멍을 호비작거리며 대답했다.
　"알았어."
　"오토바이에 기름 넉넉히 넣었남요?"
　"가득 넣었어."

"재수없게, 전번처럼 길에서 기름 떨어져갖고 행여 개주인한테 들키기라도 했더라면 워쩔뻔 했시어! 단단히 준비하고 댕겨야제, 붙잡히면 맞아 죽을지도 모르는디."

"아따, 그 여편네 새벽부터 길 떠날 신랑헌테 말질허는 꼴 좀 봐, 맞어 죽긴 나는 뭐 손발이 읍써?"

천기덕의 아내가 입술을 배죽거리며 말했다.

"아, 긍께 조심하라, 이 뜻이여어."

천기덕이 담배연기를 포연처럼 쏟아내면서 말했다.

"젠장헐, 목숨걸고 개도둑질해서 출세시키면 태준이 놈이 부모 공을 알기나 헐까?"

"무슨 공?"

"아, 지아부지가 목숨 걸고 개도둑질해서 저 공부시켜 출세시킨 걸 말이지."

"참, 씰데없는 소리마셔, 행여 태준이가 아부지가 개도둑질한다고 낌새 챌라. 입조심혀요. 그래서 태준이는 아파트에서 누나들 하고만 살게 하고 우리가 개도둑질하는 걸 눈치 못채게 하고 살잖우!"

"염려말어, 내가 골에 지진이 났어? 아들놈헌테 아부지가 개도둑질한다고 주둥이질 허게. 집에 갈 때는 목욕을 깨끗이 허고, 옷도 점잖게 입잖어. 염려말어. 태준이가 눈치챌 일 눈꼽만치도 없응께."

"그라잉께 말이여, 입조심 단단히 하라, 이 말 아잉가벼."

아내는 어제 뜯은 산나물을 한아름 안고 계곡물이 흐르는 쪽을 향해 잰걸음으로 걸어갔다. 천기덕 형제는 개도둑이었다. 하루의 일과 거의가 전국을 누비고 다니며 마구잡이로 개를 훔쳐다 비닐 하우스 안에 설치한 철망 속에 가두는 일이었다.

그리고는 매일 몇 마리씩 개를 잡아서 단골 보신탕 집으로 날라댔다. 천기덕이 개를 잡는 방법도 잔인하기 짝이 없었다. 굵은 철사줄로 개의 목을 졸라 든든한 나뭇가지에 매어단다. 개는 살고싶어 몸부림치다가 오래잖아 축 늘어지고 만다. 어떤 개는 모진 목숨 어떡해서든 좀 살아 보려고 오래 버티기도 한다. 그럴 때는 천기덕이 굵은 쇠파이프로 개의 머리통을 사정없이 내려친다. 개는 혀를 길게 빼물도 죽고 만다.

그리고는 짚불이나 토치램프로 개를 그슬러 철솔로 대강 긁어낸 다음 각을 뜬다. 그런 다음 물로 고기를 깨끗이 씻어낸 다음 비닐에 나누어 싸서 보신탕집으로 날라댔다. 때로는 쥐약 먹고 죽은 개나 모낭충 같은 끔찍한 피부병에 걸린 개도 단 돈 몇 만 원에 사다가 멀쩡한 개라고 속여서 군치리나 보신탕집으로 날라댔다.

사람들은 그것도 모르고 허겁지겁 맛있게 먹는다. 천기덕 형제는 그렇게 해서 꽤 많은 돈을 벌었다. 그래서 드난살이 10년 만에 의정부에다 35평짜리 아파트도 한 채씩 마련했다.

천기덕 형제는 인적이 거의 없는 산골에 땅을 빌려서 무허가 하우스를 지어놓고, 겉으로는 농사깨나 짓는 것처럼 보이면서 훔쳐온 개들을 밀도살해서 내다팔았다. 시골 아낙네들이 재래시장 한구석에 터를 잡고 앉아 파는 생고기도 거의 그렇게 한을 품고 죽은 개들의 살점들이다.

천기덕 형제가 도둑질로 잡아들이는 개는 애완견이건 족보 있는 명견이건 잡종견이건 일체 가리지 않았다. 때로 훔쳐온 개들 중에는 품종이 썩 좋은 개들도 있었다. 그런 개는 임자를 잘만 만나면 2백만 원, 아주 운좋으면 5백만 원을 받기도 했다.

천기덕 형제는 말하자면 남들이 기르는 개를 몰래 훔쳐다 잔인하게 죽여서 보신탕집에 대주는 개백정이었다.

천기덕 형제는 남달리 애욕을 부리는 데는 으뜸이어서 재물과 자신의 이익을 위해서 기회를 놓치지 않는 데는 남달리 발밭았고, 걸태질로 재물을 찾아다니는 데에는 애바르기 짝이 없었다. 겉으로 보기에는 형제지간이었지만 개를 훔쳐다 밀도살하는 데는 그저 너나들이 하는 사이었다.

이날도 천기덕과 천기복 형제는 개들을 줄줄이 나무에 목매달아 놓은 뒤, 잠시 숨을 돌려 소주를 한 병씩 나누어 마시고 있었다. 천기덕이 동생의 술잔에 술을 부으며 말했다.

"절단기를 새로 사야겠는디."

"왜, 이빨이 나갔어?"

"급하게 쇠줄을 끊다가 이빨이 나가부렀어. 그놈의 집구석은 굵은 쇠줄로 개를 묶어놔 갖고 말여."

"왜 그리 급하게 굴었는데?"

"아, 이놈 개새끼가 여느 개처럼 내가 나타나면 겁을 먹고 너부죽이 엎드려 있는 게 아니라 던져준 고깃덩어리는 입도 안 대고 날 잡아 죽일 듯이 길길이 뛰고 지랄하길래."

"그래서."

"쫓아가서 급하게 쇠줄을 끊느라 절단기 이빨이 나가부렀어."

천기복은 목이 마른 듯 금새 술잔을 비웠다. 바람이 한차례 산허리를 휩쓸고 지나갔다. 벚꽃비가 혀를 길게 빼어문 채 축 늘어져 있는 개들의 머리 위로 눈송이처럼 떨어지고 있었다. 그 형편이 보기에 너무도 참렬했다.

　계곡을 타고 흐르는 실개울은 물이 마르는 법이 없었다. 조금 더 올라가서 돌멩이를 뒤집으면 엄지손가락만한 가재도 많이 서식하고 있었다. 개도살장만 아니면 풍광이 매우 아름다운 숲이었다. 하지만 개도살장 주위에는 개들이 흘린 피비린내가 가실 날이 없었다. 천기덕이 모탕 위에 나뭇등걸을 올려놓았다. 한뎃부엌에서 잡은 개들을 삶을 작정이었다.

　아침나절까지 조용하던 봄날씨였는데 비바람을 몰고 오려는 듯 나뭇가지들이 반춤을 추기 시작했다. 천기복이 조금은 걱정되는 목소리로 말했다.

　"복날이 다가오는데 개가 딸릴지 싶네!"

　"부지런히 잡아들여야지. 물론 똥개도 필요하지만 덩치가 큰 도사견이나 세파드 잡종 같은 개들이 큰 돈이 되능께 그런 걸 골라잡아야 혀!"

　천기덕의 마누라가 한쪽 눈을 찡긋하며, 밭에서 따온 상추를 된장종지와 함께 시동생인 천기복 앞에 내놓으면서 말했다.

　"상추 모종을 일찍했더니 먹을 만하네. 된장에 찍어 술안주 하더라고."

　천기덕이 말했다.

　"출출한데 라면이나 한 그릇씩 끓여내와, 밥 말아서 요기하고 나서 일하게."

　"알았소."

　천기덕의 마누라가 부엌쪽으로 향했다.

　천기덕 형제의 손에 맞아죽는 개들의 비명소리로 숲 속은 하루도 평안하게 잠들 날이 없었다. 천기덕 형제는 매일 어딘가에서 몰래 훔쳐온 개를 죽이는 일이 일상이었다. 왜냐하면 개고기를 대주는 보신탕집마다 또박또박 현찰을 쥐어주기 때문이었다. 천기덕 형제는 현찰을 주지 않는 보신탕 집에는 절대로 개고기를 공급해 주지 않았다.
 전국에 천기덕 형제 같은 개도둑은 헤아릴 수 없이 많겠지만 그중에서도 천기덕 형제는 프로 중에 프로였다. 병이 들었거나 쥐약 등을 먹고 죽은 개를 치워달라는 사람들도 많았다. 그런 날은 횡재하는 날이었다. 피부병에 걸려 살갗이 너덜너덜해도 토치 램프로 한참 태워서 껍질을 철수세미로 계속 긁어대면 겉보기엔 피부병의 흔적이 깨끗이 없어진 듯했다.

 라면에다 밥을 말아 아침을 때우고 난 천기복이 자기 몫인 듯 서둘러 개고기 자루를 철망에 싣고 오토바이에 올라탔다. 천기덕의 마누라가 천기복의 오토바이에 슬그머니 다가섰다. 두 사람의 눈빛이 아무래도 수상쩍었지만 천기덕은 전혀 눈치를 못 채고 사는 모양이었다.
 "서방님네 농장에는 몇 마리나 있는겨?"
 "복땜할 물량은 얼추될 거유, 놀 생각말고 싸게싸게 잡아들일끼여. 그래도 물건이 정 딸리면 형님이 좀 보태줘야제.
 천기덕의 동생 천기복도 훔쳐온 개를 모아놓고 있는 장소가 따로 있는 모양이었다. 공포에 질린 개들의 눈동자가 오토바이를 타고 사라지는 천기복의 뒷모습을 언제까지나 따라붙고 있었다. 녀석들은 하나같이 자신의 신세를 한탄했다.
 '어쩌다, 우리 팔자가 이 모양이 되어 버렸을까… 슬프다…….'
 개들의 마음을 아는지 모르는지 하늘에서 빗방울이 뚜덕뚜덕 떨어지기 시작했다. 빗줄기는 금새 노드리듯 쏟아져서 계곡의 물을 뻘건 황톳물로 만들어 버렸다. 봄비치고는 빗줄기가 굵었다. 곧 철망 속에 갇히

개들은 하나둘씩 머리를 맞대고 고달픈 신세를 한탄하며 눈을 감았다.

잡종 진돗개 한 마리가 배가 고픈 듯 짜발랑이 양은그릇에 몇 알갱이 남은 밥알을 훑어먹고 있었다. 그리고 저마다 이런 생각을 했다.

'아! 너무 배가 고프다. 이 철조망만 탈출하면 저 넓은 초원을 마음껏 뛰어다닐텐데, 나를 끔찍이 사랑해 주었던 옛 주인의 미소가 너무도 그립다. 자유, 자유가 너무도 그립다…….'

호두

　2014년 4월 16일. 그날은 대한민국 역사상 가장 부끄럽고 비극적인 날이었다. 진도 앞바다에서 제주도로 향하던 여객선 세월호가 3백 명이 넘는 고귀한 목숨을 담보로 한 채 팽목항 앞 바다에 더디더디 침몰했다. 세월호에 타고 있던 승객 대부분을 구조할 수 있는 능력과 시간이 충분히 주어졌음에도 그랬다.
　수학여행 가던 안산 단원고 학생들 수백여 명이 꽃망울을 채 터뜨리지도 못한 채 돌아오지 못할 어덴가로 영원히 사라졌다. 졸지에 비통의 늪에 빠진 유가족들의 슬픔은 온국민의 가슴을 갈갈이 찢어 놓았다.

　하지만 그 사건으로 인해 속속 정체를 드러내기 시작한 관피아, 금피아 등 대한민국의 심장을 부정과 부패의 소용돌이로 몰고 간 적폐는 대한민국의 자존심을 너무도 초라하게 추락시키고 말았다.
　여객선 세월호의 침몰이 아니라 5천년 자랑스러운 대한민국의 위상이 침몰한 것이나 다름없었다. 요행히 목숨을 건진 사람들이야 그렇다 하지만 침몰한 지 열흘이 되도록 시신도 찾지 못해 팽목항 부두에서 하염없이 바다만 바라보고 섰는 유가족들의 뼈아픈 슬픔은 온 국민의 가슴에 커다란 멍울을 지게 만들었다.
 "세상에, 선장과 선원들이 아이들을 구할 생각은 조금도 않고, 자신들이 제일 먼저 도망쳐 나왔다니… 선장과 선원들이 그리고 해경들이 배가 기울었을 때부터 우왕좌왕 않고 최대한 신속하게 자신들의 임무에 충실했다면 어린 학생들과 승객들을 거의 다 살릴 수 있었다는데… 아! 이 나라가 정말 어찌 될려고 이러나…….."
 국민들은 뉴스를 보며 가슴을 쳤다. 수많은 생명을 잃게 만든 유병언과 그 일당들은 루팡 뺨치듯 검찰의 손가락 사이로 미꾸라지처럼 빠져 도망친 지가 오래다. 허구한날 시위소찬하며 권력에 눈이 멀어 구원파 교주 유병언의 검은 돈을 먹지 않은 정치인과 관료들이 거의 없다고 하는 넌덜머리 나는 소식도 국민들의 심정을 너무도 분노케 했다.

 그런 어느 날, 수정의 고등학교 동창 연희가 집으로 찾아왔다.
 "연희야, 너무 오랜만이야. 어느 새 꽤 오래됐지, 우리 본 지가?"
 "그러게 말이야. 그래 잘 지냈어? 아이들 잘 있고?"
 "아이라니? 결혼한 지 일 년밖에 안되는데 어느 새 아이? 나 아직 아이 없어. 너는 결혼 안 해?"
 "결혼? 해야지, 금년 가을에 결혼식을 올릴까 해."
 "좋은 사람 생겼구나? 뭐하는 사람이야?"
 "만화가야. 나이가 나보다 십 년이나 위야. 넌 남편이랑 두 살 차이지?"
 "만화가? 요즘 만화 영화가 세계적으로 뜬다던데 돈방석에 앉는 거 아냐?"
 수정은 그러나 자꾸만 바깥에 세워 둔 자신의 승용차를 불안한 눈길로 쳐다보는 연희가 이상했다.
"차에 누구 있어? 왜 그 쪽에다 그리 신경을 쓰니?"
연희가 수정의 얼굴을 이윽히 바라보더니 짧게 탄식했다.
"아, 수정아!"
수정은 갑자기 진지해진 연희의 얼굴을 잔뜩 긴장하며 바라보았다.

"세월호가 팽목항 앞바다에 침몰한 사실이 알려지자마자 우리 교회 목사님은 황급히 자원봉사자를 모집했지."
"………"
"나도 자원해서 교회식구들과 함께 교회버스를 타고 팽목항으로 달려갔는데 말이지."
"응"
"야! 정말 너무도 가슴이 아파서… 뭐 어떻게 해야할지 엄두가 안 나는 거야. 감히 유가족들을 쳐다보기조차 미안해서 몸둘바를 모르겠고 말이야, 뭐 무엇을 어떻게 돕고, 무슨 말로 유족들에게 다가가야 할지를 모르겠더라. 그냥 아무말도 할 수 없었어. 그냥 입 꼭 다물고 그들의 옆에 서서 말없이 함께 울면서 서 있을 수밖에 없었어. 지쳐 쓰러지는 유가족들을 부축하기조차 마음이 아려서 어쩔줄 모르겠고… 아! 내 생애 이렇게 참담한 현실을 눈앞에서 보게 될 줄이야……"
"그랬겠지, 네 마음 충분히 이해하지. 넌 옛날부터 잔정도 많았고, 남의 불행을 그냥 지나치지 못하는 성격이었으니까."
"그런데 말이야 더욱 가슴아픈 사연을 듣게 된 건 세월호가 침몰한 지 열흘쯤 지나갈 즈음이었어. 유가족의 일거수 일투족을 돌봐드리고 싶은 절절함이야 오죽했겠냐만, 가까이 다가가기조차 가슴이 조마조마했는데, 어느 날부터 푸들강아지 한 마리가 팽목항 부두에 앉아 하염없이 바다를 바라보고 있는 게 아니겠니."

"뭐, 푸들강아지? 웬 강아지?"

"내가 다가가서 강아지에게 손을 내밀어 보았지. 그러면 강아지는 몇 발자국 피해 옮겨앉고 또 다가가면 저만치 피해 앉고… 먹이를 줘도 한 번 힐끗 쳐다볼 뿐 통 먹지도 않았어. 그러기를 열흘이 지나도록 변함이 없는 거야. 강아지의 몸은 날마다 수척해갔고 눈은 움푹 패이고, 뼈만 앙상해가는 것이 너무도 불쌍해서 견딜 수가 없는 거야.

며칠 전에야 난 그 강아지의 사연을 어떤 아줌마한테 전해듣게 되었는데, 그 아줌마도 세월호에서 구조되지 못하고 돌아오지 않는 딸을 기다리고 있다고 했어."

"세상에! 그런데 그 아줌마한테서 무슨 사연을?"

"그 강아지는 그 아줌마가 살던 동네에 홀로 사시는 할머니가 기르던 강아지라고 했어."

"………"

"동네 친목회에서 할아버지 할머니들이 제주도로 관광여행을 가게 되었다는 거야. 그런데 그 할머니는 관광여행에 못 간다고 고집을 부리며 버텼다는 거야."

"왜?"

"강아지 혼자 집에 놔두고 갈 수 없다는 거였어."

"………"

"그런데 왜 그 강아지가 팽목항 부두에 홀로 앉아 바다만 바라보고 있느냐고 물어봤더니."

"그랬더니?"
"친목회원들이 선원들 몰래 강아지를 숨겨갖고 배에 타자고 의견을 모았다는 거야."
"세상에… 그럼 그 할머니가 세월호에 타고 있었다는 얘기네?"
"배가 기울어지면서 배 안으로 물이 쏟아져 들어오니까 강아지는 헤엄을 쳐서 그 배에서 빠져 나왔는데 어느 구조대원이 강아지를 건져서 부두에 내려다 놓았다는 거야. 그때부터 강아지가 바다를 바라보며 밥도 안 먹고 할머니를 기다리고 있다는 거야."

어느 새 수정의 눈두덩이 새빨갛게 물드나 싶더니 이내 눈물이 볼을 타고 흘러내리기 시작했다. 연희의 이야기는 계속되었다.
"어린 아들 딸들을 세월호와 함께 수장시킨 유병언과 관피아, 교피아 등 그 일당에 대한 국민의 분노야 하늘을 찌르고도 남지만, 말 못하는 강아지가 먹지도 자지도 않고 바다를 바라보고 앉아 할머니를 기다리고 있는 모습이 너무도 가슴 아팠어.
내가 어떡해서든 강아지에게 다가가서 먹이를 주어봐야겠다고 결심을 하고 끈질기게 강아지를 달래보았지. 그래도 강아지는 절대로 내 곁에 다가오지 않았어. 다가가면 자리를 옮기고 또 다가가면 또 자리를 옮겨버리고… 내가 다시 그 아줌마를 찾아가서 조심스럽게 물어봤지. 혹시 강아지 이름을 아시느냐고."
"그랬더니?"
"이름이 호두라고 했어."
"호두? 왜 호두라고 지었을까?"
"그 할머니네 집 마당에 커다란 호두나무가 한 그루 있는데 그래서 호두라고 이름지은 모양이라고."

"호두… 예쁜 이름이네. 그래서 어찌되었니?"

"내가 호두야 하고 부르며 다가가니까, 그제서야 강아지가 내 쪽을 바라보며 반응을 보이기 시작했어. 그리고 겨우 강아지를 들어안을 수 있었어. 하지만 호두는 여전히 바다만 바라볼 뿐 아무리 맛있는 걸 줘도 입에 대지도 않는 거야. 곧 죽을 것만 같아서 마음이 너무 아팠는데, 그 때 문득 개를 무척 좋아하는 네 생각이 났어. 이 강아지를 수정이한테 데려다 주면 살아날지도 모르겠다는 희망이 생기겠지? 이것이 지금 내 차 안에 있는 강아지의 슬픈 사연이다. 어때? 기를 수 있겠어?"

수정이 눈물을 손등으로 훔쳐내며 자신있게 대답했다.

"그럼! 기를 수 있고말고, 얼른 강아지를 데리고 와봐, 우리집에도 뚱이라는 강아지가 한 마리 있는데 친구하면 좋겠네. 우리는 진돗개랑 풍산개도 한 마리씩 동물병원 원장님께 부탁해 놓고 있지."

연희가 자신의 차문을 열고 강아지를 데리고 왔다. 뼈만 앙상하게 남은 강아지의 눈에서 눈물이 핑그르르 돌고 있었다. 수정이 화급한 어조로 말했다.

"연희야, 안되겠어. 빨리 동물병원으로 데려가야해. 이대로는 절대 못살려, 이러고 있을 시간이 없어. 연희야 나중에 전화할게, 응?"

"그래, 수정아, 꼭 살려야 해, 응?"

수정은 강아지를 안고 동물병원으로 급하게 차를 몰았다. 수정이 동물병원에 도착하자마자 급하게 문을 열고 들어섰다. 원장이 깜짝 놀라며 수정을 맞았다.

"아니? 무슨 일입니까? 수정 씨?"

"선생님 급해요. 이 강아지부터 빨리 치료해줘요."
"아니, 웬 강아지입니까? 이런! 왜 이렇게 말랐죠? 이봐, 이 간호사."
"네, 선생님."
"빨리 응급실로 옮겨! 수정 씨 일단 집으로 돌아가세요, 나중에 전화 드릴게요."
"네, 선생님, 꼭."

그리고 수정은 조마조마한 마음으로 원장의 전화를 눈이 빠지게 기다렸다. 그리고 밤 8시쯤 드디어 원장에게서 전화가 왔다.

"선생님……."
"수정 씨, 겨우 살려냈습니다. 며칠만 늦었어도 강아지는 죽을 뻔 했는데 이제 눈에 생기가 돌아오기 시작하는군요, 그런데 이 강아지의 이름이 무엇입니까?"
"호두요, 호두래요."
"호두? 참 재미있는 이름이군요. 한 일주일쯤 입원시켰다가 데려가십시오."
"고맙습니다. 선생님, 선생님은 아픈 개들에겐 정말 명의에요."
"뚱이야 두 분의 지극정성으로 건강하게 자라고 있는거죠. 허허허."
"아무튼 고맙습니다. 이따가 남편과 함께 찾아뵐게요."
"그러시죠."

그리고 세월호가 침몰된 지 몇 달이 지난 후에도 실종된 사람들 시신은 가족들의 품으로 돌아오지 않았다. 일부러 현장 취재를 팽목항으로 잡은 수정은 유가족들의 입에서 입으로 흘러다니는 가슴아픈 사연들을 듣고 그 사연을 방송국에 의뢰했다. 할머니의 이야기가 언론에 공개되자 많은 사람들이 혀를 차면서 탄식했다.

할머니에 대한 내력은 이랬다.

호두의 할머니는 인천 시내에서도 한참 떨어진 외진 산골에서 홀로 농사를 짓고 살았다. 할아버지는 홧병으로 몇 년 전에 세상을 떠났다는 데 할아버지가 홧병으로 돌아가신 사연 또한 많은 사람들로 하여금 탄식의 바다를 떠돌게 했다.

할아버지 할머니는 아들 하나, 딸 하나를 두었다고 했다. 어느 날 무슨 사업 한답시고 서울에 나가살던 아들이 갑자기 나타나서 할아버지 명의로 된 논, 밭 등을 담보로 해서 사채업자와 짜고 2억 원의 돈을 빌려썼다.

갑자기 할아버지에게 날아든 법원 통지서에 할아버지 소유의 땅이 모두 압류되어 있는 사실을 알고 그날부터 할아버지는 땅을 되찾기 위해 백방으로 노력했지만 모든 것이 헛수고로 끝나자 모진 목숨을 견디지 못하고 돌아가시고 말았다.

홀로 남은 할머니는 아들 딸이 있었지만 두 자식 모두 명절 때조차 한 번 찾아오지 않았다. 외로움을 견디다 못한 할머니는 눈물로 자신의 신세를 한탄하며 허구한 날 가슴을 치며 살았다.

어느 날 광주리에 농산물을 담아 5일장이 열리는 장터로 나갔다. 할머니는 옛날부터 친하게 지내던 생선장수 할머니 옆에 자리를 잡고 앉아 좌판을 벌였다.

그때 할머니는 주인없이 혼자 돌아다니는 강아지 한 마리를 발견했다. 할머니는 도시락을 드시다말고 그 강아지에게 밥 한 덩어리를 뚝 떼주었다. 강아지는 배가 많이 고팠던지 허덕지덕 그 밥을 단숨에 삼켜버렸다. 할머니는 또 절반쯤 밥을 떠서 강아지 앞에 내어놓았다. 강아지는 그것마저 깨끗이 먹어치웠다.

 그런데 집으로 돌아오는 길 내내 강아지가 허든거리며 할머니를 따라오는 것이었다. 그때부터 할머니와 강아지의 동거가 시작되었다고 생선장수 할머니가 수정에게 털어놓은 사연이었다.

 그런데 언론에 공개된 할머니의 사연 뒤에 도사리고 있는 악의 눈빛이 번들거리고 있었다. 세월호 소식을 듣고, 어머니가 세월호에서 유명을 달리하고 돌아오지 못한 사연을 알게 된 아들과 딸이 어느 날 갑자기 팽목항에 나타나서 할머니의 자녀들임을 자처하고 나섰다는 것이었다. 방송이 전국으로 퍼져 나가자 분노한 국민들이 그 자식들에게 절대로 보상금을 지급하지 말라는 서명운동에 돌입했다는 내용이었다.

 "세상에! 저런 인간이 이 세상에 존재한단 말인가… 할머니가 너무 불쌍하다······."

 열흘쯤 뒤 수정은 건강을 완전히 회복한 호두를 승용차 옆좌석에 싣고 엄마네 집으로 향했다. 수정이 호두의 눈을 들여다보며 속삭이듯 말했다.

 "호두야, 이제부터 할아버지 할머니랑 같이 사는 거야, 할아버지 할머니가 네 얘길 들으시고 많이 가슴아파 하셨지. 할아버지 할머니 두 분만 사시는데 적적해 하셨어. 네가 가서 좋은 친구가 되어주렴."

 차 박사 부부의 정성을 다한 보살핌 덕분에 호두의 기억 속에 살아있던 할머니의 모습은 서서히 희미해져 갔다. 대신 호두는 차 박사 부부의 눈을 말끄러미 올려다보는 행복감에 차츰 재롱도 부리고 길들여지기 시작했다. 모름지기 호두가 사람처럼 지능이 뛰어났다면 수정이가 마음 써 준 불망지은을 어찌 잊을 것인가.

디먼demon

 달빛이 산야에 파랗게 내려앉은 밤이었다. 실바람이 조는 듯이 솔수펑이 사이로 흘러가고 있었다. 디먼은 친구들과 함께 잡목숲에 낮게 엎드린 채 주위의 동정을 주의깊게 살폈다. 천여 평쯤은 족히 될 듯한 평지 여기저기에 텐트가 여나무 동 서 있었다.
 각 텐트마다에서 램프 불빛이 희미하게 새어나오고 있었다. 이곳 저곳 텐트가 둘러쳐진 한 가운데 투견들이 생사를 걸고 처절하게 벌이는 투견장이 무겁게 침묵하고 있었다. 텐트마다 각처에서 모인 투견 도박사들이 밤새도록 화툿장을 까보이며 눈알이 빨갛게 충혈되고 있었다.

 텐트 한 쪽에는 술 안주로 먹다 남은 음식이 수북하게 쌓여 있었다. 그리고 상처 투성이 투견들이 한두 마리씩 굵은 쇠줄에 묶인 채로 주인의 텐트 옆에 웅크리고 있었다.
 투견들의 밥 그릇 안에도 먹다 남은 듯한 고깃덩어리들이 넘치도록 담겨 있었으나 투견들은 고깃덩어리에는 조금도 관심이 없는 듯했다.
 그들 모두 내일 있을 죽음의 결투를 예견이나 한 듯 부들부들 떨며 잠을 설치고 있는 모습이 달빛 속에서 너무도 참혹하고 불쌍했다.

일단 싸움이 붙으면 도박사들의 판돈은 수백만 원씩 춤추듯 날아다닌다. 그리고 강한 투견 앞에선 약자는 오줌을 지리며 살기 위해 죽을 듯이 울부짖으며 발악하지만, 결국 강자에게 목이 꺾여지거나 내장이 파열되어 죽고만다. 그러면 기다리고 있던 개장수가 몇 만 원의 헐값을 주고, 죽은 개를 철망 안에 넣은 채 어딘가로 쏜살같이 달려간다.

챔피언이 된 투견의 주인은 우승상금으로 주머니가 두둑해지고 우승한 투견의 값은 2천만 원쯤으로 껑충 뛰어 오른다. 어떤 개는 3천만 원을 호가하는 경우도 있다.

개장수들은 투견대회에서 죽은 개를 똥개라고 속여서 보신탕집에 날라댄다. 사람들은 그게 보신이 된다고 열심히 먹어댄다.

어쨌든 수없이 많은 동물들이 정욕에 좋다는 소문으로 참혹하게 죽어간다. 그들은 과연 몇 년이나 더 살아낼 수 있을까. 보신탕은 똥개가 맛있다며 친목회나 동창들 모임에서, 살아있는 개를 계곡으로 데려가서 나무에 목을 매어 죽인 뒤, 토치램프나 짚으로 태워서 각을 뜨며 즐거워한다.

개는 주인을 그토록 사랑하고 믿었건만 주인은 아무런 양심의 거리낌도 없이 친구들과 어울려 자신이 키우던 개를 잡아 먹는다.

살갗이 갈갈이 찢어지고 눈이 터지면서 목이 부러져가는데도 투견 도박사들은 악을 쓰며 자기가 베팅한 개를 응원한다. 개 주인은 자기 개가 힘이 딸려 죽어도 아랑곳 하지 않고 선뜻 개장수에게 죽은 개를 단돈 몇 만 원에 팔아 넘긴다.

개장수는 또 어떤가 하면 그렇게 죽은 개를 사 와서는 자신의 비밀스런 작업장에서 토치램프로 그슬러 각을 뜬다. 작업장은 개들에게서 나온 온갖 오물 등으로 악취가 진동하고, 무서운 세균이 득실거리는 데도 개장수들은 조금도 개의치 않는다.

그래도 팔아먹을 개고기가 없으면 만귀가 잠든 한밤을 틈타 개를 기르는 집집마다 찾아 다니며, 고기에다 약을 숨겨서 개에게 던져준다. 개들은 그걸 주워먹고 오래잖아 숨이 끊어진다. 개장수는 죽은 개를 오토바이 뒤에 설치한 망에다 쑤셔넣고는 쏜살같이 내뺀다.

때로는 주인 없는 유기견을 그런 식으로 납치해 가는가 하면, 안락사 시킨 가짜 수의사들과 짜고 헐값으로 죽은 개를 갖고 가서, 또 그런 식으로 작업해다 보신탕 집으로 부지런히 날라댄다. 보신탕에 환장한 사람들은 그런 것도 모르고 맛있다며 잘도 먹어댄다. 말하자면 몸에 좋다는 헛소문도 있지만 보신탕 특유의 맛에 길들여진 부류들이다.

"인간들 … 네 놈들과 네 놈들의 가족에게 피눈물이 흐르도록 복수의 이빨을 찍어주마."

디먼의 눈빛에 달빛마저 소름이 파르르 떨고 있는 듯 했다. 디먼이 서서히 상체를 일으키자 친구들도 행동을 같이 했다. 얼핏 50여 마리쯤은 족히 되는 듯 했다.

디먼의 눈에 살기가 번쩍였다.

도박사들이 모여 있는 어느 텐트 안이었다. 잠시 화투패를 접어놓고 삼겹살을 구워 술잔을 돌리기 시작했다. 삽겹살 굽는 냄새에 숲 속에 포진하고 있는 개들의 입에서 군침이 줄줄 흘러내렸다. 누군가가 언구럭을 부리며 투덜거렸다.

"씨이벌! 우승하긴 물건너 갔어."

"우리 개도 이젠 늙었어. 출전시키지 말고 말이여, 차라리 물려 죽었다고 거짓말하고 개장수한테 팔아뿔까?"

"돈 잃고 빈 손으로 내려가면 왕초한테 피똥싸게 맞을라고?"

"여기 투견대회에 온 놈덜 치고 조폭 아닌 눔 없지?"

"말하면 잔소리지. 나주 회칼잽이파도 왔어."

"만에 하나 시끼들이 딴지 걸면 두말 말고 손 털어야 해. 그 새끼들 개가 좀 쎄야 말이지. 봤지? 어제 준준결승 때 흑곰파 놈 한 놈이 사제 권총자루를 은근히 보여준 거 말이야."

"봤제."

"쓰으벌, 판을 잘못 잡았어!"

그때였다. 텐트 입구에 굵은 쇠줄로 묶어놓은 개가 으르렁대기 시작했다. 무언가 낌새를 눈치 챈 모양이었다. 개주인인 듯한 사나이가 자리에서 일어서서 텐트 밖으로 나왔다. 그는 보통 때는 술을 좋아하지 않았지만 한번 입에 대기 시작했다 하면 열흘이고 보름이고 장취불성이었다. 그가 대낮처럼 밝은 달빛 속에서 으르릉대고 있는 자신의 개를 발길질로 툭 건드리며 꾸짖었다. 혓바닥이 제대로 굴러다니지 않는 걸 보면 오늘도 하루종일 술에 절어 있는 듯 했다.

"푸마! 으르렁대지 말고 잠이나 실컷 자둬 자슥아, 내일 준결승에서 이겨야 본전이라도 건지지… 지기만 해봐, 그 길로 보신탕 행잉께."

그래도 개는 숲 속 어딘가를 향해서 신경을 곤두세운 채 점점 더 큰소리로 으르렁대더니 이윽고 주위를 뱅뱅 돌며 안절부절하기 시작했다.

그때였다. 시커먼 짐승 한 마리가 쏜살같이 날아오더니 사나이의 목에 이빨을 깊숙이 꽂았다.

"으, 으아아악!"

디먼이었다. 디먼은 사나이의 목에 이빨을 깊숙이 꽂은 채로 한동안 꼼짝도 않았다. 텐트 안에 있던 도박사들은 폭풍처럼 달려드는 들개들의 이빨에 온몸이 찢겨진 채 목숨이 끊어지고 있었다. 들개들은 다른 텐트에도 습격해 들어가 사정없이 도박사들의 숨통을 갈갈이 찢어 버리고는 도박사들이 먹다 남은 음식물을 허겁지겁 먹어치우기 시작했다.

달빛이 교교하게 떨어진 산골짜기 숲의 님프들은, 순식간에 처절하게 죽어가는 도박사들의 비명 소리로 진저리를 치고 있었다. 살인의 기술을 철저하게 받은 개들임이 분명했다.

그때였다. 트럭 안에서 새우잠을 자고 있던 개장수 두 명이 와들와들 떨며 트럭의 시동을 걸기 시작했다.

"뭐, 뭔일이냐 저게?"

옆에 앉은 사나이가 소리쳤다.

"빨리 죽자사자 내달렸!"

운전자의 손과 발이 사시나무 떨 듯 후들거리고 있었다. 순간 두 사람은 헤드라이트 속에 서 있는 낯선 사나이를 발견하고 기겁했다. 얼굴에 검은 마스크를 쓰고 야구모자를 를 쓴 사나이의 바바리 코트 자락이 때마침 불어오는 왜바람에 유령의 옷자락처럼 흐늘거리고 있었다.

"뭐, 뭐여? 저건 사람아녀?"

"사람이 맞는데 왜 트럭을 막아 서 있는 거야?!"

그때 검은 장갑을 낀 사나이가 그들에게 손짓을 했다. 차에서 내리라는 손짓임에 틀림없었다. 두 명의 개장수는 일단 사람임이 확실한 바에야 조금은 안심하며 트럭의 문을 반 쯤 열고 낯선 사나이를 향해 더덜거리며 소리쳤다.

"누, 누구셔? 어디서 온 사람이셔?"

"………."

"차를 태워 달라는 모양인데, 탈 자리가 없어! 지금 사람들 죽어가는 소리 안 들리셔? 빨리 길을 비키덩가 씨벌!"

"………."

그때였다. 복면 사나이 옆으로 시커먼 개 한 마리가 다가왔다. 사나이의 입에서 쇳소리가 새어나왔다.

"디먼, 틀림없이 저 놈들이 네 친구들을 잡아다가 보신탕을 만든 놈들일꺼야. 얼마나 많은 우리의 친구들을 저 놈들이 보신탕으로 만들었을까, 디먼! 저 놈들을 죽여버렸!"

그때 살인 광시곡을 끝낸 수십 마리 들개들이 사나이 옆으로 모여들고 있었다. 들개들의 입 언저리에 핏물이 낭자했다. 비로소 두 명의 개장수는 등골이 싸늘해지는 공포감으로 온몸을 와들와들 떨었다. 머릿털이 달빛 하늘로 송두리째 뽑혀 올라가는 느낌이었다. 운전대를 잡은 개장수가 차문을 닫으려고 재빨리 손을 내밀었다.

순간 디먼이 제일 먼저 몸을 날리며 운전자의 팔을 물고 늘어졌다. 디먼에게 팔이 물린 운전자는 별수 없이 차 밖으로 굴러 떨어지고 말았다. 그러자 또 한 마리의 개가 트럭 안으로 뛰어 들더니 또 다른 개장수의 목에다 이빨을 박았다.

"으아아악!"

순식간에 두 명의 개장수는 걸레처럼 풀숲에 나뒹굴었다.

그 모습을 차가운 눈길로 바라보고 있던 사나이가 중얼거렸다.

"디먼, 너희들은 조금만 더 교육 받으면 누구라도 죽일 수 있다. 더욱 철저하게 사람을 물어 죽이는 기술을 익혀주마. 너희들은 조상신이 허락해 준 나의 용병들이야. 내 말에 복종하고 말을 잘 들으면 너희들은 조금도 배고플 이유가 없다. 산에는 멧돼지나 고라니 등 잡아 먹을 것이 많지만 정 먹을 것이 없으면 마을로 내려가서 염소나 오리, 게다가 돼지까지도 닥치는 대로 잡아 먹으면 충분히 배고픔을 면할 수 있다. 산삼을 캐러 다니는 심마니나 더덕을 캐러 다니는 여자들 따위의 인간의 고기는 먹지마라 더러우니까."

디먼이란 검은 색깔의 거대한 개는 알아들었다는 듯이 꼬리를 살래살래 흔들며 사나이의 허벅다리에 몸을 문질렀다. 사나이가 디먼의 귀에 입을 대고 속삭였다.

"디먼, 너는 보통 개들과는 달리 인간의 지능을 닮았다. 너처럼 뛰어난 지능을 가진 개는 없어. 내가 널 교육시키는 대로 친구들을 통솔해야 해 알겠지! 세상을 온통 죽음의 공포로 몰아넣어버리자.

비행기도, 자동차도 모두 주인 잃은 물건으로 만들어 버리자, 우리들의 영원한 조상신, 그분의 능력을 힘입어서 대한민국을 개들의 제국으로 만들어 버리자… 전국의 산을 누비고 다니며 멧돼지나 고라니는 물론이고 숲을 더럽히는 등산객들의 목을 사정없이 물어뜯는 거야. 거듭 말하지만 인간을 갈가리 찢어 죽이되 인간의 고기는 먹지마라. 더러우니까."

며칠 후 세상이 발칵 뒤집혔다. 약초를 캐러 산에 들어갔던 마을 사람들이 하도 악취가 심하기에 텐트 가까이 다가갔다. 마을 사람들은 텐트 안에 죽어 널려진 참혹한 시신들을 발견하고는 그만 심장이 뚝 멎어버리는 느낌이었다.

그들은 약초를 캐 담던 배낭마져 팽개친 채로 죽을 둥 살 둥 모르고 마을로 달려 내려가 사람들에게 그 사실을 알렸다. 곧이어 경찰들이 투견 도박사들의 시체가 널부러져 있는 현장에 들이닥쳤다.

경찰들은 너무도 참혹한 도박사들의 주검 앞에 얼굴을 돌리고 말았다. 순식간에 이 사실이 메스컴을 타고 전세계로 퍼져 나갔다.

"들개들의 공격에 희생된 투견 도박사들의 참상……."

수사를 벌이고 어쩌고 할 것도 없이 암담하기 짝이 없는 일이었다. 짐승들의 집중적인 공격을 받고 수십 명의 도박사들이 처참하게 물려 죽은 사실을 놓고 무슨 수사를 어떻게 벌여야 할 것인가. 아무리 과학수사가 세월을 앞질러 왔다지만 이 경우는 내로라는 민완 수사관들도 난색을 짓지 않을 수 없었다.

"법의학이 유명무실한 살인이 있다니. 기가 찬다. 정말……."

서울지방검찰청의 전문 감식요원들의 말에 의하면 지문을 통해서 과학수사를 뒷받침해 준 증거는 얼마든지 있다고 한다. 예를 들면 범죄현장에 떨어진 핏자국도 결정적인 증거물이 될 수 있다.

피해자는 물론 범인의 혈액형뿐만 아니라 유전자분석을 통해서도 범인을 잡을 수 있다. 바닥에 떨어진 핏자국의 모양이나 크기, 위치 등을 정밀하게 분석해 보면, 피해자가 어떻게 피를 흘리게 되었는지, 몇 번이나 충격을 받았는지도 알아낼 수 있다.

피해자가 피를 흘리며 이동한 방향, 범인이 범행에 사용한 도구의 생김새나 종류, 범인이 도구로 사용한 손이라든가 범인과 피해자의 상대적인 위치도 루미놀 검사를 통해 어렵지 않게 파악할 수 있다. 하지만 근래에 온세계를 공포의 도가니로 몰아넣고 있는 살해현장은 내로라는 범죄 전문가들조차 머리를 흔들 지경이었다.

사람을 죽인 범인은 인간이 아니고 정체불명의 동물이기 때문이었다. 깊은 산 속 어디에 숨어 있는지도 모르는 짐승의 무리를 무슨 수로 찾아낼 수 있을까.

경찰청장이 침울한 표정으로 말했다.

"장관님, 이건 정말 세기말적인 현상입니다. 인류역사를 통틀어서도 수십 명의 인간이 들개들에게 집단으로 물어뜯긴 예가 있기나 할까요? 더군다나 우리나라는 늑대가 사라진 지 수십 년도 넘는데 말입니다."

"무슨 괴물 영화 같은 현실이 대한민국에서 벌어졌어. 대체 어떻게 어디서, 무엇부터 손을 써야 할지 모르겠으니……."

"별 도리 없잖습니까. 정부에서 군경을 수천 명 동원해서라도 짐승들을 하나하나 찾아내 사살할 수밖에 없습니다. 사람을 물어죽이는 짐승들이 떼를 지어 몰려다니는 판에 더 이상의 살인이 없을 것이라는 건 말도 안되는 소리고, 일단 전국의 엽사들을 총동원해서라도 인간을 공격하는 짐승들을 씨가 마를 때까지 찾아내어야 합니다. 그 방법 외에는 아무것도 없습니다."

"대체 들개들의 분포지역이 일정한 곳에 국한되어 있을 리도 없잖은가. 백두대간을 샅샅이 뒤져야 한다면 이건 전쟁을 능가하는 재앙이야, 그것도 승산도 없는……."

순식간에 대한민국은 공포의 살인 들개들로 인해 엄청난 공황의 수렁 속으로 침몰해 가고 있었다. 졸사간에 정치, 경제, 사회, 문화, 교육 등 어느 분야도 마음을 잡지 못한 채로 국력은 성장의 길목에서 발이 묶인 채로 전전긍긍할 뿐 이렇다 할 만큼 뚜렷한 대책을 내세울 엄두도 못내었다.

성하의 계절인 여름은 찌는 듯이 덥기만 할 뿐, 거리를 오가는 사람들의 얼굴이 납덩이처럼 풀이 죽어 있었다. 내로라는 전문 엽사들조차 죽음이 두려워 산에 오르기를 마다했다.

경찰은 연일 밤잠을 마다하고 대책을 세우느라 골머리를 앓았다. 하지만 한숨만 들이쉬고 내쉴 뿐 뾰족한 대책이 나오질 않았다. 자정이 가까워질 때쯤에 대통령이 결단을 내어 각료들에게 명령했다.

"경찰력을 총동원해서라도 반드시 살인 들개를 끝까지 추적해서 최후의 한 마리까지라도 찾아내어 사살하세요. 그 수밖에 없어요. 농어촌 지역에 사는 국민들은 해가 저물면 외출을 삼가고 문단속을 단단히 하도록 지시하고."

행정안전부 장관이 침통한 표정으로 대답했다.

"잘 알겠습니다. 최선을 다해 반드시 살인 들개들을 섬멸하겠습니다."

어둠 속의 괴한

압구정동의 어느 일식집에서였다. 곳곳마다 점잖은 손님들이 마음에 드는 메뉴를 시켜놓고 반주를 곁들여 식사를 하고 있었다. 갑자기 TV 뉴스를 보고 있던 남자가 쓰고 있던 모자챙을 엄지손가락으로 밀어 올려놓고는, 고개를 꺾어 놓은 채 파안대소 하고 있었다. 손님들의 시선이 일제히 그 사나이에게 쏠렸다.

"크하하하핫!"

"???"

그가 참치회를 한 조각 젓가락으로 집어 든 채로 그렇게 허리가 끊어져라 웃고 있는 것이었다.

"으하하하핫! 산을 샅샅이 뒤져서 살인 들개를 잡는다고? 크하하핫! 소가 다 웃겠다, 소가 다 웃어."

음식을 먹고 있던 손님들이 기분이 팍 상해버린 모양 모두들 낯을 찡그리고 있었다. 누군가 그를 향해 한마디했다.

"이보셔! 지금 전 국민이 살인 들개들 때문에 밤잠을 설치고 있는데 아나운서 말이 그렇게 우습소? 당신 싸이코 아냐? 미쳤어? 게다가 좀 있으면 트롯쇼가 벌어진 판인데 뭐야 진짜?"

그가 웃음을 뚝 그치고 정색을 하며 말했다.

"아니, 웃음이 안 나오쇼? 무슨 수로 대한민국 산을 이잡듯이 뒤져서 살인 들개를 잡는단 말요? 형씨께선 그게 가능하다고 생각하시오?"

"가능하던 불가능하던 노력은 해 봐야 할 것 아냐! 그게 우스워?"

그러나 그는 자꾸만 터져나오는 웃음을 견딜 수 없었던지 또 큰소리로 웃음 보따리를 연신 터뜨렸다.

"크하하하핫! 트롯쇼에 정신을 홀랑 빼앗기고 폼잡고 있다가 들개들한테 가운뎃다리 죄 물어 뜯길라 흐흐흐흐흐."

힘상궂은 사나이가 버럭 화를 내고 말았다. 그러고보니 함께 둘러앉아 있는 남자들의 덩치가 예사롭지 않았다. 건달임에 틀림없었다. 그들 중 누군가 딱 부러지게 명령했다.

"야, 저 또라이 새끼 멱살 끌고 내 옆에 갖다놔!"

"옛, 형님!"

덩저리가 씨름선수 뺨칠 만큼 거대한 사내가 뒤뚱거리며 그에게로 다가오더니 다짜고짜로 남자의 모자를 홱 벗겨버렸다. 그리고는 남자의 멱살을 꽉 움켜쥔 채로 질질 끌고갔다.

성질이 뻐세기 짝이 없어 보이는 모습이었다. 손아귀 힘이 엄청나게 셌던지 남자는 꼼짝도 못한 채 그들 옆에 주저 앉혔다.

"형님, 데리고 나가서 손 좀 단단히 봐줄까요?"

"가만 둬봐, 뭐하는 새낀지 좀 알아나 보고."

"옛, 형님."

깍두기 머리의 사나이가 그의 이마를 검지손가락으로 툭 치며 물었다.

"너 이 새끼야, 또라이 맞지? 맞으면 맞다고 말햇!"

그가 엉거주춤 대답했다.

"또, 또라이가 뭡니까?"

"이 새끼가 진짜!"

사나이가 그의 뺨따귀를 냅다 후려갈겼다.

그 모습을 조마조마하며 주시하고 있던 일식집 주인의 안색이 창백해졌다. 얼굴에 불안한 기색이 역력했다. 조금 전의 덩치 큰 사나이가 그의 머릿털을 움켜쥐고 바닥에 힘껏 내리찍었다.

"쾅!"

"윽!"

"꺼져 새끼얏."

그의 코에서 핏물이 물컹물컹 밀려 나오고 있었다. 그가 자리에서 일어서면서 이상한 걸 물었다.

"형씨들 보신탕 좋아하세요?"

"뭐야? 저 시끼가 진짜, 싸이코가 맞네, 그래, 보신탕 죽을 만큼 좋아한다. 왜 사줄래?"

그가 손등으로 피를 닦아내면서 낮게 웃었다.

"흐흐흐흐흐."

"???"

그는 구석에 쳐박혀 있는 자신의 야구모자를 주워들고 조용히 일식집을 나섰다. 그 등 뒤에다 대고 덩치 큰 사나이가 한소리 크게 내질렀다.

"멍청한 새끼, 어떤 년이 저런 걸 낳구도 아들 낳았다고 미역국 쳐 먹었냐 어이그으!"

"........."

그런 일이 있었던 날로부터 일주일이 지났다.

왕태산은 그날 강원랜드의 카지노 바에서 부하들과 함께 술을 마시고 있었다. 그때 미모의 여인 하나가 왕태산의 무릎에 걸터 앉으며 간살을 떨기 시작했다. 허릿매가 여간 뇌쇄적이 아니었다. 그녀가 나긋나긋한 목소리로 속삭이듯 말했다. 그녀의 몸에서 흘러내리는 교태로 벌그죽죽한 왕태산의 얼굴이 기름처럼 번들거렸다.

"우리 바깥 바람 좀 쐬러 가요, 네? 보름달이 환하게 떴어요."

"어딜?"

"내가 좋은 대로 안내할게요."

"그래? 그래볼까 그럼?"

왕태산은 부하들을 남겨둔 채로 여자와 함께 술집을 나섰다. 훅 시원한 바람이 두 사람의 얼굴을 때리고 사라졌다. 바깥은 달빛으로 대낮처럼 밝았지만 밤이 주는 독특한 침묵 때문에 주위는 매우 고즈넉했다.

"어딜 가는데?"

"저어기 아름드리 소나무가 줄지어 서 있는 계곡 옆에 말이에요. 솜방석 같은 잔디가 얼마나 폭신폭신한지 몰라요."

"그러니까 잔디밭에서 즐기자 이거야? 따갑지 않을까?"

숲 속으로 뚫린 돌층계를 몇 굽이 내려서자 널따란 징검다리가 반갑게 두 사람을 맞이하는 듯 했다. 여자는 잔디에 앉자마자 왕태산의 입술을 빨기 시작했다.

"음……."

"허헉!"

곧이어 여자와 남자는 한몸이 되어 잔디밭에서 뒹굴기 시작했다. 두 남녀의 입에서 터져 나오는 탄성과 신음 소리 때문에 계곡을 흐르는 물

소리가 숨을 삼키고 있었다. 그때였다.

"허헉!"

"왜, 왜그래?"

여자가 남자의 밑에서 재빨리 빠져나왔다. 그녀의 얼굴이 달빛 속에서 납덩이처럼 굳어 있었다.

"저, 저게 뭐죠?"

"뭘 보고 그래? 김 샜잖아, 허억! 저, 저게 뭐야?"

두 남녀가 기절할 만큼 놀란 것은 괴한과 함께 서 있는 송아지만큼이나 커다란 검은 짐승을 보았기 때문이었다.

왕태산이 비로소 정신을 가다듬고 바지의 벨트를 단단히 옭아매고는 어둠 속의 괴한을 향해 찌르듯 내어 뱉았다.

"웬놈의 새끼가, 느닷없이 남 재미보는 장소에 나타나갖고, 씨발 칵 죽여버리겠어!"

곧 괴한의 입에서 음산한 웃음소리가 흘러나왔다.

"크흐흐흐… 며칠 전 그랬었지? 보신탕을 좋아한다고."

"뭐? 뭐라고? 누구야 너?"

"일식집에서 네 놈들이 날 땅바닥에 마구 짓찧었지? 그래서 내 이마가 찢어졌고… 코피도 한 됫박이나 쏟았어."

"뭐, 뭐라고……."

"우린 보신탕을 좋아하는 놈을 가장 싫어해."

순간 왕태산이 주먹을 불끈 쥐고는 땅을 찼다. 왕태산이라면 강원랜드에 우후죽순처럼 난립해 있는 건달들 중에서도 손꼽히는 주먹이었다. 사나이의 입에서 터진 한마디가 밤의 정적을 찢었다.

"디면!"

일순 달려드는 왕태산의 목을 향해 디먼의 이빨이 번쩍 빛을 발했다.
"으으으아악!"
비명소리에 섞여 살갗이 찢어지는 소리에 자지러진 여자가 처절하게 울부짖었다.
"아아악! 사, 살려줘요오!"
하지만 디먼은 왕태산의 숨통을 끊어 놓자마자 쏜살같이 여자에게 달려들었다.
"으으아아악!"
"………"

이튿날, 전국을 타고 돌아다니는 뉴스를 보고 사람들은 또 한 번 진저리를 쳤다. 두 남녀의 갈갈이 찢어진 시신은 너무도 참혹해서 사진으로 내보낼 수 없었지만, 신문에서 표현한 한 줄 내용만으로도 가히 그 잔혹스러움을 짐작하고도 남았다.
"옛 로마시대의 원형 경기장에서 사자에게 물려죽은 노예들의 시신도 이보다 참혹하지는 않았을 것이다."
그건 그렇고 그날 밤 두 남녀를 처참하게 찢어놓은 '디먼'이란 짐승과 함께 서 있던 남자의 정체는 무엇일까.

법조인의 꿈

　근래들어 정치판을 향한 국민들의 원성은 하늘을 찌르듯 험악했다. 난세에 영웅이 나온다는 말도 있지만 그런 희망은 까마득했다. 정치세력들은 호가호위에만 눈이 멀어버렸고, 언론 또한 말만 국민을 위한 국민의 대변인이었지 어느 한 곳 국민의 마음을 편케 해 주는 구석이 없었다.
　입만 벌렸다하면 내로남불이고 국민들의 꽉 막힌 가슴을 시원하게 뚫어주는 곳이라곤 한 군데도 없었다. 그렇다고 해서 야당 쪽에서도 국민에게 희망을 주는 탁월한 영웅 한 명을 제대로 키우고 있지 못했다. 말이 야당이지 허구헌날 시위소찬에만 넋이빠진 채 우물 안 올챙이짓만 하고 있는 행세였다.
　그런 야당 정치인들에 대한 국민의 분노도 하늘을 찌르는 듯했다. 이래저래 국민들은 나라의 장래가 큰 걱정이라며, 늘어가는 것은 은행빚과 한숨섞인 술판 뿐이었다.

　무엇보다 젊은이들의 미래가 절망적인 것이 가장 가슴아픈 일이었다. 더더욱 국민들을 분노케 하는 것은 권력의 그늘 밑에서 온갖 위선과 거짓말로 포장된 정치인들의 도덕적 타락과 부동산 정책이었다.

　게다가 정치인들과 인맥을 짜깁기하면서 여론을 갈라치기하는 언론의 행태는 하루하루 먹고살기 너무 힘들어 온갖 가슴앓이로 세월을 한탄하는 국민들의 염장을 질러대는데 으뜸이었다.

　수정은 정치인들과의 대화에 너무도 실망이 큰 나머지 점차 기자생활에 염증을 느끼는 횟수가 잦아졌다.

　새벽 6시. 잠이 깨자마자 수정은 허겁지겁 샤워실로 뛰어들어갔다. 요 며칠 동안 지방으로 취재다니랴, 원고마감하랴 사흘 동안이나 불풍나게 돌아치느라 미처 샤워도 못했다. 그랬더니 온몸에 벌레가 스멀스멀 기어다니는 듯 근질근질하고 기분이 몹시 찜찜했다.

　그때 응접실에서 전화벨 소리가 요란하게 들렸다. 핸드폰이 아니고 전화벨이 요란하게 들리는 걸 보면 분명 엄마의 전화가 틀림없다고 생각했다. 샤워를 하다말고 다시 응접실로 뛰어나온 수정이는 울고 있는 전화의 수화기를 집어들었다. 온몸을 타고 흘러내린 물방울이 응접실 바닥을 흥건히 적시고 있었다.

　"여보세요? 응, 엄마."

　수화기 속에서 들리는 엄마의 목소리가 여느 때와 달리 차악 가라앉아 있다고 생각하며 수정은 파뜩 긴장했다. 근래와서 엄마는 무슨 일이든 뻔한 사실을 갖고도 파헤치듯 조릿조릿 따져 묻는다고 내심 속상해 했다.

　작년까지만 해도 엄마는 지금처럼 시비주비 딸의 형편에 대해서 안달복달하지는 않았다.

　"아니 수정아, 아무리 곱씹어 생각해 봐두 꼭 거짓에 홀린 느낌이야."

"왜요, 엄마? 민혁오빠를 누구보다 잘 알고 있는 엄마가 그렇게 말하면 어떡해. 거짓에 홀린 느낌이라니!"

"무슨 소릴 하는 거야 너? 내가 오죽 답답하면 그렇게 말하겠니?"

"엄마! 대체 왜 그렇게 답답한데? 호두는 잘 있어? 밥 잘 먹고 건강해?"

"지금 호두가 문제니? 잘 먹고 잘 있으니 호두 걱정일랑 말구, 그나저나 김 서방은 이번에도 또 떨어졌으니 벌써 세 번째 낙방아냐. 대체 공부를 하긴 하는 거야, 아님 괜히 일하기 싫으니까 고시촌에 들어가 허구한날 잠만 퍼대고 자면서 괜히 폼만 잡고 있는 거 아냐? 그래 명색이 서울법대 졸업생인데 세 번씩이나 떨어지다니… 강군 나이는 자꾸 먹어가구 어쩔껀데 정말!"

"………."

"강 서방 아직도 고시촌에서 안 내려오고 있어? 실속도 없는 고시촌엔 뭘하러 허구한날 틀어박혀 있을까?"

수정이 한숨 섞인 목소리로 호소하듯 말했다.

"뭐 그리 좋다고 당장 내려올 맘 있겠어? 그렇잖아도 동네사람들 앞에 얼굴들고 다니기 몹시 언짢아했는데 이번에 또 떨어졌으니, 뭐. 민혁오빠 마음이야 오죽하겠어, 엄마도 좀 진득하게 기다리고 있음 안돼? 천지간에 사위 하나 딱 있는 거, 씨암탉은 못 잡아줘도 가끔씩 돼지갈비라도 좀 해먹이구."

"허이구! 네가 이젠 되레 엄마 원망까지 하는구나. 아, 이쁜 짓좀 해봐라. 그깟 씨암탉이 뭐 문제니? 소라도 한 마리 잡아 주겠다. 그리고 씨암탉은 강군이 부모님을 일찍 여의고 학교 기숙사에 들어가 생활할 때부터 종종 우리집에 데려다 아빠랑 함께 실컷 해 먹었잖아. 한식구나 다름없었잖어!"

"글쎄 엄마, 두고봐요. 민혁오빠 다음 번엔 틀림없이 수석합격할테니."
"뭘 수석합격까지 바래? 꼴찌라도 좋으니 제발 합격이나 했으면 좋겠따아!"
"참, 엄만"
"아마도 강군에겐 법조인이 되는 길이 맞지 않는 것 아닐까? 공연히 길이 아닌 길을 선택한 것 아닌지 모르겠다. 아예 안될 일이면 일찌감치 판검사고 뭐고 다 접어버리구, 어디 탄탄한 재벌회사에 취직하는 게 낫지 않을까 싶은데 말이다. 강 서방 취직할 의향만 있으면 아빠가 힘써 줄 수 있지 않을까 싶은데 말야. 애거 답답해서 하는 말이지, 아빠에겐 삶은 호박에 이빨도 안 들어갈 소리지 애구, 답답해."
"글쎄 엄마, 그런 어림도 없는 소리 말아요. 그렇잖아도 은근히, 여러 번 민혁오빠 의중을 떠 봤는데, 허이구! 어림 반푼어치도 없어요. 민혁오빠 그 쇠심줄 같은 고집 끊을 사람 이 세상에 한 사람도 없다니깐. 더군다나 아빠의 이름을 타고 재벌회사에 들어갈 민혁오빠가 절대 아니에요, 오마니이! 아빠가 그런 일 할 분도 아니구."
"그럼, 다음 번에도 또 떨어지면? 그땐 너 뭐라고 말할래?"
"또 그 다음 해도 있잖아?"
"그 다음 해 또 떨어지면?"
엄마가 그렇게 재차 똑같이 물어오자 그녀는 엄마의 심중이 야속했다.
"아이참, 엄만 자꾸 떨어진단 소리만 해!"
"하두 잘 떨어져서 답답해 하는 소리야. 착해빠지기만 했지. 원, 앞이 보이지 않으니 말은 않지만 아빠도 얼마나 답답하시겠니, 에휴!"

엄마에게 그렇게 또깡또깡 말대답을 하면서도 수정은 아무래도 아빠의 심경이 몹시 궁금했던지 한층 자분자분한 말투로 물었다.

"아빠는? 아빠는 뭐라셔?"

"아빠는 그냥 이번에도 또 떨어졌다는 말 듣고 암말도 않으셨지. 바위를 삼켰는지 원 과묵하긴… 그래도 아빠는 끝까지 강군을 믿는 모양이야. 반드시 큰일을 해낼 인재라나… 내가 뭐 이타저타 말하기도 체면이 안 서고 말이다."

"엄마, 그냥 또 한 해 눈 딱 감고 기다려 봅시다. 아, 7전 8기란 말도 있잖우."

그렇게 엄마의 상한 마음을 위로랍시고 했지만 남몰래 속타는 자신의 심정을 어느 누가 알아주랴 싶었다.

"아니 강군은 대체 법관 아니면 출세길이 꽉 막혔다든? 왜 그리 꼭 법관이 되고 싶어하는 건데? 판검사도 몇 년 전까지는 그런대로 세상사람의 부러움의 대상이 되었지만 이젠 시대가 많이 달라졌어. 요즘 판검사나 변호사들 얼마나 사회에서 비난을 많이 받는데? 시험에 합격해도 취직하기도 힘들댄다. 우리나라 국회의원들 중에 판검사 출신이 좀 많어? 그런데 판검사 출신들 정치하는 꼴 좀 봐라, 나라를 온통 죄 들어먹고 있잖아!"

"아이고, 엄마도 차암! 민혁오빠는 세상에서 훌륭한 법관이 되는 게 꿈이니까 그런 사람들에 비교하지 말아요. 명예나 돈이 탐나서 하고자 하는 게 아니에요. 출세하고는 아무 상관없대요. 단지 법에 의해서 자유민주주의의 뿌리를 확실하게 실현하는 게 목적이래요."

"그나마 강군 고집 꺽을 사람은 너 말구 누가 있니? 아빠는 내가 아무리 콩볶듯 해봐야 쇠귀에 경 읽기구. 에그, 모르겠따 나두!"

그리고 엄마는 전화를 딱 끊었다. 수정이도 수화기를 힘없이 내려 놓고 어느 새 새벽이 물러간 창 밖으로 시선을 던져 놓은 채로 한참 동안 꼼짝도 않았다. 아빠는 과묵하기가 바위 같은 분이라 그렇다 해도, 이처럼 매사가 불여의니 엄마의 잔소리가 듣기 싫다고 짜증을 부리기에도 도대체 면목이 없는 일이었다.

뱀의 혀를 닮아가는 학수

　어느 순간 정신이 번쩍 든 듯 그녀는 타올로 바닥에 떨어진 물방울을 깨끗이 닦은 뒤, 샤워를 끝내고 주방으로 나왔다. 그리고 냉장고 문을 열고 물병을 꺼내들고는 급하게 들이켰다.
　어젯밤 그녀는 민혁의 세 번째 낙방소식에 울적해진 마음을 어찌 달랠 길 없었는데, 퇴근시간에 맞추어 학수에게서 포장마차에서 한잔 하자는 전화가 왔었다.

　학수는 운명처럼 민혁이와 함께 같은 해 같은 날, 군대에서 제대하자마자 복학했고, 서울법대를 같은 해 졸업했지만 고시에 도전해서 어렵잖게 합격했다.
　사람이 겉보기엔 말끔하게 생긴 것과 달리 어딘가 가즈러운 티가 많다고 생각했는데 의외로 옹골찬 데도 있었다. 수정은 이화여대 국문과에 재학할 당시부터 민혁을 따라 서울법대 동아리모임에 참석해서 여러 번 등산도 함께 다녔던 터라 민혁의 친구들과도 허심탄회 터놓고 친구처럼 지내던 사이였다.

당시에도 민혁의 친구들은 민혁과 수정이 보통 사이가 아님을 잘 알고 있었기에 더 더욱이 수정을 남달리 여겼었다.

포장마차에서 마주앉자마자 그는 자못 수정이를 위로하는 듯 덩드럭거리며 말했지만, 수정이 쪽에서 듣기로는 어쩐지 그가 민혁의 세 번째 낙방을 재미있어 하는 느낌이 들었다. 수정은 기분이 몹시 착잡했다.

수정이 학수의 얼굴을 살펴보며 물었다.
"누구랑 싸웠어? 이마에 반창고는 왜 붙였어?"
학수가 소줏잔을 입 속에 털어넣으며 말했다.
"싸우긴! 집에서 이것저것 정리하다가 책상 모서리에 부딪혔어. 기자 생활 괜찮아? 그나저나 민혁자식 또 떨어지다니. 민혁자식 판검사 하곤 아예 담 쌓으라는 부처님의 경고 아닐까?"
학수의 말에 수정은 금새 얼굴이 굳어졌고 학수의 말이 던적스럽기 짝이 없게 느꼈다.

수정이 학수의 말을 송곳처럼 받아쳤다.
"고시에 세 번 떨어졌다고 해서 부처님까지 끌어들여? 장구한 인생이 뭐 고시에 몇 번 실패했다 해서 뭐가 되고 안 되고 다 판가름나?"
"그야 꼭 그렇진 않지. 하지만 생각 좀 해봐. 황금 같은 청년기를 시험만 보다가 다 보내고 나면, 그 아까운 시간을 다시 되찾을 수도 없고 어쩌냐? 현명하게 굴지 않으면 기회란 쏜살같이 역사의 뒷편으로 그림자처럼 숨어버리는 거 아닐까?"
수정은 그렇게 말하며 어느 새 게슴츠레한 눈으로 자신의 가슴을 흘끔대는 학수의 시선이 잔밉기 짝이 없었다. 그녀는 애써 아무렇지도 않다는 듯 자신 있는 어조로 탁 받아넘겼다.

"민혁오빠는 아마도 다음 번엔 수석으로 합격하고픈 게지 뭐. 그래서 날 깜짝 감동시켜 볼 심산일지도 몰라."

"흐흐흐… 수석으로 합격한다고 해서 금방 뭐가 어떻게 되나? 그리고 내년에 수석으로 합격할 실력이면 금년에 낙방할 리 없지. 하긴 그래도 명색이 서울법대 졸업생인데 어찌 그리 고랑창만 쑤시고 다니냐, 서울법대 체면이 영 말이 아니게 되어버렸잖아. 게다가 결혼을 너무 일찍 서두른 탓도 있을 거야. 사회적 책임이나 아내를 고생시키지 않겠다는 대책도 없이 털썩 결혼부터 하다니.

아무튼 이번에도 떨어지다니 안됐어. 일찌감치 포기하고 어디 조그마한 중소기업에라도 들어가 월급쟁이부터 잔다리 밟아 시작하는 게 낫지 않을까?"

수정은 그렇게 비아냥거리는 듯 말하는 학수의 속내가 훤히 들여다 보이는 느낌이었다.

그녀는 속에서 훅 홧기가 치밀어 올라오는 느낌이었지만 꾹 참았다. 원래 성격자체가 가까이 하고 싶지 않을 만큼 트레바리인데다 학수는 친구들 사이에서도 항상 도마 위의 생선꼴이었다.

학수는 대학시절부터 민혁이와는 우열을 가늠하기 힘들 만큼 대단한 실력자이었다.

학수와 민혁은 전국 대학생 검도대회에서도 우승을 다투는 박빙의 라이벌이었다. 학수는 떡줄 사람은 생각도 않는데 공연히 수정이를 두고 혼자 김칫국부터 마시는 꼴이었다.

학수가 남녀 학생들 모두에게 심한 따리꾼이라고 인기가 전혀 없는 외톨이라면 민혁은 남녀 모든 학생들이 존경하고 따르는 우상이었다.

두 사람은 대학시절 공부와 운동에서는 최고의 라이벌 관계였고 많은 학생들에게는 그 두 사람의 행보가 초미의 관심사였다.

학수는 보기 민망할 만큼 민혁을 따라다니는 수정을 어떡해서든 제편으로 끌어들일 야심을 터놓고 보이곤 했다.

학수의 친구들은 딱해서 못보겠단 듯이 일찌감치 수정이를 포기하고 다른 여자를 찾아보는 게 낫겠다고 진심어린 충고를 아끼지 않았는데도 불구하고 학수는 고집불통이었다. 하긴 많은 남학생들이 어쩌다 수정과 마주앉아 무슨 대화라도 나눌 때면, 수정의 눈부실 듯한 아려함에 기가질려 말문이 더덜거릴 지경이었으니, 수정에 대한 학수의 혹닉이 이해할 만도 했다.

학수가 머릿털이 빠져라 공부에 전념해서 일찍 고시에 합격한 것도 민혁으로부터 수정의 마음을 자신에게 돌려놓고 싶은 욕망 때문이라 해도 과언이 아니었다.

수정이가 민혁이와 결혼식을 올리던 날 저녁에, 학수는 죽을 듯이 술을 퍼마시고 친구들에게 업혀 병원응급실까지 실려갔었다. 학수는 민혁 못지않게 수정이를 많이 사랑했었지만 수정의 마음은 일편단심 민혁에게만 기울어져 있었다.

수정을 민혁에게 일방적으로 빼앗겼다는 지독한 패배감을 어떡해서든 설욕하기 위해서 아마도 학수는 샘바리 정신으로 민혁보다 몇 배나 더 노력했는지도 몰랐다.

학수로서는 민혁이 많은 사람들에게 선망의 대상인 것 자체가 여간 자존심 상하는 게 아니었다. 그것이 속이 상해서 허구한 날 노루잠을 설칠 정도였다.

친구들의 말을 들어보면 학수는 고시에 합격하기 위해서 남해의 어느 외딴 섬을 찾아 들어갔다고 했다. 그리고 그 섬에 딱 한 채 있는 조그만 암자에 오롯이 틀어박혀 공부에 혼신의 힘을 쏟았다고 했다.

하여간에 학수는 이미 민혁에게 넘어가버린 수정의 사랑을 되돌리기엔 너무 늦었다는 안타까움으로 가슴이 까맣게 타들어가는 느낌이었다. 친구들이 술좌석 같은 데서의 화젯거리는 의당 학수에 대한 이야기가 단골 메뉴로 등장할 정도였는데 그만큼 그는 보통 사람들이 상식적으로 이해하기가 힘든 불똥이었다.

결혼만 안했다면 무슨 수를 써서라도 나름대로 수정이를 자기 여자로 만들 자신이 있다고 철썩같이 믿고 있는 모양이었다. 그 웬수놈의 결혼 때문에 자신의 집념이 덜컥 제동이 걸린 것이라고 민혁이와 수정의 결혼을 두고두고 원망했다.

무엇보다도 민혁이 밤마다 수정과 한 이불을 덮고 자는 것을 상상하자면 골에서 지진이 날 지경이었다. 그리고 민혁이 수정이와 결혼하게 된 것은 민혁에 대한 수정 아버지의 적극적인 지원 때문이지 결코 자신이 민혁보다 얼굴이 못났다거나 능력이 모자라서 수정이를 놓친 것이 아니라고 굳게 믿었다.

게다가 뭇방치기에는 타종을 불허했고, 아무곳에나 끼어들어 말참견하는 바람에 친구들은 머리가 폭발할 정도였다. 표리부동의 대명사였고 남과 사귀는 솜씨는 조금도 찾아볼 수 없는 형의 바닥끝 인격이었다.

이번에 민혁이 또 시험에 고배를 마신 것이 학수에게는 내심 여간 즐거운 것이 아니었다. 차라리 쾌재를 불렀다는 편이 나을 것이었다. 학수는 그렇게 민혁이 시험에 여러 번 떨어진 것을 고소해하며, 민혁이 무슨 일에나 실패와 낭패를 거듭당하기를 은근히 바랐다.

학수는 민혁이 고시를 포기하지 말고 머릿털이 죄 빠지도록 열심히 공부는 하되, 두고두고 미역국을 마셨으면 좋겠다고, 자나깨나 자신의 자존심에게 아뢰고 있는 중이었다.

그는 또 친구들에게조차 왕따였다. 매사에 이해할 수 없는 엉뚱하고도 징그러운 짓거리를 서슴없이 하는 바람에 모두들 그와 가까이 하기를 지렁이를 보듯 싫어했고 학수의 이야기가 끼어들기만 하면 모두들 고개를 잘래잘래 흔들었다.

게다가 여학생들은 학수가 옆에 앉는 것을 무척 싫어했다. 언젠가 학수는 친구들과 함께 강원도 정선 쪽으로 여름휴가를 떠난 적이 있었다 그곳은 문명의 발길이 닿지않는 오지마을이었는데 산기슭 아래 조그마한 행상독이 한 채 있었다.

그날 밤 캠프화이어를 하면서 막걸리 파티를 벌이다 말고 느닷없이 친구들과 학수 사이에 내기가 붙었다.

말하자면 학수가 그 행상독에 들어가서 아무것이든 행상의 부속물 하나만 집어오면 친구들이 돈을 모아서 학수에게 양복을 한 벌 새로 맞추어 주겠다는 내기였다. 그런데 학수는 그 내기에서 조금도 꿀림이 없이 행상독 문을 뜯고 들어갔다. 그리고 행상의 부품 한 개를 훔쳐와서 자랑스레 친구들 앞에 내어놓았다.

그날 밤 친구들은 학수가 뜯어온 행상 부품을 보고 가슴이 얼음에 맞은 듯 서늘했었다. 친구들은 꼼짝없이 남대문시장에서 학수에게 양복을 새로 맞추어 줄 수밖에 없었다. 친구들은 학수에게서 풍기는 정체모를 으스스함에 부르르 진저리를 칠 때도 많았다.

아빠의 충고

　어젯밤에도 수정은 학수와 만나기가 너무도 내키지 않았다. 수정은 술을 그닥 좋아하지도 않았다. 하지만 마지막으로 한 번만 만나자는 학수의 간청을 차마 거절할 수 없었다.
　그녀는 어느 새 술기운으로 우럭우럭해진 학수의 얼굴을 흘끔 쳐다본 뒤, 학수가 부어놓은 술잔을 손 안에 움켜쥔 채, 잠시 뭔가를 생각하는 듯했다. 어느 순간 그녀가 금새 잔을 홀짝 비워버렸었다. 학수도 잔을 비우고 그녀의 빈 잔에 다시 술을 부으면서 또 듣기에 시답잖은 소리를 했다.

"하긴 수정아. 이런 말 하긴 좀 뭣하긴 하지만 말야."
"또 무슨 말인데? 또 싱거운 소리하려면 아예 입도 뻥긋하지도 말아!"
"어쨌거나 민혁과 결혼했으니 너 앞으로 신경 쓸 일도 별로 없겠고 신혼생활은 참 떡 벌어지게 편하게 하겠다."
　수정이 눈을 동그랗게 뜨고 학수의 얼굴을 쳐다본다.
"왜?"

"민혁이는 부모님도 일찍 돌아가시고 없고 형제도 없잖아. 일가친척도 한 사람 없이 그냥 홀홀단신이라며? 그러니 시집살이 같은 것은 전혀 없겠다. 그렇치?"

그렇게 말하는 학수의 눈을 쏘는 듯 노려보면서 그녀가 단박에 되받아쳤다.

"학수오빠, 지금 민혁오빠가 부모님도 안 계시고 형제도 하나없이 고독단신 외롭게 자라왔다는 것을 은근히 꼬집는거지? 외롭게 자란 걸로 치면 학수오빠도 민혁오빠와 별로 다를 게 없잖아. 학수오빠 엄마가 아직 무당으로 세상에 살아계시다는 것밖엔."

엄마가 무당이라는 수정의 말에 학수의 눈에 파뜩 불꽃이 일었지만 이내 얼굴을 누그러뜨리고 말했다.

"솔직히 말하면 말야 난 수정이 네가 좀 현명했으면 좋겠다."

"뭐? 현명했으면 좋겠다구? 뭣 때문에?"

"결혼은 어디까지나 현실이거든. 얄팍한 동정이나 사랑만으론 곤란해."

수정은 그런 식으로 쏟아놓는 학수의 언행이 너무도 잔미웠지만 침착하게 받아쳤다.

"학수오빠, 지금 초등학생 한 명 데려다 놓고 무슨 사랑 강의하는 거야? 난 절대 그렇잖아. 민혁오빠와 나는 어려서부터 남매처럼 지내면서 사랑이 여물어진거구 사랑해서 한 결혼인데 얄팍한 동정이라니, 사람 수준을 어떻게 파악했기에… 그리고 학수오빠 동문들 중에 예쁜 여학생들도 많던데 이미 남의 아내가 된 날 두고 엉뚱한 짓을 자꾸해?"

그 순간 학수는 어쩐지 새까만 절망감으로 가슴이 꽉 막히는 느낌이었다. 하지만 겉으론 전혀 아닌 척 딱딱딱 손뼉을 몇 번 쳤다. 학수의 그 모습이 수정의 눈에는 냉수스럽기 짝이 없어 보였다.

"부라보, 흐흐흐."

"학수오빠, 무슨 웃음소리가 그렇게 음산해? 기분나쁘게. 꼭 유령이 웃는 소리같애. 나 그만 일어설테야."

그렇게 뾰루퉁해지는 수정을 보고 학수는 짐짓 미안하다는 얼굴로 정색을 했다.

"실은 이번 시험에서도 떨어진 민혁이 너무 안 되어 보인 나머지 널 조금이라도 위로한다는 것이……."

"천만에! 그것도 학수오빠가 꾸며낸 말이야. 학수오빤 민혁오빠의 낙방을 깨소금 씹듯 고소해 하고 있는 게 틀림없어. 왜 사람이 그렇게 저능아 짓을 해?"

"아냐 아냐 잠깐. 수정아, 기분이 엊짢았으면 미안, 미안해. 우리 그딴 얘기 집어치우고 술이나 실컷 마시자."

"술을 실컷 마시자니? 학수오빠 난 술 잘 못마시는 거 알잖아. 그냥 한두 잔이면 족해. 학수오빤 대학 때부터 술을 하마처럼 퍼마셨다는데 이젠 술 좀 그만 마시지. 그래도 머잖아 높은 사람이 될텐데 그렇게 허구한 날 술 취해서 어쩌려고 그래? 그리고 나 무척 바쁘거든. 다시는 시시껄렁한 말장난이나 하자고 날 불러내지마. 솔직히 학수오빠랑 가까이 마주 앉아 있기조차 너무도 힘들거든."

수정은 대학시절부터 민혁을 따라다니며 쭉 느껴온 것이지만 학수와 마주앉아 있기만 해도 숨이 칵칵 막히고 가슴이 답답하고 짜증이 났다. 때론 그런 학수가 너무 안되어 보이기도 했다. 하지만 대화를 하다보면 그게 마음먹은 대로 안되는 것을 어쩔 도리 없었다.

그녀 또한 다른 여학생들처럼 학수가 참으로 상대하기 힘든 사람이라고 내심 고개를 절레절레 흔들기 일쑤였다. 그에 비해 민혁은 얼굴을 마주하면 할수록 습습했고 드레졌을 뿐 아니라, 민혁이 들어 있는 학교 기숙사 앞까지 바래다 주고 홀로 집으로 돌아올 때에도 가슴은 커다란 얼음산이 지나간 듯, 세상이 내 것인 양 뿌듯하고 시원했다.

어제 저녁에도 함께하기 영 거북한 술자리였는데 겨우 학수의 태도가 고자누룩해지자 소주를 두 잔이나 마시고, 팽개치듯 학수를 남겨둔 채 집으로 돌아왔었다. 도저히 더 이상 마주앉아 말을 주고 받다보면 가슴이 폭발할 것만 같았기 때문이었다.

그런데 그날따라 소주 두 잔에도 정신이 말똥말똥한 것이 너무도 이상했다. 그녀는 냉장고 문을 열고 민혁의 친구들이 마시다 남은 소줏병에서 한 잔을 더 따르어 마시고서야 세상 모르고 잠에 떨어졌었다. 그래서 이 아침에 속이 보깨고 주갈이 그토록 심했던 모양이다.

때로 동창회 같은 데서 여자친구들이 소주를 몇 병씩 마시고도 멀쩡한 것을 보면 참 대단한 주량이라고 감탄했다. 아마도 그녀 자신은 선천적으로 술을 잘 못 마시는 체질인 듯 했다. 그날 소주를 무려 석 잔이나 마신 것은 난생 처음 있는 일이었다.

그녀는 문득 어디에 생각이 미쳤는지 핸드폰을 들고 전화번호를 꼭꼭 눌렀다.

"아빠? 아빠, 저 수정이에요. 죄송해요. 아빠, 이번에도 민혁오빠 또 떨어져서… 죄송해요. 아빠."

수화기 속에서 굵직한 목소리가 그녀를 반겨하고 있었다.

"수정아, 아빤 괜찮다. 너나 마음 단단히 먹어. 그보다는 강군이 참 안 됐다. 또 떨어졌으니. 강군 마음고생이 많이 심할텐데 이런 때일수록 네가 잘 보듬고 위로해줘라. 아내의 내조란 이럴 때 꼭 필요한 거야. 인생에서 성공이란 실패의 토양을 먹고 피는 꽃이란다.

실패의 토양이 척박하면 척박할수록 성공의 열매는 달고 알찬거란다. 어린시절부터 눈여겨 보아왔지만 강군은 제 아버지를 꼭 닮아서 그런지 심성의 깊이가 아름답고 성실한 청년이야. 시험에 일찍 합격했다해서 강군의 인생이 거침없이 탄탄대로라는 보장도 없고, 또 몇 번 실패했다해서 강군의 인생이 언제까지 꿈무니에서만 맴돌란 법은 없다. 일찍 당해보는 실패는 정말 보물보다 소중한 삶의 자산이란다.

내가 알기로도 강군은 어려서부터 꿈이 훌륭한 법조인이 되는 것이었어. 옛날엔 고시에 합격하면 출세가 보장되는 직업이라고 많은 사람들이 우러러 보았지. 하지만 요즘은 시험에 합격해도 자리가 없어 전전긍긍하는 예비 법관들이 많다.

수정아, 강군은 법관을 단지 먹고사는 수단이라고 생각하는 젊은이가 아니야. 정의로운 법조인이 되어 국가의 법질서를 바로잡겠다는 사명감에 사로잡힌 청년이지. 강군의 아버지 또한 강군이 훌륭한 법관이 되기를 원했어. 나는 강군이 반드시 한 걸음 한 걸음 잔다리 밟아 머잖은 미래에 훌륭한 법조인이 되어 대한민국의 법질서를 바로잡을 인물이라 믿는다. 인간이 가장 두려워해야 할 것은 실패가 아니라 절망이란 질병이란다."

그녀는 그렇게 위로하는 아빠의 목소리에 울컥 슬픔이 솟구치는 느낌이었다.

"아… 아빠 고마워요. 민혁오빤 정말 훌륭한 법관이 될 거예요."

"그럼! 나도 강군을 믿는다. 너도 너무 마음 고생하지 마라. 강군은 그냥 출세해서 세상 사람에게 군림해 보려고 법조인의 꿈을 꾸고 있는 게 아니다. 강군은 진심으로 양심적인 법관이 되어 약한 자의 손을 들어주고, 병든 사회의 환부를 도려내고 싶은 열정을 가진 젊은이야. 요즘 우리 사회에는 공정의 잣대가 투명한 법관을 보기 힘들다. 대부분 권력의 악세사리로 세월을 낭비하는 법관들뿐이라서 나라의 장래가 큰 걱정이다."

"아빠……."

"그래, 수정아, 마음 단단히 먹고 용기를 내."

"예, 아빠."

"엄마가 속상해 하는 것을 이해해야 해. 엄마가 너희 부부를 위해서 얼마나 열심히 기도하는지 아니?"

"네, 아빠."

"원래 사위사랑은 장모라 했다. 엄마가 너를 끔찍이 사랑하는 만큼 강군도 그 못지않게 사랑하는 거야. 그래서 이번에 강군이 낙방한 것에 대해 너보다 엄마가 더 가슴이 아픈 것이고. 가끔씩 새벽잠이 깨어 응접실에 나가보면 엄마가 얼마나 애절하게 기도하는지. 엄마가 좀 섭섭한 소리를 해도 그건 그냥 괜히 해보는 소리야. 강군에게 자극을 주기 위해 일부러 싫은소리 하는 거야."

"아빠……."

"허허허 수정아, 내 말 믿어 강군은 지금 시대에선 쉽게 찾아보기 힘들 만큼 성실하고 영혼이 맑은 청년이야. 너도 어려서부터 강군을 겪어 봐서 잘 알겠지만 강군은 자신이 목적한 일에 결코 쉽사리 포기하는 허약한 성격이 아니다. 자신이 가야 할 길을 어떤 난관에 부딪혀도 끝까지 개척해 낼 강골이지. 강군을 어려서부터 유심히 살펴봐서 누구보다도 강군을 잘 알아."

수정이 울먹이는 목소리로 말했다.

"아빠, 건강하셔야 해요."

"나? 그럼 건강해야지. 우리 수정이가 아들 딸 잘 낳고 강군이랑 행복하게 사는 걸 보고 죽어야지."

"아빠, 제발, 농담이라도 그 죽는다는 말씀 제발 마세요. 무조건 건강하게 오래오래 사셔야 해요."

기어이 수정은 핸드폰을 내려 놓고 와락 울음을 터뜨리고 말았다.

며칠 후, 그날은 토요일 밤이었다. 학수는 방 안의 커튼을 모두 내린 채 음습하기 짝이 없는 방 한쪽 구석에 웅크리고 앉아 눈알을 하얗게 뒤어쓴 채 홀로 소주를 마시고 있는 중이었다. 어느 순간 그의 입술이 열리더니 하얀 이빨이 어둠 속에서 빛을 발하기 시작했다.

어째서 학수의 미소는 밤과 낮의 차이 만큼이나 폭이 클까. 그는 무슨 생각을 하면서 이 밤 귀신도 고개를 떨굴 만큼 사악한 미소를 흘리고 있는 것일까. 그리고 그의 입에서 쏟아지는 숨소리는 왜 짐승을 닮았을까.

고시촌의 봄

　산 속 웅숭 깊은 곳에 자리잡은 고시촌을 둘러싸고 있는 울창한 잣나무 숲 사이로 5월의 끝자락이 환하게 쏟아지고 있었다. 옛날에는 5월이 이렇게까지 덥지 않았는데 요즘은 기후 온난화 탓에 5월이 한여름같다는 느낌이다. 이 고시촌은 민혁의 대학선배가 부모님에게 물려받은 한옥을 후배들을 위해서 아주 저렴한 입주비만 받고 운영하고 있었다.
　결혼할 때 처가에서 마련해 준 집이 압구정동에 있지만 민혁은 어쩐지 처가에서 마련해 준 집에서 고시공부를 한답시고 집 안에 틀어박혀 있기가 마음이 편치 않았다. 그래서 민혁은 이 고시촌에 들어와 공부하는 것이 훨씬 마음이 편했다.

　산나물을 채취하기 위해 숲을 뒤지던 고시촌 아줌마들이 배낭을 짊어진 채로 숲 속에서 하나둘씩 모습을 드러내고 있었다. 모두들 이마에 흘러내리는 땀을 머릿수건으로 닦아내면서 조금은 힘들어하는 모습이었다.
　그들은 고시촌 앞마당에 서 있는 아름드리 느티나무 밑에 있는 평상에다, 던지듯이 배낭을 내려 놓았다. 그리고 곧바로 배낭을 열고 풀어 놓은 더덕이랑 산나물을 잰 솜씨로 다듬기 시작했다. 한뎃부엌에 올려 놓은 무쇠솥에서는 어느 새 물이 쌀쌀 끓고 있는 듯 솥뚜껑이 들썩이기 시작했다. 산나물은 고시생들 저녁 반찬용으로 뜯어온 모양이었다.

검둥이 한 마리가 혓바닥을 한 자나 빼어 물곤 아즐아즐 다가왔다. 녀석은 곧장 평상 아래로 기어들어가더니 네 발을 쭉 펴고 땅바닥에 넙죽이 엎드렸다. 민혁은 검둥이를 볼 때마다 집에서 기르는 뚱이 생각나서 입가에 미소를 지었다. 오선지를 그린 듯 전선줄에 나란히 앉아 있는 제비들의 재잘거림이 소란스럽기까지 했다.

송곳니가 빠드름히 삐어져 나온 춘천댁 아줌마가 더덕바심을 끝낸 뒤 뒷수쇄를 하다말고 물끄러미 민혁을 바라다본다. 언제 보아도 좀스럽지 않고 서글서글해서 친밀감이 유별난 아줌마였다.

가끔씩 이해하기 어려울 만큼 주위 사람들에게 불퉁거리는 습성만 고치면 의초롭기 짝이 없는 아줌마였다. 아줌마가 민혁이 쪽을 연신 흘금거리며 말했다.

"색시좀 다녀가라구 하지. 수원댁이 산아랫 동네에서 민박집도 하잖아. 아니면 집에 한 번 다녀오던지. 전에는 일주일에 한 번씩은 꼭 다녀왔는데 시험에 떨어지고 난 뒤부터 줄곧 집에 안 갔다왔잖아."

"예······."

"행여 낙심하지 말아요. 우리 고시촌에서 다섯 번, 여섯 번에 붙은 학생도 있었어. 학생이야 뭐 이제 겨우 세 번짼데 뭘. 너무 낙심하지 말어."

민혁이 하늘을 향해 고개를 꺾었다. 높층구름이 수제비를 뜯어 놓은 듯 드문드문했다. 민혁은 멋쩍은 듯 입가에 미소를 머금은 채, 질펀하게 펼쳐진 들녘으로 눈길을 보내놓고 생각에 잠겼다. 춘천댁 아줌마가 민혁을 향해 말했다.

"학생, 마음을 굳게 먹고 또 한 번 도전하는 거야, 이번엔 틀림없이 합격할껴! 내 장담하지."

"………"

민혁은 위로랍시고 그렇게 말해 주는 아줌마들이 한편으로 고맙기도 했지만 어찌 생각해보면 민혁 쪽에서 오히려 열없다는 생각이 들었다.

'그래도 고시촌 사람들은 이번에야말로 내게 기대를 많이 거는 눈치였는데…….'

민혁은 오늘은 아무래도 집에 내려가 봐야겠다는 생각이 들었다. 이웃 사람들 보기에 얼굴이 확확 달아오르고 면목이 없기는 두말할 나위도 없지만, 그래도 수정이는 민혁이 이번에도 또 낙방했다는 좌절감을 홀로 삭혀내느라 마음고생이 몹시 심할 것이라고 생각했다.

민혁 스스로 자신의 미래를 놓고 곰곰히 생각해 보아도 자신은 어떤 어려움이 와도 내일은 희망이라는 긍정적이고 미래지향적인 성격이라고 생각했다. 살아가면서 부딪히는 고통이나 괴로움 따위를 애써 표현할 줄도 모르거니와 또 그런 표현을 애둘러 나타내어 보았자 자신도 모르게 먼저 얼굴에 웃음기부터 돌았다.

아무리 생각해봐도 타고난 성품이라고 생각했다. 민혁을 향한 사람들의 마음에는 민혁이 매사에 미쁘기 짝이 없는 청년으로만 인식되어 있었다.

어렸을 적부터 사람들은 민혁을 보고 한 목소리로 이렇게 말했었다.

"민혁녀석 좀봐. 웃는 모습이 타고났어. 내가 몹시 화가 났을 때도 그 녀석이 웃는 얼굴만 쳐다보면 화가 가라앉는다니까?"

"글쎄 말이야 통 화를 낼 줄 모르는 아이야. 또 남을 화나게 하지도 않고말야."

"제 아버지한테 혹독하게 야단을 맞구서 눈물이 그렁그렁 하면서도 사람들을 보면 수줍은 듯 웃기만 하는데, 그럴 땐 되레 내 쪽에서 가슴이 아프단 말이지."

"하긴 민혁엄마의 얼굴이 항상 그렇게 웃는 얼굴이잖아."

엄마를 닮아서 그런지는 몰라도 민혁의 얼굴에 미소가 사라지지 않는 것은 아마도 천부적인 모양이었다. 그렇다고 해서 시도때도 없이 정신 나간 사람처럼 희희거리며 웃음을 남발한다는 것은 아니다. 때로 사태가 돌이킬 수 없을 만큼 심각할 때는 웃음의 반대쪽에서 또 어찌나 표정이 심각하던지 로뎅의 생각하는 사람 뺨칠 때도 있었다.

그런데 사람들은 그런 민혁의 심각한 표정을 만날 때도 오히려 웃음이 터진다는 사실이었다. 수정이조차도 민혁의 그 신비로운 웃음의 미학에 맥을 못춘지도 몰랐다.

민혁은 방에 들어가서 대충머리를 가다듬고 선바람인 채로 거울 앞에 섰다. 얼굴의 절반이 다박나룻으로 까무잡잡하게 점령당하고 있었다. 근래 들어 얼굴이 많이 망가졌다는 느낌이 들었다. 아마도 마음의 병이 깊어서 헛잠을 자주한 탓인가 싶었다.

'수염을 깎고 갈까 말까.'

그렇게 잠깐 망설이다가 민혁은 화장실에 가서 수염을 깨끗하게 밀고 나왔다. 하늘이 안보일 만큼 잣나무 숲으로 우거진 수림 속, 옛 선비들이 과거보러 넘나들었다는 오솔길 양 옆으로 어느 새 잡초가 무성해지고 있었다.

　민혁은 그 잡초가 참 좋았다. 그런 잡초 속에는 어릴 적 고향 마을에서 자주 보았었던 방아깨비나 풀무치 같은 메뚜기들을 자주 만날 수 있어서 참 좋았다.

　한참을 발맘발맘 걸어내려오던 민혁은 오솔길이 잠깐 끊어진 샛말간 도랑에서 두 손을 동그랗게 오므리고 물을 떠서 마셨다. 청렬한 물맛이 얼음물처럼 차가왔다. 고개를 꺾어 위를 올려다보았다.

　잣나무 가지 사이사이로 쏟아지는 햇살이 빗살무늬처럼 광휘롭기 짝이 없었다. 하지만 한낮인데도 숲 속은 초저녁처럼 어슴프레했다.

　청솔모 두 마리가 주거니 받거니 나무를 오르내리면서 숨을 헐떡거리고 있었다. 아마도 수놈은 흘레 붙으려고 암놈을 애타게 쫓아다니는 모양이었고, 암놈은 요리조리 수놈의 애를 태우며 피해 다니는 형세였다.

　허리에 찬 핸드폰이 진동인 채로 열심히 신호음을 보내왔다. 고시촌 안에서는 핸드폰을 진동으로 하게끔 엄하게 규정해 놓았다. 수정이었다.

　"오빠, 이번 주에도 집에 안 와?."

　"아냐, 지금 마악 내려가고 있는 중이야."

　핸드폰 속에서 그녀의 목소리가 젖은 듯이 울려왔다. 민혁은 그녀의 목소리만 들어도 공연히 가슴이 아프고, 보고싶고 행복했다.

　수정이 수화기 속에서 절대로 내색을 하지 않으려고 애를 쓰는 모습이 눈에 선했다.

　"오빠 괜찮지?"

　"전혀 괜찮진 않지. 수정이한테 면목없는 소리지만 솔직히 이번에도 떨어질 것이라곤 상상도 않았는데 막상 또 떨어지고 보니까 진짜 하늘이 노랬었어. 미안해 수정아."

"나도 이번엔 꼭 합격할 줄 믿었는데 또 떨어졌구나 했을 땐 땅이 푹 꺼져내리는 것 같데? 그런데말야 오빠, 한 가지 궁금한 게 있어?"

"뭔데?"

수화기 속에서 수정의 장난기 어린 목소리가 쉬지않고 쏟아지고 있었다.

"아아니, 엄마가 그러는데 고시에 세 번씩이나 낙방하는 게 믿어지지가 않는다네? 호훗!"

그 말이 떨어지자마자 민혁이 눈을 크게 뜨고 그건 말도 안된다는 듯이 말했다.

"천만에! 우리 고시촌에도 여섯 번째 떨어진 선배가 두 명이나 있는데? 세 번 떨어진 것쯤은 아무것도 아냐."

억지로 명랑을 가장하고 허갈쳐도 생소리를 내는 수정의 목소리는 확실히 여느 때와는 다르게 풀이 죽어 있었다.

"그래 오빠, 난 훌륭한 법관이 되어 우리 사회 부패의 온상을 깨끗하게 평정하겠다는 오빠의 꿈이 반드시 이루어질 날이 꼭 온다고 믿어. 호호호, 그러니까 오빠도 실망하지 말고 다시 한 번 도전하는 거야 알았지? 끝까지 밀고 나가야지. 먹구 사는거야 내가 받는 월급 갖고도 충분하잖아. 기죽지 말구."

"고마워. 그렇게 말해줘서. 수정아, 참으로 면목은 안 서지만 말이야. 열심히 노력할테니까 다시 한 번 참고 기다려 줘. 물론 합격하는 게 중요하지만 얼마나 정의와 양심에 부끄럼이 없는 법관이 되느냐가 더욱 중요하지."

"그래 오빠, 이번엔 틀림없이 합격할 거야. 근데 지금 출발했으면 여기엔 몇 시쯤에나 도착할까? 아빠가 오늘 집에 좀 들르라고 전화가 왔어. 무슨 말씀을 하실지 잘은 모르겠지만 뭐 뻔하지 뭐. 실망하지 말고 또 한 번 도전하도록 오빠에게 용기를 주라는 둥 그런 덕담이시겠지."
"막차를 타야 하니까, 늦게나 도착할 거야."
"그럼 오빠, 나 오늘은 아빠한테 들렸다가 거기서 엄마랑 자고 내일 바로 잡지사로 출근할게. 내일 저녁에 퇴근해서 집에서 만나자구."
"그래, 그렇게 하자."

핸드폰을 끄고나서 민혁은 또 고개를 꺾어놓고 하늘을 찌르듯 울창한 낙엽송을 올려다보았다. 머리에 예쁜 모자를 쓴 새 두 마리가 낙엽송 가지 사이로 연신 푸드득 거리며 날아다니고 있었다.
민혁은 입가에 미소를 가득히 머금고 중얼거렸다.
"생기긴 참 예쁘게 생겼는데 생긴 것만큼 목소리는 별로 예쁘지 않네."

우리 손녀딸이 참 이뻐

어느 마을에서 초상이 난 듯 행상을 메고 나가는 상여꾼들의 해로가가 구슬프게 민혁의 가슴에 와 닿았다. 이윽고 숲 속을 빠져 나오자 눈 아래로 광할한 들녘이 확 펼쳐졌다.

세월이 이렇게 앞서 왔는데도 새참 광주리를 머리에 이고 논두렁을 걸어가는 아낙네들의 발걸음이 위태로워 보였다. 어렸을 적에나 볼 수 있었던 모습이 요즘도 볼 수 있다는 게 참 새삼스러웠다. 멀리서 모내기를 하는 사람들과 트렉터들이 마치 장난감처럼 논바닥을 부지런히 쏘다니고 있었다.

여느 논엔 벌써 웃자란 모가 뿌리를 내리고 있는데 그 집 논주인만 무슨 사연 때문인지 모내기가 늦은 모양이었다. 하긴 지금 모내기를 해도 그리 늦은 것도 아니지만 다른 지방에 비해 이곳 사람들은 이른 모를 낸다고 민혁은 생각했다. 그래서 더더욱 바쁘게 움직이는 모양이었다.

요즘처럼 농기구가 발달한 시대에 아직도 부리망을 쓴 채 논바닥을 써래질하고 있는 암소의 몸짓이 조금은 힘겨워 보였다.

민혁은 산비탈을 끼고 도는 황토길을 터벅거리며 내려갔다. 쇠풍경을 울리며 풀을 뜯고 있는 황소 옆에서 밭고랑을 내고 있던 할머니가 주먹으로 허리를 탕탕 두드리며 민혁을 바라보고 계셨다. 민혁과는 안면이 썩 깊은 할머니었다.

6. 25전쟁 이후로 할아버지는 놋갓장이 일로 그럭저럭 생계를 유지했는데 2년 전에 노환으로 돌아가신 뒤 홀로 농사를 지으며 살고계신 할머니었다.

항상 마음을 편히하고 사셔서 그런지 얼굴은 언제 보아도 부얼부얼했다. 금방 점심을 드셨는지 밭머리에 놓인 쟁반에 빈그릇이 몇 개 모여 있었다. 할아버지가 아끼던 그릇이라 할머니가 쓰고 계신 그릇은 거의가 놋그릇이었다.

"집에 가능겨?"
"예 할머니, 허리 아프세요?"
"응, 이제 기계가 다 됐응께. 히히히."
"아이, 할머니. 어느 새 기계가 다 되다뇨? 할머니 아직도 20년은 더 건강하게 사실 거예요."
"그려? 히잉 듣기 나쁘지 않네."
"다녀올게요. 할머니."
"그려, 댕겨오라고."

민혁은 만약 이번에 합격했더라면 제일 먼저 고시촌을 빠져나와 이 할머니께로 달려왔을 것이라고 생각했다. 할머니가 민혁을 유독 좋아하시는 이유는 서울에서 혼자 자취하며 회사에 다니는 할머니의 손녀딸 때문이었다.

물론 민혁이 최전방부대에 근무하면서 대민봉사 때 배운 솜씨로 엉성 궂긴 하지만 할머니의 농삿일을 틈날 때마다 조금씩 거들어드린 이유도 있긴 했다.

할머니는 가끔씩 고시촌을 찾아오셨다. 그리고 지겟고다리에 꿰어 있던 보자기를 풀어서 삶은 고구마랑 옥수수 등이 담긴 커단 놋대접을 섬돌에 올라 선 채로 방 안으로 들이밀곤 하셨다.

엊그제는 냉잇국을 한솥 끓여서 고시촌을 찾아주시기도 했는데 민혁은 할머니의 냉잇국 맛을 결코 잊을 수 없을 것같이 느껴졌다.

할머니네 땅은 워낙 부지런히 거름을 퍼날랐던 탓인지 토질이 매우 걸차서 곡물이 매우 실했다.

"우리 손녀딸이 서울에서 회사에 댕기는디… 참 이뻐. 글고 심성이 썩 착해. 스물 일곱 노처년데 시집을 좋은 놈한테 보내야 쓰겄는디. 총각 같은 신랑 구하면 참 좋겠구만."

할머니가 넌지시 그럴 때마다 민혁은 멋쩍게 웃으면서 말했다. 할머니는 민혁이 결혼한 사실을 모르고 하는 말씀이었다.

"할머니. 저는 백수에요, 백수."

"잉? 백수? 백수가 뭐여?"

"부모님한테 물려받은 재산도 한 톨 없구요. 또 아직 직장도 없어요. 뭘로 할머니 손녀딸 먹여살리죠?"

"히잉! 긍께 시방 공부하는거 아녀? 합격하면 큰 벼슬하잖여."

그러면서 민혁의 등을 탕탕 두들기곤 하셨다.

어쨌든 민혁도 할머니가 좋았고 할머니도 민혁을 퍽이나 좋아하셨다. 민혁이 저만치 걸어가다 말고 돌아서서 할머니에게 큰소리로 말했다.

"할머니, 이번에 서울 가서 부항단지 사올게요."

"뭐셔?"

"부항단지 말이에요. 아픈 데다 붙이고 나쁜 피 빼는 기계인데요. 그거하면 시원하대요."

"그게 얼만디?"

"글쎄, 얼마든간에 제가 사다드릴게요."

"씰데없이 비싼 것은 사오지 말어어. 벼슬 준비하면서 먼 돈이 있간디? 이리와봐."

민혁이 할머니 앞으로 주첨주첨 다가갔다. 할머니가 허리춤에서 두루주머니를 풀더니 만 원 권 두 장을 꺼내 민혁에게 건네며 말했다.

"이 돈으로 부항단지 사다줘. 모자르면 냉중에 더 줄껴."

민혁은 할머니가 주는 돈을 극구 사양하고 버스 정류장을 향해 발걸음을 빨리했다. 이번 버스를 놓치면 오늘 중으로 서울에 도착하기가 아슬아슬하기 때문이었다.

행길 옆 풀숲에서 개구리가 꾸악꾸악 숨넘어가는 소리를 하고 있었다. 보이지는 않지만 민혁은 몸통이 초록색이고 빨간 무늬가 새겨진 뱀이 개구리를 삼키고 있다고 생각했다.

자랑스런 아빠

　이날 수정은 아빠의 서재문을 열고 솟을무늬가 선명한 양탄자에 발걸음을 들여놓았다. 그 양탄자는 미국에서 박사학위를 받고 귀국한 제자가 이집트에서 구입해서 결혼주례를 맡아 주었던 아빠에게 선물한 것이었다. 수정은 참 오랜만에 아빠의 서재를 구경한다 싶었다.
　대학교를 졸업할 때까지만해도 수정은 아빠의 서재가 많이 조심스러웠다. 왜냐하면 어려서부터 버릇없이 아빠의 서재를 함부로 들어가지 못하도록 엄마가 엄중경고했기 때문이었다.
　어쩌다 아빠의 서재를 구경할 기회가 있으면 서재 사방벽으로 빽빽하게 꽂혀 있는 두꺼운 책들이 어마어마하다는 느낌이었고, 아빠의 책상에서 풍겨나오는 독특한 잉크냄새가 너무도 엄숙하게 느껴졌었다.

　아빠가 펼쳐놓은 두터운 책은 또바기 깨알같이 빼곡하게 쓰인 영어글씨였고 아빠는 한번 서재에 들어가셨다 하면 좀처럼 모습을 드러내지 않으셨다.
　아빠에게 간식을 갖다드리라고 엄마가 심부름을 시킬 때도 수정은 가슴이 두근두근하기조차 했다. 행여 아빠를 방해하는 건 아닌가 싶어서 여간 조심스럽지 않았었다.

하지만 아빠는 언제나 자애롭고 온화한 얼굴로 수정을 대해 주셨을 뿐 아니라 가끔씩 그녀의 볼을 아프도록 꼬집어 주셨는데 수정은 그것이 너무 좋았다. 그럴 때마다 그런 아빠는 수정에게 있어서 더할수 없이 최고의 기쁨이기도 했다.

아빠는 또 검도에도 달인의 경지에 가까웠다. 언젠가 집에 도둑이 들었던 날 밤이었다. 엄마의 비명소리가 꿈나라에 젖어 있던 집 안의 고요를 갈갈이 찢어 놓았다.

"도둑이얏. 도둑이얏.!"

수정은 한번 잠에 취해 떨어지면 누가 아프도록 꼬집거나 쥐어박지 않으면 좀처럼 잠에서 깨어나지 않을 만큼 잠꾸러기었다. 하지만 그날 밤 엄마의 비명에는 눈을 번쩍 떴다.

그리고 벌어진 상황이 얼마나 무서웠던지 수정은 두 무릎이 사시나무 떨리듯 했고 숨이 꽉 막히는 느낌이었다. 얼굴에 두건을 쓴 도둑 세 명이 날이 시퍼런 칼을 들고 엄마의 목을 금새라도 찌를 듯 무섭게 위협하고 있었다. 도둑은 쇳소리로 낮게 소리쳤다.

"꼼짝마! 소리내면 죽여버릴거얏! 아뭇소리 말고 패물이랑 돈 있는거 다 내놨!"

바로 그때였다. 2층 서재의 문이 조용히 열렸다 싶었는데 아빠가 물처럼 조용한 발걸음으로 응접실로 내려오고 있었다. 아빠의 손에는 이미 목검이 굳게 쥐어져 있었다.

아빠는 조금도 당황함이 없이 근엄한 얼굴로 도둑들을 향해 서릿발 같은 목소리로 일갈했다. 그 목소리가 도둑들의 심장을 얼어붙게 했다.

"도둑질을 하러 우리집엘 들어오다니 이놈덜 잘못 짚었다!"

두목인 듯한 놈이 소리쳤다.

"잔소리 말고 돈 내놧!"

"이놈들잇!"

순간 아빠가 비호처럼 몸을 날리더니 엄마를 향해 칼을 겨누고 섰는 놈의 어깻 죽지를 목검으로 내리쳤다. 놈이 칼을 떨어뜨리고는 비명을 지르며 응접실 바닥에 나가 떨어졌다. 아빠가 몸을 어떻게 놀렸는지도 모를 만큼 눈깜짝할 사이에 세 명의 도둑들이 죽을 듯이 손목을 움켜쥐고 비명을 질러대고 있었다.

"아이고오 손목이야! 아저씨 한 번만 봐주세요, 잘못했어요"

"이놈들, 젊은 놈들이 열심히 일해서 벌어먹을 생각은 않고 남의 것을 강도질해서 먹고 살려 하다니 더 혼내줄깟!"

도둑들은 아빠에게 한 번만 용서해 달라고 손이 닳도록 빌었다. 아빠는 그런 도둑들을 향해 빙그레 웃음을 지으며 말했었다.

"젊은이들, 일을 열심히 해서 정직하게 먹고 살 마음을 가져야 해, 도둑질은 안돼 알겠나? 대체로 도둑들은 먹고살려고 도둑질하는 게 아니지. 모두 유흥비로 쓰려고 도둑질하는 거야. 내 말이 맞지?"

도둑들은 제발 경찰에 넘기지 말아 달라고 두 손 모아 빌고 또 빌었었다. 그때 아빠가 엄마에게 서재에 들어가서 아빠의 윗도리를 가져오라고 시켰다. 엄마가 아빠의 양복 윗도리를 갖다드리자 아빠는 지갑을 꺼내어 세어 보지도 않고 돈을 몽땅 꺼내어 도둑의 손에 쥐어 주셨다.

그때 이후로 수정은 더더욱 아빠의 얼굴이 큰바위 얼굴을 닮은 듯 존경스러웠다. 학수와 민혁이 검도를 잘하는 것도 수정 아빠의 영향이 컸다고 볼 수 있었다. 수정의 아빠는 틈만 나면 학생들에게 검도가 정신수양과 신체단련엔 단연 으뜸이라고 자랑을 늘어 놓으시곤 했기 때문이었다. 아빠가 도둑들에게 부드러운어조로 말했었다.

"그 돈은 병원비를 제하고도 훨씬 많이 남을 거야. 다시는 도둑질을 말기야 알겠지? 생각해 보게. 젊은이들에게 빼앗긴 돈을 벌기 위해 그 돈의 주인은 얼마나 피땀을 흘렸겠는가."

수정은 그 당시 그런 아빠가 훌륭하다는 생각을 미쳐 할 겨를도 잊은 채로 쉴새없이 두 무릎이 딱딱 부딪힐 만큼 무서웠다. 어금니는 마치 자동모타를 단 듯 쉬지 않고 덜덜거리기만 했었다.

그리고 세월이 흘러 몸과 마음이 성숙해질수록 아빠는 수정의 가슴에 자랑과 존경의 대상으로 지금까지 굳게 자리잡고 있는 것이었다. 수정이 아빠를 볼 때마다 느끼는 것은 또래의 어른들보다 아빠는 몸과 마음이 항상 젊어 보이는 것이었다. 수정은 아빠의 그런 모습이 참 자랑스러웠다.

수정은 아빠의 원고지 위에 무뚝뚝히 누워 있는, 몸통이 똥똥한 파카 만년필을 물끄러미 내려다보고 있는 중이었다. 어느 새 호두녀석이 이층으로 올라와 수정의 품에 안겼다. 수정은 만년필에 눈길을 떨군 채로 조그맣게 중얼거렸다.

'저 만년필은 내가 초등학교 6학년때부터 보았던 만년필이야.'

조금 뒤 화장실에 갔던 아빠가 서재에 들어섰다. 호두가 수정의 품을 벗어나 아빠를 향해 재롱을 떨며 좋아했다.

"오! 수정이 왔구나! 얼굴이 좀 핼쓱해졌구나. 강군이 시험에 떨어져서 마음고생하느라 그래?"

"아, 아뇨 아빠."

"강군은 아직 고시촌에서 안 내려왔니?"

"오늘밤에 도착해요."

"오늘은 내가 네게 꼭 보여줄 게 있어서 불렀다."

그녀는 아빠의 말에 저으기 긴장하며 속삭이듯 물었다.

"뭔데요, 아빠?"

아빠는 수정의 물음에는 대답 않고 책장 속에 심장하고 있던 낡은 사진첩을 한 권 꺼내와서 책상 위에 펼쳐놓기 시작했다.

아빠가 누렇게 퇴색된 사진 한 장을 손가락으로 가르켰다.

"누구예요?"

"아빠 옆에 앉아있는 이 군인아저씨 어디서 많이 본 얼굴같지 않니?"

"글쎄요 아빠… 눈매랑 코가… 어디서 본 듯 하기도 하구요. 아빠, 혹시 제가 어릴 때 우리집에 가끔 오셨던 분 아녜요?"

"그래, 맞어. 이분이 바로 강군 아버지다."

"옛? 그, 그럼 제겐 시아버님 되시는?"

"그래. 이분이 바로 강군 아버지야."

"아빠가 민혁오빠 아버지와 친구 사이었다는 것은 엄마한테 들어서 진즉부터 알고는 있지만 민혁오빠 아버지 사진은 처음 보네요."

"그렇지?"

"네, 그런데 아빠, 왜 그 동안 민혁오빠 아버지에 대해서는 제게 아무 것도 말씀해 주시지 않았어요?"

"내 딴엔 마음으로 설계한 계산이 따로 있어서 그랬다. 참으로 훌륭한 친구였지. 그 친구만 생각하면 울컥 가슴이 뜨거워진다."

"언제적 친구였어요?"

"강군 아버지와 아빤 경상도 심심산골에 있는 어느 조그만 동네에서 몇 달 간격으로 태어났다. 그런데 수정아, 강군 아버지가 건빵봉지를 들고 있는 왼손약지를 잘 살펴보렴."

수정이가 사진을 자세히 들여다보더니 조그맣게 비명을 질렀다.

"어맛! 손가락에 큰 상처가 있어요. 왜죠?"

"수정아."

"네, 아빠."

"이제부터 내가 하는 이야기를 잘 들어야 한다."

수정이 다시 호두를 안아들고 조금은 긴장된 얼굴로 아빠의 얼굴에 시선을 집중했다.

아빠의 고백

　차명성 박사의 이야기는 시작되었다.
　차명성과 강경찬은 경상북도 안동지방에 위치한 조그마한 산골마을에서 몇 달 간격으로 태어났다. 강경찬이 차명성보다 석 달 빨리 세상에 나왔다.
　마을이 온통 산으로 빽둘러싸여 하늘아래 첫동네 같은 산골마을이었다. 벼농사를 지을 다락논마저 턱없이 부족했던터라 사람들은 화전을 일구워 억척스레 밭농사를 지어서 감자나 고구마, 옥수수 등을 경작했다.
　지금도 차 박사는 그때 먹었던 감자나 옥수수의 엇구수했던 맛을 잊을 수가 없다. 사람들은 거기에다 산나물을 섞어 먹으면서 그럭저럭 허기를 면하고 살았다.

　겨울에는 사흘돌이로 얼음을 깨어 물고기를 잡았다. 그리고 한뎃부엌에 마련된 커다란 무쇠솥을 둘러싸고 동네사람들이 모여앉아 매운탕 잔치를 벌이기도 했다.
　강경찬의 아버지는 부싯돌을 치는데 도꼭지여서 좀체로 성냥구경을 못하는 사람들에겐 영웅이었다. 모두들 사는 것이 엉새판이라 먹을 게 시원치 못해서 하루하루 목구멍에 풀칠하고 사는 것이 몹시 고달프긴 했다. 6.25전쟁이 할퀴고 지나간 상처가 너무도 깊은 탓이었다.

아버지는 벽에 뚫린 고콜 속에다 관솔로 불을 밝히고 천자문을 읽기도 했고, 어머니는 달빛이나 개똥벌레 불빛을 벗삼아 헤어진 버선을 꿰매기도 했다.

그래도 모처럼 토끼 한 마리 꿩 한 마리만 잡아도 온동네 사람들이 다 모여서 살코기는 나이 많은 어른들께 드리고 국물만 후룩후룩 나누어 마실지언정, 인심이 후해서 사람사는 재미가 깨소금처럼 재미있는 마을이었다. 오죽하면 장쪽빡 한바가지도 동네사람들끼리 나누어 먹었다. 운좋게 올가미에 노루가 잡히는 날은 온 동네 사람들이 배를 두드리며 잔치를 벌이는 날이었다.

차명성과 강경찬은 동네에 있는 초등학교를 졸업했으나 부모님들이 워낙 가난해서 중학교에 입학할 형편이 못되었다.

그런 어느 날이었다. 고추바람이 살을 에듯 추웠던 그날, 차명성과 강경찬은 부모님 앞으로 편지를 써놓고 안동역으로 향했다. 차명성과 강경찬은 차표도 끊지 않은 채 무작정 청량리행 열차를 탔다. 아직 철도 들지않은 14살 어린나이지만 어디 한번 서울로 가보자고 둘이서 마음을 모은 것이었다.

딱딱한 나무 의자에 앉아 눈발에 얼룩지는 차창 밖을 내어다보니 한없이 고생스럽고 고달픈 산골생활이었지만 아버지와 엄마의 사랑이 깊이 배어 있는 고향이었다. 안동 시내가 빙글빙글 시야에서 멀어져갈 때 두 소년은 눈물을 글썽이며 울먹였다.

"명성아, 우리 꼭 돈 많이 벌어갖고 엄마 아부지한테 찾아오는기다. 알겠제?"

경찬이가 그렇게 입술을 깨물면서 말했을 때 명성이의 눈물이 볼을 타고 주르르 흘러내렸다.

"그래 꼭 훌륭한 사람 되어갖고 돌아와야제, 순자한테 인사도 몬하고 나왔는데……."

"편지라도 한 장 써놓고 나오지 그랬나?"

"부끄럽게스리 우예 편지를 쓰노?"

"부끄럽기사 ……."

두 소년은 기차를 타고 청량리까지 올 동안 얼마나 가슴을 졸였는지 몰랐다. 저쪽에서 역무원이 모습을 나타내면 두 소년은 재빨리 창 밖을 향해 고개를 돌렸다. 역무원이 차표검사를 할 때는 간이 콩알만해지는 느낌이었다. 다행히 역무원은 두 소년에게 차표를 보자는 소리를 안했다.

기차가 청량리역에 도착했을 때 차창에는 서리꽃이 만발했다. 역무원이 차표를 보자고 말하지 않고 지나갔을 때 두 소년은 가슴을 쓸어내렸지만 청량리역에서는 어김없이 붙잡히고 말았다.

"어디서 탔지?"

"아, 안동에서예."

"어딜 가는데?"

"………"

"어딜 가느냐고 묻잖어!"

"그냥… 탔어예."

"뭐라구? 목적지도 없이 무작정 탔다구? 뭘하려구 서울 왔니?"

"돈벌라고예."

"서울 오면 누가 너희들에게 돈벌게 해 준다든?"

"········."

"········."

"다음부터는 기차를 몰래 타면 순사 아저씨한테 일러서 감옥에 보낸다. 알겠니? 오늘은 특별히 용서해 주는 거야."

"고, 고맙심더 아저씨요."

두 소년은 인심좋은 역무원의 호의로 겨우 청량리역을 빠져나올 수 있었다. 살을 에듯이 차가운 칼바람이 청량리역 광장을 휩쓸고 지나갔다. 두 소년은 갈 곳을 몰라 광장 한복판에서 사방을 두리번거리며 오들오들 떨고 서 있을 뿐이었다.

요즘처럼 따뜻한 신발과 두터운 파커가 흔한 시대도 아니었다. 양말도 못 신은 발뒤꿈치가 닳아 없어진 검정고무신 뒤축으로 삐어져 나왔지만, 때꼽재기가 더께로 까맣게 덥혀서 어디가 고무신이고 어디까지가 살인지 쉬 분간이 가지 않을 정도였다. 뱃 속에서는 쪼르르 소리가 쉬지 않고 끓고 있었다.

"아고, 배도 고프고 춥다. 우예노!"

"명성아, 저 안에 들어가자. 대합실이라고 써 있잖나 춥다."

그날 밤 두 소년은 청량리역 대합실의 딱딱한 나무의자에서 주린 배를 움켜쥔 채, 새우처럼 등을 잔뜩 웅크리고 잠을 청했지만 추워서 잠을 잘 수가 없었다. 그때 누군가가 두 소년에게 다가섰다.

"얘들아, 여기서 자면 얼어죽어. 일어나라, 집이 없니?"

"예."

"갈 데도 없니?"

"예."

"어디서 왔니?"

"안동에서예."

"안동에 부모님 계시니? 서울엔 왜 왔지?"

"돈 벌어서 학교에 갈라꼬예."

"서울에 오면 돈 벌 줄 알았구나. 서울에 온다고 돈벌이가 쉬운 것은 아니야."

"예."

"밥도 먹지 못했겠구나. 따라와라. 내가 국밥을 한 그릇씩 사 줄게."

국밥을 사 준다는 말에 두 소년은 귀가 번쩍 띄어 얼른 그 사나이를 따라나섰다. 남바위 모자를 푹 눌러쓴 사나이는 두 소년을 데리고 청량리역 광장 가장자리에 늘어서 있는 어느 국밥집으로 들어갔다.

두 소년은 주인이 국밥을 눈앞에 갖다놓자마자 그야말로 마파람에 게 눈 감추듯 순식간에 그릇을 비웠다. 사나이가 빙긋이 웃음을 지으며 말했다.

"더 먹을래?"

"예."

"아줌마, 국밥 한 그릇씩 더 줘요."

두 번째 날라온 국밥도 금새 그릇을 비워버렸다.

"됐어? 배불러?"

"예."

"따라오너라, 우리집에 가서 자자."

두 소년은 영문도 모른 채로 사나이를 따라나섰다. 두 소년은 처음보는 낯선 사나이가 배불리 국밥을 사 준 것만도 얼마나 고맙고 믿음직스러웠는지 몰랐다.

두 소년이 사나이를 따라들어간 곳은 굴다리 아래 판자쪼가리로 얼키설키 붙여 지은 조그만 오두막집이었다. 그 오두막집 안에는 명성이와 경찬이 또래의 소년들이 십여 명 올망졸망 모여 앉아 있었다.

그들은 두 소년이 몸을 구프리고 들어오자 신기한 듯 생쥐처럼 눈을 반짝이며 쳐다보고 있었다. 덩치가 꽤 큰 청년도 두어 명 있었다.

사나이가 외투를 벗어 널빤지에 박힌 커다란 대못에 걸어놓고 나서 덩치가 제일 큰 청년에게 손짓을 했다. 청년이 주첨주첨 다가왔는데 걸음걸이가 이상스럽다 싶어 그의 발을 자세히 보니 발가락이 안으로 구부러진 쥐엄발이 청년이었다.

"오늘부터 얘들도 우리 식구다. 잘 돌봐줘라. 그리고 구두통 두 개 갖고와라."

"예."

청년이 공손하게 대답하고 구석에 쌓여 있는 구두통들 중에 두 개를 사나이 앞에 갖고 왔다.

사나이가 두 소년에게 물었다.

"넌 이름이 뭐지?"

"차명성요."

"그래 명성아, 너는 내일부터 이 구두통을 메고 매일 거리로 나가서 구두를 닦아야 한다. 그래서 돈을 벌어와야 한다. 그러면 굶지 않을 수 있다. 알겠니? 그리고 네 이름은 뭐지?"

"강경찬요."

"그래 경찬이도 마찬가지다. 명성이와 함께 구두를 닦아서 돈을 벌어와야 한다. 알겠니?"

"예."

"그리고 두칠아."

"예."

"이 아이들한테 구두닦는 방법을 잘 가르쳐서 내일부터 일을 시켜라."

"예."

두칠이란 덩덕새 머리의 청년이 두 소년을 구석으로 데리고가서 열심히 구두닦는 법을 가르쳐 주었다. 그 모습을 물끄러미 바라보고 있던 사나이가 무엇이 생각났던지 훌쩍 일어나 밖으로 나갔다. 그리고 사나이는 조금뒤 군고구마를 두 봉지 사들고 와서 청년에게 안겨주고 다시 밖으로 나갔다.

오두막집에서 아이들이 동그랗게 둘러앉아 군고구마를 나누어 먹으며 즐거워했다.

명성이가 몹시 궁금했던 모양 청년에게 물었다.

"형아, 여기가 뭐하는데고?"

쥐엄발이 청년이 그렇게 묻는 명성이를 흘끔 쳐다보며 대답했다.

"고아원이다."

"뭐래? 고아원이라꼬? 무슨 고아원이 이래 작노?"

"이제 막 시작하는 고아원이야, 희망고아원이 우리 고아원의 이름이다. 아까 그 아저씨는 선생님이야 우리한테 공부도 가르쳐 주고, 이렇게 먹을 것도 대주는 훌륭한 선생님이야."

"선생님? 그라모 우리 여기서 공부도 배운단 말이가?"

"그래, 낮에는 구두도 닦고 동냥도 하지만 밤에는 공부도 배운다."

공부를 한다는 말에 경찬이와 명성이의 눈빛이 반짝 빛을 발했다. 그 날부터 두 소년은 그 판잣집에서 먹고자면서 낮에는 거리를 헤매며 구두를 닦았다. 그리고 밤에는 낡은 칠판 앞에 옹기종기 모여앉아 선생님에게 영어도 배우고 수학도 배웠다.

가끔씩 대학생들도 와서 국어랑 역사 등도 가르쳐 주었는데 명성이와 경찬이는 무엇보다도 공부를 할 수 있다는 사실이 신났다. 그리고 이듬해 희망고아원은 왕십리에 벽돌을 쌓아 지은 20평쯤 되는 작은 건물로 이사를 했다.

아이들은 돈을 벌어오는 대로 한푼도 거짓말을 않고 선생님에게 갖다 드렸다. 선생님은 아이들이 벌어오는 돈으로 헌옷 등을 사다가 입히기도 했고, 공책이랑 연필 등을 사서 공부하는데 불편함이 없도록 최대한 노력했다.

선생님은 무엇보다도 아이들에게 신앙심과 성실함을 많이 강조했다. 많이 벌어온 아이에겐 학용품도 많이 분배해 주었다. 그러나 입는 것과 먹는 것만큼은 공평하게 나누어 주었다. 어떤 때는 미국사람들도 희망고아원에 찾아와 옷이랑 학용품은 물론 가루우유, 장난감 등 신기한 물건들을 많이 주고 가기도 했는데, 그런 날은 아이들이 최고로 신나는 날이었다.

선생님은 항상 아이들의 머리에 손을 얹고 기도해 주셨는데 그럴 때마다 선생님의 눈에서는 눈물이 비오듯 쏟아지곤 했었다. 명성이와 경찬의 기억 속에서 먼 훗날까지도 잊혀지지 않고 뿌리박힌 선생님의 기도는 두 사람의 가슴에 지워지지 않고 깊숙이 각인되어 있었다.

"하나님, 아직도 전쟁의 상처가 아물지 않은 국가위난의 시대에 태어나 부모를 떠나 유리하며 고생하는 불쌍한 영혼들을 축복해 주옵소서. 이 나라와 민족을 위해 위대한 지도자가 되게 축복해 주옵소서……."

선생님은 모든 아이들을 차별않고 똑같이 사랑했지만 겉으로 드러나지는 않게 유독 명성이와 경찬이에게 관심이 컸다.

"경찬아, 명성아, 비록 너희들이 지금은 구두를 닦고 동냥을 해서 하루하루 목숨을 연명하며 힘겹게 살지만, 몸은 헐벗고 가난하지만, 너희들의 영혼의 창엔 항상 소망의 불이 켜져 있어야 한다.

이제 곧 이 고아원을 떠나 또 다른 세상 속으로 던져질 것이지만 아무리 힘들고 괴로워도 부모님의 은혜를 잊지말고 절대로 불의한 일과 타협하지 마라. 그렇게 되면 너희 영혼의 창에 불이 꺼지게 될 것이고, 대신 너희 불꺼진 영혼의 창에 칠흑처럼 깜깜한 절망의 그림자가 음습하게 사리잡을 것이다. 그렇게 되면 수많은 어려움과 절망을 견디며 노력했던 수고의 열매는 빈 껍질만 남게 되고 인간으로서의 가치는 영원히 너희들 곁을 떠나고 만다.

너희가 어느 곳에 가든 하나님의 말씀을 기억하고 꼭 그 말씀대로 순종하고 살면 머잖아 너희 장래가 해처럼 밝게 빛날 날이 반드시 찾아온다. 아무리 어려워도 부모님에게 어렵고 힘들다는 호소는 안된다. 건강하게 공부 열심히 해서 꼭 훌륭한 사람이 되어 부모님을 찾아 뵙겠다고 편지 보내드리는 일을 게을리 마라."

선생님은 명성이와 경찬이의 손을 꼭 쥐고 그렇게 힘주어 말하며 눈물을 글썽이셨다.

명성이와 경찬이가 18살이 되던 해 선생님은 미국으로 건너가셨다. 그리고 명문 하버드 대학을 졸업한 뒤 훗날 미 국무성에 들어가 국위를 떨치는 훌륭한 인물이 되었다.
　선생님이 미국으로 건너간 2년 뒤에 두 사람은 나란히 대입검정 고시에 합격했다. 그리고 그 이듬해 명성이는 서울법대에 합격했고, 경찬이는 육군사관학교에 입학했다.

　차명성 박사는 거기까지 이야기한 뒤 잠깐 말을 끊고 식어가는 커피를 말끔히 마신 후 잔을 비웠다. 창 밖의 목련나무 가지에 비둘기 한 쌍이 나란히 앉아 있었다.
　창 밖을 내어다보고 있는 아빠를 물끄러미 바라보며 수정은 궁금한 듯 물었다.
　"그런데 아빠, 아까 제게 말씀했잖아요. 시아버님의 손가락 큰 상처를 새삼 강조하시면서⋯⋯."
　"그래⋯⋯."

아! 시부모님들

차 박사는 다시 이야기를 시작했다.

"너도 알고 있지만 아빠가 네 엄마를 만난 것은 대학을 졸업하고 군에서 제대한 스물여덟살 노총각 때였고, 그때 네 엄마는 청계천의 봉제공장에서 미싱을 밟는 봉제공이었다. 아빠보다 5년이나 아래였는데 야간대학에 다니고 있었지. 무모하긴 했지만 우리는 너무도 사랑했던 탓에 답십리의 산동네 판잣집을 한 칸 얻어 쪽살림을 시작했었지.

그런데 네가 태어난 지 석 달쯤 되었을 때 갑자기 엄마가 쓰러졌다. 아빠는 그때까지도 직장을 잡지못해 애만 태우고 있는 때였지. 다른 사람들은 용케도 직장을 잘 구했는데 나는 운명처럼 직장을 구할 수가 없었다."

"쓰러져요? 왜요?"

"산후조리도 제대로 못해 몸이 몹시 약해진 데다, 정신적 육체적 과로가 겹친 탓이었어."

"그렇게 힘들었어요?"

"당시 엄마는 놀음에 빠져 재산을 모두 탕진한 친정아버지 때문에 몹시 힘들어했는데, 설상가상으로 친정어머니가 불치의 병에 걸려 사경을 헤매는 지경이었다. 동생들은 다섯이나 되는데 하나같이 의지할 곳 없고 엄마만 쳐다보고 있는 형편에서 엄마가 얼마나 힘들었겠니.

집에 먹을 쌀도 없는 형편에 병원에 갈 능력도 안되고, 친정어머니는 사경을 헤매고… 동네방네 돌아다니며 돈을 좀 꾸어달래도 아무도 빌려 주는 사람이 없었어. 하긴 산동네에 올라와 하루살이처럼 겨우겨우 살아가는 사람들이 돈이 있을 리가 없었지. 그 참혹한 상황에서 어린 너는 말라붙은 엄마의 젖을 빨다 못해 울다 지쳐 잠이 들기 일쑤였고… 어느 날 아빠가 공사판에서 막노동을 해서 번 돈으로 쌀을 한 봉지 사 들고 집으로 돌아왔는데 네가 죽은 듯 꼼짝도 않았다."

"그럼… 아빠… 저도 엄마처럼 죽어가고 있었군요."

"그래 난 그때 네가 죽었다고 생각했다. 그때 희망고아원 선생님의 말씀이 생각났어. 삶에 지쳐 앞뒤가 절벽처럼 캄캄한 절망에 빠졌을 때 하나님을 찾으라고… 아빠는 땅을 치고 통곡하면서 하나님을 찾았지. 제발 아내와 딸을 살려달라고."

어느 새 수정의 눈에서 흘러내린 눈물이 손등을 적시고 있었다. 수정이 울먹이는 목소리로 말했다.

"그래서요. 아빠, 엄마는 어찌됐구, 저는 어떻게 살아났어요?"

"그때 누군가 방문을 열고 들이닥쳤는데 바로 강군의 아버지가 기적처럼 나타났어."

"민혁오빠의 아버님요?"

"기가막힌 상황이니 강군아버지인들 어쩔 줄을 모르고 당황했지. 잠든 듯 꼼짝도 않고 있는 너를 안고 온몸을 주무르고 볼을 때리고 별짓을 다해도 네가 깨어나지 않자 강군아빠가 부엌으로 달려나가더니 식칼을 갖고 들어왔어."

"예? 식칼을요?"

"그래, 강군의 아버지가 내가 미쳐 말릴 틈도 없이 방바닥에 손을 눕히고는 눈깜짝할 새에 부엌칼로 자신의 손가락을 베었어."

"어마낫!"

"그리고 네 입에다 손가락을 물렸어. 그것은 정말 하나님의 도우심이었어. 네가 조금씩 강군아버지의 손가락을 젖을 빨듯 빨지 않겠니."

"세상에 ……."

"너는 … 그렇게 강군아버지의 손가락에서 흐르는 피를 빨면서 살아났단다. 참으로 기적이었어. 그리고 강군아버지가 네 엄마를 들쳐업고 미친 듯이 산동네를 달려 내려가 청량리에 있는 병원에 입원시켰지. 나도 질세라 너를 안고 엄마가 입원해 있는 병원으로 달려가 입원시켰지. 엄마와 네 치료비는 강군아버지가 모두 책임졌다. 네 엄마와 너는 그렇게 강군아버지의 은혜로 살아났단다."

차 박사는 잠깐 이야기를 멈추고 다시 창 밖으로 붉은 시선을 내어물고 있었다. 수정의 눈에서 눈물이 끊이지 않고 흘러내렸다.

"아빠 … 그런데 민혁오빠 부모님은 어떻게 그렇게 일찍 세상을 뜨셨나요."

"당시 강군아버지와 함께 광주에 출동했던 선임하사의 말에 의하면 강군의 아버지는 5.18 광주사태 때 진압부대 중대장으로 현장에 투입되었다고 했다. 그 당시 강군아버지는 노도처럼 밀려오는 데모 군중 속으로 뛰어 들어갔다는 거야. 그리고 죽을 힘을 다 쏟아내어 소리쳤다는 거야. '이러면 여러분들 모두 총에 맞아 죽는다.'며 사력을 다해 몸으로 말렸는데, 어느 술 취한 민간인 한 사람이 민혁아빠를 향해 마구 총을 난사했다고 했다."

"세상에……."

"강군아버지는… 그렇게 아직은 할 일 많은 아까운 젊음을 5. 18 광주항쟁의 희생의 제물로 꽃잎처럼 스러져갔다."

"아빠……."

"강군아버지가 그렇게 죽고난 많은 세월이 흐른 뒤, 강군엄마는 병명도 모른 채 시름시름 앓아눕기 시작했는데, 병원에서 몇 달 치료를 받았지만 어느 함박눈이 펑펑 쏟아지던 날 저녁에, 내가 보는 앞에서 잠들어 있는 강군의 손을 꼭 잡은 채로 눈을 감고 말았다.

위암 말기였다고 의사가 말했지. 내가 알기엔 그렇게 급작스레 목숨을 잃은 강군아버지에 대한 그리움을 잊어보려고 병이 깊어지는 줄을 모르고 그토록 악착같이 일만 하면서 살았지만 끝내 건강을 잃고 말았지. 아마도 강군아버지에 대한 그리움을 끝내 감당할 수 없었던 것 같다."

"이제야 아빠한테 물어보는데요. 시어머니가 돌아가시고 난뒤 민혁오빠는 꼭 기숙사 생활을 해야 했어요?"

"내가 강군을 여러모로 달래면서 집은 작지만 우리와 함께 살자고 설득했지."

"그랬는데요?"

"아직은 철이 덜든 소년이었지만 습습하기가 어찌나 의젓하고 당찼던지… 그냥 혼자 열심히 살아가겠다고 끝내 고집을 부렸지. 강군이 다니던 학교는 지금도 그렇긴 하지만 당시만 해도 외국인 선교사가 운영하는 최고의 시설을 갖춘 미션스쿨이었는데, 성적이 우수한 학생들이나 가정형편이 어려운 학생들에게 기숙사를 제공하고 있었어. 아빠가 그 선교사님을 찾아가서 형편을 잘 얘기했더니 쾌히 기숙사 생활을 허락하셨단다.

갑작스레 적수단신이 되었으니 부모를 잃고 얼마나 외롭고 힘들었겠니. 그런데도 강군은 항상 전체 1, 2등을 다투었고 결국 서울법대에도 우수한 성적으로 합격했지. 아빠와 선후배 사이가 된 것이지. 그리고 대학에서도 기숙사 생활을 했고 용돈도 스스로 과외공부를 가르치면서 벌어썼다. 하지만 강군도 외로움이 깊었던지 가끔씩 우리집을 찾아왔을 때 공원의 벤치에 앉아 기타를 치며 노래를 부르곤 했지.

강군은 어딜가나 꼭 기타를 친구처럼 갖고 다녔어. 강군은 노래 솜씨도 훌륭한 걸 너도 잘 알지? 하여간에 아빠가 도와줄 조금의 틈조차 허락하지 않았지. 너도 민혁 군과 사귀면서 느꼈겠지만 정말 딸 가진 부모치고 사윗감으로 탐내지 않을 수 없을 만큼 마음에 드는 훌륭한 청년이었어. 요즘 세상에서 너무도 보기 힘든 청년이었다. 분명히 말해두지만 강군의 미래는 법의 정신을 초월한, 훌륭한 지도자가 될 것이란 아빠의 말을 잊지마라."

"민혁오빠 부모님에 대해선 그냥 일찍 돌아가셨다고만 했어요. 한 번도 자신의 살아온 지난 날의 이야기를 자세하게 이야기한 적도 없었구요. 내가 이런저런 것들이 궁금하여 물어보면 그냥 빙그레 웃기만 하면서 일체 말을 않더라니까요. 아빠가 말씀하신 대로 민혁오빠 가끔씩 기타를 치며 노래를 불러요. 민혁오빠의 음악에 대한 감성도 수준급이에요. 민혁오빠 친구들도 입을 모아 극찬했어요. 가수의 길을 가도 성공

할 것이라고."

"말을 절제할 줄 안다는 것은 천하를 얻는 것과 견준다고 했는데 어려서부터 말을 아끼고 가려서 하는 습관은 강군도 아버지를 꼭 빼어 닮은 듯하다. 강군아버지가 그렇게 말과 노함을 절제할 줄 아는 훌륭한 군인이었어."

수정이 그렇게 민혁을 두둔하듯 말하는 아빠에게 투정섞인 목소리로 말했다.

"하지만 아빠, 답답할 때도 얼마나 많다구요. 좋은 일이 있어도 뻥시레. 나쁜 일이 생겨도 그냥 뻥시레."

"수정아."
"네?"
"강군의 어머니는 남편을 잃은 슬픔을 잊어버리려고 작심한 듯 오직 돈 버는 일에만 죽자사자 매달린 탓에, 훗날엔 꽤 많은 돈을 모았던 모양이었어. 남편이 살아생전 타온 월급과 자신이 악착같이 모아두었던 돈으로 경기도 양주 땅 어디엔가 일만 이천 평이나 되는 땅을 사두기도 했는데 당시에는 땅값이 많이 쌌던 때였지, 지금 너희가 살고 있는 집도 실은 강군의 어머니가 훗날 강군이 장가갈 때 물려줄 셈으로 장만해 놓은 집인데 강군이 기숙사 생활하는 동안 쭉 남에게 세를 놓았다가 너희들이 결혼할 때에 집을 다시 단장해서 준 것이다."

수정이 눈을 크게 뜨고 깜짝 놀란 얼굴로 말했다.

"그런 사실들을 민혁오빤 전혀 모르고 있어요. 세상에 집도 그렇고, 시골에 그렇게 많은 땅을……."

"사실은 강군 대학 졸업하던 날 모든 사실을 이야기해 주려고 했었다. 그런데 마침 너희 둘이서 서로 사랑하는 사이가 되어 결혼까지 약속한 마당이니 훗날 적절한 기회가 오면 얘기해도 되겠다 싶었는데 지금이 꼭 적기인 것 같아서 오늘 너를 부른 거야."

"그런데 아빠, 이 이야기를 민혁오빠에겐 암말도 않으시고 왜 제게만 먼저 말씀을 하시는 건데요?"

"그건 네가 강군의 아내이기때문이지. 인생을 살아가다보면 뜻하지 않은 행운이 올 수도 있지만 전혀 예기치 않은 어려움을 만날 수도 있단다. 행운을 얼마나 지혜롭게 받아들이느냐, 또 불운을 얼마나 지혜롭게 헤쳐나가느냐는 전적으로 개인의 의지와 능력에 달려 있다. 여자는 남편이나 재물을 현명하게 가꿀 줄 알아야 한다.

현명한 아내가 훌륭한 남편을 만들 수 있고, 재물을 지혜롭게 잘 관리해서 가문을 일으킬 수 있게 되고, 나아가서는 불우한 이웃에게 시원한 그늘도 되어 줄 수 있는 것이니까. 재물은 결코 사람의 소유가 아니고 하나님이 잠시 맡겨주신 것 뿐이야. 재물에 관한 소신이 확실하고 정직해야 인간으로서의 존재가치를 행동으로 옮길 수 있는 거야."

"전 우리집을 엄마가 결혼선물로 사 주신 줄 알았어요."

"수정아."
"네?"
"강군이 결혼을 하고서도 집에서 공부 않고 고집스레 고시촌에 틀어박혀 사는 이유 넌 잘 이해가 되지 않지?"
"네, 그래요. 아빠."
"처가에서 마련해 준 집에서 빌붙어 살아가는 자신의 모습이 싫은 탓이야. 자격지심이지. 내가 믿기로 강군은 시험에 합격하기 전엔 집에 들어와 살려고 않을 것이다. 그건 자존심의 발로이기도 하지만 너를 너무도 끔찍이 사랑한다는 증거이기도 한 거야. 그런 의미에서도 당장은 강군의 자존심을 존중해 주어야 한다. 지금으로서는 그 자존심이 강군을 지탱해 주는 유일한 버팀목이거든… 너희 둘의 상황이 아주 긍정적이고 마음이 합해질 때 말해도 늦지 않아."

"하지만……."

"잘 안다 네 마음. 신혼시절부터 거의 떨어져서 살아야하는 네 형편이 오죽 불편하겠니. 그래도 너는 지금까지 자라오면서 내 딸답게 어려움을 참 잘 견디고 불편함을 남편에게 원망하지 않기로 칭찬 받을만 해."

"아빠 괜찮아요. 뭐 영원히 떨어져 살 것도 아닌데요. 뭐. 일주일에 한 번씩 견우직녀처럼 만나는 날이 그토록 기다려질 수가 없어요. 그게 더 짜릿하고 행복한지도 몰라요."

"수정아."

"네?"

"악이 가득찬 이 시대를 본받지 말고 진실한 아내, 착한 엄마가 되어서 많은 사람들에게 모범이 되는 삶을 살아야 한다는 말이지. 그래서 남편을 훌륭한 지도자로 만드는데 네가 밑거름이 되어야 해. 강군이 몇 번 고배를 마신 것은 앞으로의 삶을 더욱 가치 있고 살찌게 하는 귀중한 자산이다. 인생에 있어서 고생이라든가 고난이란 돈을 주고도 살 수 없는 귀중한 토양이지. 절대로 돈이나 명예 따위에 영혼을 오염시키지 마라.

또한 이 세상에서 가장 어리석은 사람이 인간성을 뒤로하고 과학만능을 우상처럼 믿고 따르는 사람이다. 어찌보면 과학처럼 절망적인 학문도 없다. 인간이 자랑하는 과학 때문에 인간이 멸망하는 때가 반드시 찾아온다. 과학이란 지능을 통해 하나님의 영역에 도전하는 인간의 교만 때문에 하나님의 분노가 더 이상 견딜 수 없을테니까 말이다. 요즘 세계적인 어느 물리학자가 자신의 저서 '위대한 설계'에서 우주는 신이 만든 것이 아니다라고 주장했는데 어리석음의 극치야.

장애인인 자신의 몸을 지탱해 주는 휠체어의 고마움조차 잊고 사는 형편 아니냐. 자신의 장애를 누군가 사랑의 힘으로 도와주지 않으면 스스로 견디어 나갈 수 없는데도 그 사랑의 실체를 모르고 산다는 것이 얼마나 어리석으냐.

과학을 우상화하는 것만큼 어리석은 짓은 없어. 인간의 욕심으로 얼룩진 과학이란 화성을 향해 계란을 던지는 짓만큼이나 어리석은 짓이야. 수정아 너는 절대로 과학이 만능이라고 생각지 마라.

인간이 과학을 우상화했기 때문에 인류의 멸망을 자초하는 전쟁의 비극이 끝나지 않은 것이지. 이제 과학은 인류가 통제할 수 없을 만큼 인간의 이성을 앞질러 가고 있지.

어느 물리학자는 과학기술, 즉 테크노피아(Technology Utopia)가 인류의 미래를 움켜줄 것이라고 내다보고 있지만 생각해보렴. 모래알처럼 많은 별들 중 지구보다 몇 배나 큰별 하나가 느닷없이 지구와 충돌하는 일이 벌어진다면 과학이 인류를 보호할 수 있겠니? 왜냐하면 인간이 한치 앞도 어째볼 수 없는 우주의 질서는 보이지 않는 신의 손에 의해서 움직이고 있는 것이지.

인류의 미래를 위해서 과학은 꾸준히 발전해야겠지만, 과학이 우상화 되는 것이 종말에는 교만에 빠진 인류를 멸망시키는 요인이 되는 것이지.

물리학자들은 2100년쯤 되면 인간은 신과 동일한 위치에 서게 될 것이라고 장담하지만 하나님은 웃으실 거야. 인류가 또 다른 바벨탑을 쌓겠다는 뜻인데 하나님에 대한 지식이 전혀 없는 어리석음의 극치다."

"잘 알겠어요. 아빠."

"강군이 꼭 법관이 되어야 하겠다고 고집하는 데는 그만한 강군 나름대로의 삶의 철학이 뚜렷하기 때문이야. 정의로운 사회를 만들어야겠다는 불 같은 의지가 있기 때문이지. 강군은 자신이 마음먹은 일에는 용두사미처럼 흐리터분하거나 범백사에 반둥건둥하는 성격이 아니다. 강군은 돈과 권력 앞에 무릎꿇는 허약한 민주주의를 건강하게 물갈이할 의지를 충분히 갖춘 젊은이야."

"명심할게요. 아빠."

수정은 자꾸만 주체할 수 없도록 북받치는 감정을 간신히 억누르며 아빠의 말씀을 한마디도 흘리지 않고 소중하게 받아들이고 있었다.

"내가 오늘 네게 강군 부모님에 대한 이야기를 해 준 이유는……."

"네 아빠."

"고등학교 3학년 때부터였던가 너희 둘의 사랑이 싹트기 시작했던 게? 내 사무실에서 네가 강군을 만났을 때부터 너희 둘의 눈빛이 예사롭지 않았다는 느낌을 받았지. 네가 강군의 영원한 동반자가 되었으면 좋겠다는 바람도 컸었다. 하지만 강군의 아버지가 내 딸과 아내를 살려 준 은인이라는 굴레 때문에 너를 억지로 강군과 동아리지어 줄 생각은 전혀 없었다. 다행히 아주 자연스럽게 너희 둘은 아무도 떼어 놓을 수 없을 만큼 서로 가까워졌고, 그것이 너무도 마음에 들어서 아빠는 기꺼이 너희 둘을 결혼까지 시켰다.

오늘 강군이 세 번째로 시험에 낙방한데 대한 실망이 너무도 컸을 네 모습이 종일 네 엄마와 아빠의 마음을 편찮게 해서……. 네가 강군 내력을 알아두는 것이 네 상한 마음을 위로하는데 많은 도움이 될까해서 말이다."

"아빠, 참 좋은 말씀을 적시적절하게 해 주셨어요."

"네게까지 말 않고 있었던 이유는 자칫 강군에 대한 슬픈 동정이 너희 순수한 사랑에 행여 껄끄러움이 될지도 모른다는 노파심에서였지. 그리고 젊은 나이에 부모님에게 물려받은 재산을 잘못 관리하는 우를 범할까 염려했기 때문이었어."

"고마워요, 아빠."

"수정아, 아빠에게 강군의 부모님 이야기를 전해 들은 느낌이 어떠냐?"

"너무도 감동적이고 크게 충격을 받았어요. 그런데 아빠, 민혁오빠에게 부모님에 대한 자세한 이야기를 언제까지 비밀로 하고 있어야 해요?"

"그건 머잖은 때에 이야기해야겠지. 아마도 강군이 법관이 되는 문턱에 올라설 때 쯤일 것 같다."

"네에……."

이제 창 밖을 내어다보니 목련나무 가지 위의 비둘기 한 쌍은 온데간데 없고, 대신 살이 통통하게 오른 참새 두 마리가 날아와 주위를 두리번거리며 앉아 있었다.

호두는 어느 새 수정의 품 속에서 조그맣게 코를 골기 시작했다. 문득 수정의 망막에 아직도 제 집에 들어가지 않고 코를 골며 수정을 기다리고 있을 풍의 얼굴이 가득하게 밀려왔다.

'요즘 풍녀석이 몸집이 눈에 띄게 불어났어… 발가락이랑 이빨이 사자를 닮아가는 것 같아… 하지만 주인에겐 얼마나 수줍고 재롱을 잘 부리는지…….'

 수정은 아빠의 입에서 쏟아진 말에 새삼 가슴이 벅차 올랐다.
 '아! 양주에 만여 평이 넘는 땅이 민혁오빠의 소유라니 믿을 수 없구나. 훗날 그 땅에 가서 마음껏 자연을 벗삼아 강아지들이랑 살 수 있겠네. 돼지도 놓아서 기르고, 황소도 한 마리 길들여서 타고 다녀야지.
 흙벽돌로 자그맣게 집을 짓고 민혁오빠는 법관의 꿈을 키우고 나는 작가의 길을 가야지. 하지만 아빠의 말씀대로 지금은 민혁오빠에게 이 놀라운 사실을 말할 때가 아니지. 입이 근질근질하겠지만 시험에 합격할 때까지 꾹 참자.'
 수정은 새삼 가슴을 치고 올라오는 감동을 금할 길 없어 와락 눈물을 쏟고 말았다.
 "아! 시부모님들 ……."

원두막

　민혁이네 집 조그마한 뜨락엔 여나므 평쯤 되는 작은 연못이 있었다. 연못에는 각종 수초들이 무성하게 자라고 있었다. 재작년 가을 소소리 바람이 코 끝에 싸늘해질 때쯤, 고시촌 앞을 흐르는 개울에서 족대로 잡은 붕어 피라미 쏘가리 메기 가재 등 각종 잡고기들을 공기를 주입한 비닐봉지에 정성껏 담아와서 풀어놓았었다.
　공수 도중 여러 마리가 죽었지만, 살아남은 몇 마리가 연못 속에서 주인 행세를 했다. 이제는 고기들이 새끼를 쳐서 치어들이 바글바글했다. 가재도 엄청 많이 불어나 그야말로 고기 반 물 반이었다.

　정원이라야 100여 평쯤 될까말까 했지만, 잔디가 포근한 이불처럼 뜨락 가득하게 덮혀 있었다. 정원에는 감나무, 대추나무, 호두나무, 단풍나무, 후박나무, 목련나무 등이 사이좋게 모여 있었다.
　작년 여름에는 운송비를 아끼려고 민혁이 목재소에서 산 원목을 하나씩 어깨에 둘러메고, 한나절 내내 집으로 날랐다. 그리고 군대시절에 경험했던 솜씨를 대충 발휘해서, 정성껏 뚝딱거려 지은 자그마한 원두막을 보여주며 자랑스레 말했었다.

"어때? 황순원의 소나기에 나오는 원두막처럼 멋있지?"

민혁과 수정은 세상물정에 어두워서 그렇지, 서울 중심가에 이 정도의 단독주택을 가진 정도면 많은 사람들의 부러움을 사고도 남을 것이었다.

민혁이 여름날엔 일주일에 꼭 한 번씩 고시촌에서 내려왔다. 그때마다 집 안에서 자기보다 주로 원두막에다 모기장을 쳐놓고, 수정이와 마주앉아 밤이 깊도록 이야기 꽃을 피우다가 잠이 들었었다. 아침이 되면 민혁네 집 조그마한 뜨락은 참새들의 천국이다.

원래 이 집은 일제강점기 시대 때 일본의 어느 여류시인이 돌을 쌓아 지은 집이었다. 해방이 되자마자 주인은 쫓기듯 일본으로 건너갔다. 그 때 그 집주인은 한국인 친구로 아주 가깝게 친했던 조향숙이란 소설가에게, 아무런 조건없이 이 집을 물려 주었었다.

당시 조향숙의 남편은 이천에서 도자기를 굽고 있었는데 당대에는 그 분야에서 도꼭지라는 평을 받았었다. 하지만 남편이 어느 날 갑자기 뇌졸중으로 쓰러져, 병원에 입원한 지 하루만에 유명을 달리했다.

그후 조향숙은 외로움을 견디다못해 미국에 살고 있는 딸네 집으로 가면서, 이 집을 평소 친하게 지내던 민혁의 엄마에게 아주 싼 값으로 넘겨 준 것이었다. 민혁엄마는 남편이 살아생전 받아오는 월급의 절반을 자신이 벌어모은 돈과 함께 또박또박 적금 통장에 모았고, 그 돈으로 민혁의 장래를 위해 이 집을 사둔 것이었다.

민혁엄마는 마지막 순간에 차명성 박사의 손에 양주에 있는 땅 문서와 이 집의 등기권리증을 꼭 쥐어주며, 아직은 나이가 덜 찬 민혁을 눈 안에 꼭 간직한 채 눈을 감았다.

그날 밤 수정은 오랜만에 민혁과 단둘이 원두막에서 마주앉아, 화로에 숯불을 피워놓고 삼겹살을 구워먹고 있는 중이었다. 삼겹살 굽는 냄새에 똥이 연신 침을 흘리며 수정의 손길에서 눈을 떼지 못하고 있었다.

수정이 상추에 고기랑 밥을 듬뿍 싸서 민혁의 입에 넣어주며 말했다.

"자아! 오라버님 공부하느라 얼마나 피골이 상접하셨나이까. 많이 드시라요."

소주가 없는 것이 다른 사람이 본다면 이상하겠지만, 민혁은 담배와 술을 그닥 좋아하지 않았다. 그것이 수정에겐 여간 다행스럽게 느껴지는 게 아니었다.

고교시절부터 수정은 자연스럽게 민혁과 가까워졌지만 수정은 민혁이 술과 담배를 입에 대는 것을 본 적이 없다. 언젠가 수정은 축제 때 민혁이네 친구들과 함께 회식자리에 어울렸었다.

그때도 민혁은 친구들이 권하는 술잔을 한사코 마다했다. 수정이 민혁에게 물었었다.

"소주 한잔도 못하세요?"

민혁은 그렇게 눈을 동그랗게 뜨고 쳐다보는 수정을 향해, 예의 신비로운 웃음을 짓기만 했을 뿐 대답을 않았다. 고교시절 민혁이 가끔씩 아빠를 뵈러 집에 들렀을 때도 말이 거의 없어 조금은 답답해 보이기도 했지만, 붓날아 보이지 않아 믿음성이 갔다.

언젠가부터 수정은 민혁과 눈길이 마주칠 때마다 괴란쩍어 얼굴이 붉어졌고, 자신도 모르게 영혼이 자지러지는 느낌이었다. 그리고 그의 눈을 들여다보고 있노라면 어쩐지 그의 가슴에서 웅심이 우렁우렁 숨쉬고 있는 듯한 인상을 강하게 받았다.

고교시절에는, 친구처럼 말을 놓곤 했지만 대학에 들어가고부터 발길이 뜸해지면서, 자연스럽게 말씨가 바뀌어진 것도 생뚱스럽긴 했다.
"술을 전혀 못 마셔요?"
"술을 한 잔만 마셔도 얼굴이 벌겋게 달아오르고 때론 몸에 두드러기가 마구 나서……."
"네……."
"담배도 안 피우시나 봐요."
"애초부터 배우지도 않았고, 또 배우고 싶지도 않았어요. 수정씬 술을 좋아하시나 봐요?"
"아뇨, 좋아하는 편은 결고 아니고요. 때에 따라서 한두 잔씩은 하죠. 담배는 제가 가장 혐오하는 대상이구요, 하지만 술담배를 한다고 해서 그런 사람을 폄훼하거나, 공연히 멀리하는 식은 결코 아니에요."
"그럼요. 저도 술이 몸에 맞지 않아서 못 마시는거지, 혐오해서 안 마시는 건 절대 아닙니다."

수정이 일 년에 서너 번씩 있는 친구들과의 만남에서도, 친구들은 민혁이 술과 담배를 멀리한다는 말에, 어지간히 그녀가 별미쩍어 보이는 모양이었다.
"아니, 무슨 남자가 담배는 그렇다치구 술을 못 마시니? 그럼 너희 부분 무슨 재미로 사니? 가끔 마주앉아 고기 구워가며, 소주 한잔씩 마시면서 알콩달콩 사랑을 속삭이는 게, 지루한 인생살이에 좋은 약이 될텐데 말이야."
그래도 수정은 친구들의 그런 비아냥에 일절 동요되지 않고 댕가리지게 잘라 말했다.

"술이 취해 판단력을 잃는 남자들보단 훨씬 나아! 집 안에 술병이랑 담배 꽁초가 어지럽게 나 뒹구는 게 얼마나 보기 안 좋은데? 술을 못 마시는 남자가 멋이 없다는 식의 말을 난 이해할 수 없는데?"
 그래도 모처럼 민혁의 고시촌 친구들이 찾아온다거나 대학동창들이 느닷없이 들이닥칠 때면, 수정이네 냉장고에도 마시다 남은 소줏병이 즐비하게 들어찼다. 버리기엔 아깝고 또 누군가 좋아하는 손님이라도 찾아오면, 새로 돈을 들여 사와야 하는 부담이 싫었기 때문이었다.

 수정이 뚱의 입에다 삼겹살을 두툼하게 물려주며 말했다.
 "근데 오빠."
 "응?"
 "또 한번 물어보는 데 말야, 오빠 정말 꼭 법관이 되어야만 살맛 나겠어?"
 "그럼! 새삼스럽게 그건 또 왜 물어?"
 "오빠의 마음을 충분히 이해하지만 말야 혹 법관이 되어야 한다는 아집에 사로잡혀, 진짜 잠재된 오빠의 다른 능력이 빛을 발휘하지 못한 채, 썩고 있는 건 아닐까 싶을 때도 가끔 있어서 말이지."
 "절대 그렇지 않아. 법관은 내 운명이야, 민주주의와 법이 절묘하게 앙상블을 이루는 세상을 만드는 게 나의 꿈이야."
 수정은 민혁의 속내를 떠볼 겸 괜시리 장난기 섞인 말투로 새살거렸다.
 "엄마는 오빠만 마음을 달리 먹으면 재벌회사에 취직시켜 주는 것쯤 아무것도 아니라던데."
 "싫어."
 "그래두. 난 가난한 거 싫은데……."

"………"

"오빠, 내 동창생 친구 하나 있는데 걔네 오빠가 지금 나이 40이 넘었는데두, 고시에 매어달려 있다네? 그래서 생활고를 견디다 못한 걔네 올케가 어렵게 어렵게 남편을 뒷바라지하다가 글쎄……."

"뒷바라지 하다가?"

"어느 회사 상무랑 바람이 나 갖구성……."

"………"

"지금은 그 상무가 아예 상계동에 아파트 한 채를 사 줬대."

"그래 갖고?"

"그래 갖고, 그렇게 된 거지 뭐!"

"글쎄, 어떻게 됐냐고오오!"

"어떻게 되긴? 남편과 헤어져서 아예 그 아파트에 파묻혀 살지."

민혁이 얼굴에 웃음꽃을 가득하게 피워놓고 말했다.

"그래서 우리 수정이도 언젠간 그렇게 될지도 모르니까 일찌감치 속 채려라 이거구만."

수정이 그렇게 말하는 민혁의 코를 움켜쥐고 마구 흔들었다. 민혁은 그런 수정의 모습을 볼 때마다 그녀의 아려한 모습에 감동하곤 했다.

"사람을 뭘루 보구 그딴 소리할 거야 진짜? 일테면 그런 사례도 있다는 거지."

"흐힝! 놔 이 코."

"아예 물어뜯어 버릴까보다, 그냥!"

"아고오! 놔줘, 이 코."

수정은 민혁의 코를 놓아주며 다시 삼겹살을 몇 장 돌판 위에 펼치면서 말했다.

"사람들은 참 이해할 수 없어 서로 죽자사자 좋아해서 결혼해 놓구선 어떻게 그렇게 한순간에 헤어지는 걸 밥 먹듯 할까? 물론 모르던 사람들끼리 서로 좋아할 때는 모든 것을 서로 이해하고, 모든 것을 서로 덮어주고, 사랑하며 살 수 있다고 굳게 믿었기에 결혼했을 텐데 말이지."

"상처를 주는 부분이 사랑보다 강하니까 그러는 게 아닐까?"

"난 어때?"

"뭘?"

"내가 오빠의 마음에 상처를 주는 부족한 부분이 사랑보다 많아?"

민혁이 그렇게 눈을 동그랗게 뜨고 바라보는 수정의 얼굴을 마주 보며 말했다.

"없어."

"칫! 거짓말. 난 거짓말하는 남자는 정말 싫은데. 아무렴 어디가 부족해도 부족한 게 많이 보였겠지."

"사랑하는 사람에게서 부족함을 꼬집어 낸다면 그건 사랑이 아니지. 사랑 앞에는 모든 허물도 좋은 것으로 보이는 것 아냐? 난 나 자신에 대한 부족함은 많이 느꼈어도, 수정에게선 그런 것 전혀 못 느끼고 살아."

"오빠!"

"응"

"그럼 말야, 우린 파파노인 될 때까지 사랑하고만 살자. 세상이 온통 죽네사네 미쳐 돌아가도 지금처럼 열심히 사랑하며 살다가 영원한 천국에 함께 가자 응?"

"당연하지."

"비록 살아가다가 예기치 못한 삶의 가시에 찔려 피가 날 때도 그 아픔 때문에 서로를 원망하거나 미워하지는 말자."

"아픈 상처를 싸 매고 위로해 줄망정 말이지."
"고등학교 때 성경시간에 배운 귀절이 생각나. 사랑은 허다한 허물을 덮는다고 말이지."
"나보다 훨씬 돈 많고 멋진 남잘 봐도 부러워하지 말아야해."
"나보다 훨씬 예쁘고 멋진 여잘봐도 부러워하지 말아야 해."
"바람 피면 안 돼?"
"바람 피면 안 돼?"
"크하하하핫."
"호호호호."

그때 대추나무에 묶어 놓은 뚱 녀석이 코를 드르렁 드르렁 골기 시작했다. 작년 겨울에 민혁이 어디에선가 얻어온 강아진데 생긴 것이 너무도 험상궂은데다 항상 뚱한 표정을 짓고 있기에, 수정이 뚱이라고 이름 지어 준 강아지었다.

초저녁부터 하늘이 거무끄름한 것이 심상치 않다 싶었는데 아니나다를까 소나기가 금새 원두막 지붕을 노드리듯 때리기 시작했다. 그 비가 귀찮은 듯 뚱이 벌떡 일어나 제 집으로 엉금엉금 기어들어갔다.

어느 새 여름이 코끝에 다가선 느낌이었다. 하지만 원두막에서 잠을 자기엔 너무 이르다 싶었다.

그런데 뚱을 향해 성큼성큼 다가서는 운명의 발자국 소리는 시간이 흐를수록 더욱 선명하게 울리기 시작했다. 민혁부부는 뚱에게 짊어지워진 운명의 무게가 얼마나 무겁고 처참한지를 조금도 예상하지 못하고 있었다. 그 발자국의 주인공은 세상을 온통 공포의 도가니로 몰아넣는 '디먼'이라는 개의 발자국 소리였다.

민혁과 수정이 그 밤 내내 조그마한 원두막에서 시간 가는 줄 모르고 즐거워하고 있는 바로 그 시각, 학수는 언제나 그랬듯이 홀로 자신의 불 꺼진 골방 속에 웅크리고 앉아 있었다. 그는 마치 이무기처럼 번들거리는 눈을 뒤어 쓴 채, 또 하얗게 이빨을 드러내며 웃고 있었다.

학수의 얼굴을 점령하고 있는 음습한 그림자의 정체는 무엇일까. 대체 밤은 왜 학수로 하여금 상상하기조차 힘든 변신의 흉물로 급속히 만들어 가는 것일까. 그는 언젠가부터 밤과 낮의 색깔이 너무도 뚜렷한, 홀로 맞이하는 밤만 되면 공연히 희죽거리기를 즐겨하는 괴망스런 사나이로 빠르게 변질되어 가고 있었다.

"흐흐흐흐… 밤이야말로 피비린내를 그리워하는 내 영혼이 세상을 끝장내기 위해 기지개를 펴는 최적의 시간이지… 흐흐흐… 종말의 뇌관을 쥔 왕되신 조상신의 숨소리가 내 가슴의 피를 끓게 한다. 다음 번엔 어떤 놈들을 물어 뜯을까……."

학수, 그는 대체 어떤 업보를 타고 세상에 태어난 것일까. 비록 외돌토리로 외로움을 친구처럼 달고 살아온 세월이었지만, 날이 갈수록 그의 우울증은 깊이를 알 수 없을 만큼 음습한 늪지로 빠져들고 있었다.

그래서 그런지 밤과 낮의 차이처럼이나 학수는 두 얼굴의 양심을 가진 '지킬박사와 하이드' 또는 '양들의 침묵'을 멀리 따돌릴 만큼 으스스한, 세기말적인 싸이코패스가 되어가고 있었다. 그것은 선과 악의 대립의 구조가 첨예하게 날을 세운 채, 선의 반대편에서 웅크리고 있는 악령의 숨소리이기도 했다.

또한 그것은 우리가 흔히 영화나 드라마에서 볼 수 있었던, 철저하게 조립된 참혹한 영상물이 아니었다. 그것은 온몸의 세포가 칡뿌리처럼 뜯기어져 나가는 듯, 공포 그 자체마저 부르르 진저리를 칠 만큼 무시무시한 현실이었다.
 그렇다면 학수라는 인간, 그의 섬쩍지근하기 짝이 없는 출생의 비밀은 대체 무엇일까… 그가 즐겨 입에 담는 조상신의 정체는…….

추억의 동굴

　지금처럼 이렇게 소나기가 노드리듯 쏟아지는 때이면 민혁은 자신도 모르게 타임머신을 타고 과거를 향해 달려가는 추억이 있었다.
　옛날 초등학교 5학년 때 쯤이었던가. 민혁은 그때 아버지랑 엄마와 함께 산골에 자리잡은 조그마한 초가집에서 살았다. 아버지가 군인이었기 때문에 민혁은 아버지의 전출지역을 옮겨다니며 전학도 여러번 했다.
　민혁은 부모님과 함께 양구에 있는 최전방 어느 마을에서 초가집을 독채로 세를 내고 산 적이 있었다. 당시만 해도 최전방 일대에서는 집 구하기가 하늘의 별따기처럼이나 쉽지 않았고, 아직 전기가 들어오지 않아 남포등을 쓸 수밖에 없었다.

　민혁은 또래의 동네 친구들과 함께 시냇물에서 고기를 잡고 산골짝을 온종일 싸돌아 다니기도 했다. 무위자연으로 수림이 울창한 그 산에는 머루랑 다래가 풍요했다.
　어린시절 민혁이 살았던 흙담 집은 낡은 이엉을 몇 년째 갈아덮지 못해서 비만 오면 천정 이곳 저곳에서 빗물이 뚝뚝 떨어졌다. 초가집 주인은 농사 짓는 땅이 있어도 이엉을 엮어 지붕을 새로 해덮는 일이 그리 쉬운 일이 아니었던 모양이었다. 지붕이 뚫어져 비만 오면 빗방울이 잠자는 민혁의 얼굴 위에 마구 떨어지곤 해서 밤새껏 온 방을 빗물을 피해 돌아다녀야 했다. 민혁은 그것이 너무도 싫었다. 비가 새지 않는 집에서 사는 게 소원이었다.

그런데 정말 기적처럼, 민혁은 그 소원을 이룰 수가 있게 되었다. 어느 날 아이들과 더불어 산에서 머루를 실컷 따 먹다가 민혁은 크고 넓직한 바윗돌이 지붕처럼 덮인, 꽤 여럿이 들어앉을 만한 동굴을 발견한 것이었다. 민혁은 펄쩍 뛸 듯이 기뻐했다.

친구들과 더불어 동굴 속을 깨끗이 긁어내고 치웠다. 그리고 헌 가마니를 여러 장 구해다 바닥에 깔았다. 친구들과 마른 나뭇가지를 잔뜩 긁어다가 동굴 한 쪽에 꼭꼭 눌러 쌓았다.

비가 오는 날이면 동굴 안에서 감자라도 구워먹을 심산이었다. 민혁은 또 부엌으로 달려들어가 헌 등잔에 석유를 가득히 따라 부었다. 그리고 동굴 안 머리맡에다 쓰러지지 않도록 납작한 돌멩이를 준비해서 그 위에 등잔을 올려놓았다.

또 낫을 들고 산을 뒤져 나뭇가지를 쭉쭉 곧은 놈으로 골라 한 아름씩 베어 갖고와서, 어른들의 흉내를 내어 칡넝쿨로 사립문을 엮어 달았다. 아이들과 함께 자루를 들고가서 동길이네 밭에 심은 감자를 한 자루 캐다가 굴 속에 감추어 놓았다.

먹을 것이 없어서는 안될 일이었기 때문이었다. 민혁이 대장격이었기 때문에 아이들을 시켜 동굴 입구에서부터 집으로 닿는 데까지 오솔길을 만들어 놓았다. 아이들은 학교에서 돌아오면 약속이나 한 듯이 동굴로 모여들어 감자도 구워 먹고 콩서리도 해 먹었다.

그해 여름, 장맛비가 몹시도 많이 쏟아졌다. 연일 비가 멎는 날이 없이 장대처럼 쏟아져 내렸다. 비가 엄청나게 많이 왔기 때문에 마을 앞 냇물이 동네어귀까지 차올라왔다.

사람들은 읍내에도 갈 수가 없어서 전깃불이 들어오지 않는 대부분의 집에서는 등잔불을 켜지 못해 석유를 꾸러다니느라 야단들이었지만, 어느 집 하나 석유를 여유있게 준비해 놓고 사는 집은 없었다.

민혁네 집도 온통 난리가 났다. 지붕에서 쏟아져 내리는 빗물은 뚝뚝이 아니라 아예 콸콸이었다. 이불이랑 가재도구를 어디에 치울 곳이 없었다.

아버지는 군부대에서 근무 중이었고 별 뾰족한 도리없이 엄마와 둘이서 방 한 쪽 구석에 웅크리고 앉아 덜덜 떨면서 밤을 지새울 수밖에 없었다. 엄마는 그 와중에서도 성경책이 젖지 않도록 품 속에다 꼭 껴안고 계셨다. 그때 민혁이 엄마의 손목을 잡아 끌었다.

"엄마, 날 따라와봐."
"왜? 비가 이렇게 쏟아지는데 어딜 가자구 그러니?"
"글쎄 나랑 같이 가 보면 알아요."

민혁은 기어이 엄마의 손목을 끌고 빗 속을 뚫고 동굴로 향했다. 그렇게 비가 억수처럼 쏟아졌어도 동굴 안은 신기하게도 보송보송 말라 있었다. 엄마가 눈이 휘둥그레졌다. 그리고 곧 엄마의 얼굴엔 웃음꽃이 활짝 피어났다.

한 쪽 구석에 며칠 동안 구경도 할 수 없었던 마른 나뭇가지들이 차곡 차곡 쌓여 있었고, 감자자루도 있었다. 등잔에는 석유가 반쯤 차 있는 채로 납작한 돌바닥 위에 얌전히 자리잡고 있었다.

이만큼 좋은 집이 어디 있을까 싶었다. 엄마는 품 안에서 성경책을 꺼내 가마니 바닥에 내려놓고 그 자리에 꿇어 앉아 하나님께 감사의 기도를 드렸다.

그 후로부터 지붕을 새로 씌울 때까지 비만 왔다하면 민혁이네 가족은 그 동굴로 피신해 생활했다. 참으로 천혜의 집이었다. 겨울에도 민혁네는 동굴 신세를 톡톡히 졌다.

그해 겨울에는 눈이 무척 많이 내렸다. 어른 가슴팍까지 차도록 눈이 내렸다. 사람들은 개미굴을 파고 다녔다. 눈이 너무 무거워 지붕이 내려앉은 집들도 많았다. 민혁네집도 안심할 수가 없었다.

휴일날 민혁은 아버지와 함께 삽으로 개미굴을 파서 동굴로 향했다. 그리고 솥단지와 그릇은 물론 감자랑 고구마랑 보리쌀 등을 동굴로 날랐다. 동굴 한 쪽에 민혁의 머리통만한 구멍이 뚫려 있었다. 굴 안에서 불을 피우면 그리로 연기들이 빠져 달아났다. 아버지는 군부대에서 근무 중이었기 때문에 동굴집에서 함께 생활할 수 없었던 이유로 주로 엄마와 둘이서 동굴집 신세를 많이 졌다. 불을 때고 남은 숯불을 놋쇠화로에 가득히 담아놓고 엄마와 마주 앉아 고구마랑 밤을 구워 먹으면서 겨울밤을 지새곤 했다.

동굴은 그해 겨울에도 민혁이네 가족에겐 더할 나위 없는 아늑하고 포근한 안식처였다.

이렇게 소나기가 쏟아지는 날에나 눈이 엄청 쏟아지는 날이면 민혁은 그때 그 동굴의 추억을 떠올리곤 한다. 동굴에서 살았던 아득한 추억은 민혁의 생애 중에 가장 행복했던 대목이었다.

지금도 민혁은 으리으리한 호화별장 같은 것은 조금도 부럽지 않다. 이렇게 소낙비가 쏟아질 때면 그 옛날 어렸던 소년 시절에 민혁이네 가족을 따듯하게 감싸 주었던 그 동굴의 행복이 너무도 그리웠다.

민혁은 얼핏 원두막 천정을 올려다보았다. 혹시 천정 어느 구석에 빗물이 배어있지나 않나 해서였다. 민혁의 얼굴을 보며 수정이 물었다.

"오빠, 무슨 생각을 그리 골똘히 해?"
"응, 그때 그 흙냄새 매케했던 동굴의 추억이 생각나서."

민혁만이 알고 있는 동굴의 전설은 민혁의 삶의 커튼이 마지막으로 드리워질 때까지 팍팍한 인생살이를 위로해 줄 수 있는, 영원히 살아있는 민혁만의 영웅일 것이다. 민혁이 감회의 타임머신에서 발걸음을 내려 놓으며 말했다.

"수정아 언제 시간 나면 나와 함께 그곳엘 꼭 한번 다녀올까."
"그곳? 그곳이 어딘데?"
"동굴이 있는 곳이야, 우리 그곳에 가서 하룻밤 자고 올까? 돗자리랑 취사도구 다 갖고 가서 말이지. 하지만 세월이 이만큼 앞질러 왔는데 그냥 추억으로만 간직해야겠지."
"그 동굴이 보고싶네 오빠."
"그 동굴은 정말 너무도 포근하고 아늑한 내 어린 날의 보금자리였어."

음녀의 늪

    1937년 7월, 빽둘러 짙푸른 솔수펑으로 우거진 오사까의 변두리에 있는 Y여자고등학교의 교정에는 하루종일 비가 내렸다. 점심시간이 지나고 오후 학과가 시작되었지만 3학년 3반 교실은 벌집을 쑤신 듯 와자지껄했다. 그 시간은 운동장에 나가 곤봉체조를 하는 체육시간이었지만 비가 내리는 탓으로 교실에서 대강 시간을 때울 모양이었다.
    비가 많이 쏟아지는 이유로 운동장에 나갈 수도 없었지만, 그날 체육 선생님인 다께찌오 선생님이 무슨 일인지 학교에 출근하지 않았던 이유도 있었다. 사찌꼬는 빗 속에서 오들오들 떨고 있는 모과나무 위의 까치 떼들에게 하염없이 시선을 보내놓고 미동도 하지 않았다.

    '출근을 않았다면 무슨 일이 생긴걸까…….'
    사찌꼬는 다께찌오 선생이 오늘 출근을 하지 않은 것이 몹시 궁금했다.
    '차라리 지난 밤에 그토록 요란했던 천둥벼락에 각 머리가 박살이 나, 죽어버렸다는 소식이라도 들렸으면 오죽 좋을까…….'
    전에는 복도 같은 데서 마주칠 때마다, 부드럽게 미소를 보내 주었던 다께찌오 체육선생님이었다. 하지만 근래에 들어 자신을 쳐다보는 다께찌오 선생의 눈빛이 이만저만 섬쩍지근하고 껄끄러운 게 아니었다.

 전에는 너뱃뱃한 다께찌오 선생님의 얼굴이 참 복스럽게 생겼다고 생각했는데, 요즘엔 그런 생각이 싹 사라졌다.

 사찌꼬는 다께찌오 선생님과 우연히 눈이 마주치기라도 하면 오싹 온몸에 소름이 끼쳤다. 그리고 다께찌오와 눈이 딱 마주치는 순간마다 그를 죽이고 싶은 충동이 불일 듯 일었는데, 그런 생각은 시간이 갈수록 더욱 색깔이 뚜렷해졌다.

 '다께찌오 선생님이 분명 나에 대해서 뭔가를 눈치채고 있다는 눈빛이야 …….'

 가을이 깊어지고 있는 어느 날, 사찌꼬는 오사까의 중심가에서 조금 떨어진 곳에서 3대째 칼을 만들어 팔기로 유명한 신따로 대장간에 들러 예쁘게 생긴 단검을 한 자루 샀다. 사찌꼬는 그 칼을 보물처럼 책가방 속에 숨기고 다녔다.

 '기회만 되면 이 칼로 다께찌오의 몸통을 정통으로 찌를테야. 아무도 보지 않는 곳으로 유혹하는 거야. 그리고 단숨에 목을 찔러야지. 분명히 나에 대한 비밀을 눈치챘음에 틀림없어.'

 사찌꼬는 그렇게 굳게 믿었다. 그날밤 12시쯤이었다. 기숙사에서 사찌꼬와 함께 세 명이서 한 방을 쓰고 있는 네네는 잠이 든 척 눈을 감은 채로 고르게 숨을 쉬고 있었다.

 무서운 생각이 들어 후터분하기 짝이 없는 이 방에서 당장 뛰쳐 나가고 싶었다. 하지만 다께찌오 선생님이 꼭 지켜줄테니 조금도 무서워하지 말라고 단단히 약속했던 탓에 간신히 공포감을 누르고 오늘밤도 견디고 있는 중이었다. 게다가 요며칠 전부터 손거스러미가 손톱 뿌리에서 아프도록 극성을 부리는 통에 몸을 꼼짝해 보기도 너무 답답하고 숨이 막혔다. 가슴은 폭발할 듯 괴롭고 머릿 속은 걷잡을 수 없을 만큼 혼란스러웠다.

어느 순간, 벽시계가 12시를 치기 시작하자마자 가운데 누워 있던 사찌꼬가 눈을 번쩍 떴다. 그리고 살며시 일어나 양 쪽에 드러누워 자고 있는 친구들의 코에 손바닥을 갖다 대고 무언가 살피고 있었다. 그것은 아마도 두 친구가 확실하게 잠이 들어 있는지를 학인해 보려는 태도같았다. 그런 뒤 사찌꼬는 잠옷을 입은 채로 소리 없이 방문을 열고 사라졌다. 그러자 네네는 눈을 반짝뜨고 온몸을 파르르 떨었다.

"대체 사찌고는 밤마다 어딜 다녀오는걸까?"

낮보다 빗발은 많이 약해져 있었지만 가을비는 끊이지 않고 기숙사 뒷뜰을 흥건하게 적시고 있었다. 다께찌오 선생은 기숙사 맞은편 양호실 건물 앞에 우람하게 서 있는 300년 된 늙은 느티나무 기둥 뒤에 비를 맞으며 숨어 있었다.

바로 그때 다께찌오 선생은 기숙사 문을 살며시 열고 유령처럼 빠져 나오고 있는 사찌꼬를 뚫어지게 노려보고 있었다. 때마침 불어오는 소슬바람에 다께찌오는 부르르 몸서리를 쳤다.

사찌꼬는 언제부터인지 밤12시만 되면 어김없이 기숙사를 빠져나와 기숙사 뒤편의 울창한 숲 속으로 귀신처럼 사라지곤했다. 그리고 한 시간이 훨씬 지나서야 그 숲 속에서 하얀 잠옷차림 그대로 다시 나타나곤 했다. 그것은 밤마다 사찌꼬가 이상한 행동을 해서 무서워 함께 기숙생활을 하기 어렵다는 네네의 호소 때문에 다께찌오 선생도 알게 된 일이었다.

"네네의 말대로라면 대체 사찌꼬는 밤이 깊은 이 시각에 저 캄캄한 숲 속으로 들어가 한 시간이 넘도록 무얼하다가 나오는 것일까 …….."

다께찌오는 그것이 몹시 궁금했다. 그는 무슨 일이 있어도 저 수상한 여학생의 비밀스런 행동을 반드시 밝혀내어야 한다고 굳게 결심했다.

어쨌든 이 밤에도 사찌꼬는 언제나 그랬듯이 기숙사 뒤편으로 조그맣게 뚫린 오솔길 속으로 소리없이 사라지고 있었다.

조금 뒤 다께찌오는 발걸음 소리가 들리지 않도록 온몸의 신경을 곤두세우고 그녀가 사라진 오솔길을 따라 들어섰다. 가늘게 내리는 빗줄기와 나뭇잎들이 쉴새없이 얼굴을 간지럽혔다. 칠흑처럼 캄캄한 오솔길을 손으로 더듬다시피 헤치고 나가기가 여간 힘든 것이 아니었다.

어느 순간 온몸을 오싹 조여 오는 전율과 공포감으로 다께찌오는 머리털이 확 뽑혀지는 느낌이었다. 다께찌오는 자기도 모르게 이빨이 딱딱 마주쳤다. 다께찌오는 어금니를 깨물었다.

이윽고 간신히 오솔길을 벗어나오자 다께찌오는 그곳이 주로 조선 사람들이 소원을 빌기 위해 즐겨찾는 신당이라는 것을 알았다. 그 신당으로 올라가는 100여 층 돌계단 끝에 자리한 신당에, 한국계 일본인 주지가 살고 있었다.

낮에는 그 신당을 찾는 많은 조선인들이 그 신당에 마련된 커다란 향로에 향을 피워 꽂고 경건하게 마음의 소원을 빌고 가는 행렬이 줄을 잇는 곳이었다. 일본인들은 그러한 조선사람들을 조센징이라 부르며 무시하고 깔보았다. 자기네들이 세운 신당에 언젠가부터 조선사람이 줄을 지어 참배한다는 것에 대해 모멸감을 느끼는 듯 했다.

다께찌오는 어둠이 눈에 익숙해지자 신당 주위의 무덤을 둘러싸고 있는 크고 작은 산신나무들이 어슴프레 윤곽을 드러냄을 알 수 있었다.

사찌꼬는 그 100여 층의 돌계단을 춤추듯이 안개비를 맞으며 사뿐사뿐 걸어 올라가고 있었다.

'대체 사찌꼬의 저런 행동이란 납득이 가지 않는구나. 왜일까? 이 무섭고 캄캄한 밤에 잠옷바람으로 신당의 계단을 홀로 오르다니.'

이윽고 사찌꼬가 신당의 뜰에 올라섰다. 갑자기 그녀가 빗물에 흩어진 머리카락을 쓸어넘길 염도 없이 그 자리에 쪼그리고 앉아 흐느껴 울기 시작했다. 순간 다께찌오는 등줄기에서 식은땀이 소나기처럼 흘러내리는 느낌이었다. 이 캄캄한 밤중에 그것도 유령의 눈물 같은 부슬비가 끊임없이 내리는 신당의 뜰에서 끊어질 듯 말 듯 흐느끼다니……. 다께찌오의 눈에 비쳐진 사찌꼬의 정체는 틀림없이 귀신의 형상으로밖에 보이지 않았다.

그때였다. 신당의 문이 조용히 열리면서, 누군가가 종이 우산을 들고 사찌꼬에게 다가서고 있었다. 그는 사찌꼬의 머리 위에 우산을 받쳐 든 채로 한동안 미동도 않고 서 있었다. 이윽고 그는 사찌꼬의 허리를 한 손으로 감아 안고 조용히 신당 안으로 사라졌다.

다께찌오는 끓어오르는 호기심을 참지 못하고 어금니를 사리 물었다. 그는 발소리를 최대한 죽이고 두 사람이 사라진 신당의 문에 바짝 다가가서 동정을 살폈다. 다께찌오는 겨우 사찌꼬의 상태를 짐작한 듯 빗물에 젖은 머리를 보일 듯 말 듯 끄덕였다.

'사찌꼬는 신당의 주지와 사랑에 빠진 거야…….'

조금 뒤 신당 안에서 두 남녀의 신음소리가 들리기 시작했다. 급기야는 신당이 떠나갈 만큼, 쾌락의 절정으로 치닫는 신음과 비명소리가 빗소리에 뒤섞여 다께찌오의 영혼을 하얗게 전율시켰다.
'사찌꼬, 아직 학생인 주제에 신당의 주지와 음탕하게 놀아나다니. 이 더럽고 추악한……'

그때 신당의 벽에 세워져 있던 삽이 다께찌오의 실수로 땅바닥에 툭 쓰러졌다. 순간 신당 안이 쥐죽은 듯 조용해졌다. 당황해진 다께찌오는 발걸음을 최대한 죽이며 신당의 뜰을 벗어나서 계단을 뛰어내리기 시작했다. 계단을 달려 내려오던 다께찌오가 힐끔 뒤를 돌아보았다.
순간 그는 온몸이 조막손처럼 오그라드는 듯한 공포심으로 앗! 하며 비명을 지르고 말았다. 머리를 산발한 채로 하얀 잠옷차림의 사찌꼬가 다께찌오를 잡아먹기라도 할 듯 이를 악물고 쫓아오고 있었다. 그녀의 발걸음은 유령처럼 보일 듯 말 듯 계단을 달려 내려오고 있었다.
다께찌오는 죽을 힘을 다해 오던 길을 뒤돌아 뛰기 시작했다. 평소 같으면 100m를 13초대에 끊는 다께찌오의 뜀박질을 사찌꼬가 결코 따라잡을 수 없을 것이었다. 하지만 이 밤의 사찌꼬는 달랐다. 두 사람 사이는 점점 좁혀지고 있었다.
다께찌오는 나뭇가지에 얼굴이 사정없이 찢기는 것도 아랑곳 않았다. 사찌꼬에게 붙잡히기라도 하면 영락없이 황천행이 될 것만 같았다. 다께찌오는 죽을 힘을 다해 거므끄름한 숲 속의 오솔길을 달리고 또 달렸다. 나뭇가지에 얼굴이 찔려 상처가 심했지만 아랑곳 않았다. 죽느냐 사느냐 생사가 걸린 문제였다.
다께찌오가 겨우 기숙사 담벼락에 조그맣게 매어 달려 있는 출입문을 열려고 마악 손을 뻗은 순간, 사찌꼬가 독이 바짝 오른 살쾡이처럼 달려들어 다께찌오의 목을 물고 늘어졌다. 다께찌오는 심장이 멈추는 통증을 느끼며 그 자리에서 숨이 끊어지고 말았다. 사찌꼬도 입가에 선혈이 낭자한 채로 그 자리에 죽은 듯이 널부러지고 말았다.

그날 밤, 시간이 많이 지났는데도 사찌꼬가 돌아오지 않았으므로 네네가 아무래도 궁금함을 참지 못하고 기숙사를 나와 주변을 살피고 있었다. 그때 담벼락 옆에 쓰러져 있는 두 사람을 발견하고 허겁지겁 사감 선생님에게 알렸던 탓으로 다행히 사찌꼬의 목숨은 살릴 수 있었다.

하지만 네네조차도 체육선생님의 죽음에 대한 내용을 전혀 이해할 수 없었다. 그녀는 섣불리 수사관에게 사실을 털어놓지 못했다. 그냥 사찌꼬가 밤마다 어디론가 나갔다가 한 시간이 지난 뒤에 돌아왔다는 사실 외엔…….

'내가 아는 것이라곤 밤마다 사찌꼬가 어딘가를 다녀왔다는 사실밖엔… 아무것도 아는 게 없다. 하지만 대체 어찌된 사실일까. 형사의 해석대로 사찌꼬와 다께찌오 선생님이 서로 사랑의 광란을 펼치다가 다께찌오 선생님이 사찌꼬와 관계를 끊자고 하니까 사찌꼬가 다께찌오 선생님의 목을 물어 죽이고, 자기도 죽고자 했던 모양인가…….'

Y여고생들은 서슴없이 사찌꼬를 향해서 돌을 던졌고 비난과 저주섞인 말로 사찌꼬를 옴짝달싹도 못할 궁지로 몰아부쳤다. 결국 사건의 종말은 체육선생과 여제자의 불륜으로 인한 비극으로 일단락되긴 했다.

하지만 민완형사 아베는 여전히 의혹의 심증을 떨쳐버릴 수가 없었다.

아베의 집념

"우리 학교의 명예를 더럽힌 사찌꼬는 혀를 물고 자진하든가 할복 자결하든가."
"더러운 년, 사찌꼬를 전쟁터로 보내어 종군위안부로 써 먹어야 해."
"경시청은 지체 말고 사찌꼬를 사형시켜라."
그리고 그런 일이 있은 몇 달쯤 지난 뒤 일본 열도를 발칵 뒤집어 엎은 희대의 살인마가 새까맣게 숯껭처럼 타 죽은 채로 발견되었다. 사건의 경위는 대략 이러하다.

살인마는 사찌꼬와 밤마다 육체의 향연을 벌이던 신당의 주지였다. 사찌꼬가 감옥에 들어가고 난 뒤부터, 그는 밤이 오면 신당의 문을 커다란 자물쇠로 걸어 잠그고, 정신나간 사람처럼 밤거리를 싸 다녔다.
그는 유난스레 푸른 비가 부슬부슬 내리는 날 밤이면 홀로 신당을 빠져나왔다. 그리고 독주를 연신 나발 불어가면서 오사까의 거리를 우산도 없이 걸었다.
"사찌꼬를 감옥에서 살게 만든 건 오사까 시민들과 Y여고생들 그리고 Y여고 선생들이야… 두고 봐라. 조상신을 모셔다가 사찌꼬를 감옥에 쳐 넣은 Y여고생들과 선생들을 몰살시켜 버릴테다… 오사까 시민들에게 저주의 피를 뿌릴 것이야…….”

그런 어느 날부터 밤길을 걷던 젊은 여성들이 하나둘씩 종적을 감추는 사건이 발생했다. 뿐만 아니라 학교에서 늦게 공부하다 돌아오던 여고생들도 하나둘씩 사라졌다. 가출이라고 보기엔 도저히 납득할 수 없는 일이라며 가족들은 펄펄 뛰었다.

천황의 명을 받은 오사까 경시청은 초비상이 걸린 상태가 한 달 이상 계속 되었지만 범인은 오리무중이었다. 첫눈이 내리던 새벽 오사카 거리의 숫눈길 위에 참혹한 모습으로 뒹굴고 있는 여자들의 시체가 발견되었다. 게다가 그 시체를 발견한 행인조차도 심장마비를 일으켜 그 자리에서 목숨을 잃는 사건이 발생했다.

시체는 그 동안 실종되었던 여자들 중 일부였고 주로 Y여고 학생들이 많았다. 순식간에 일본 국민들은 공포의 도가니 속으로 빠져버렸다. 뿐만 아니었다. 여자들의 시체가 발견된 지 한 달도 채 못 되어서였다. Y여고 기숙사 사감이 기숙사 앞에 있는 늙은 느티나무 가지에 목이 매인 채로 죽어 있는 모습이 기숙사 마당을 쓸려고 나온 학교 소사에게 발견되자, 또 한 번 세상이 발칵 뒤집혔다. 무엇에 심하게 맞은 듯 머리와 얼굴이 부서진 채로였다. 사람들은 낮이고 밤이고 공포에 떨었다.

“대체 왜 Y여고학생들과 선생님들이 모두 살생부에 끼어 있는 거야. 아! 무서워 잠도 못 자겠고 밤에 거리에 나가지도 못하겠어.”

“경시청은 뭐하는 거야. 벌써 얼마나 많은 사람들이 희생되었는데 말이지.”

"Y여고는 저주받은 귀신이 악머구리 끓듯 하는 곳이야. 체육선생이었던 다께찌오가 여학생과 놀아나다 물려죽은 뒤부터 무서운 일이 자꾸 벌어지는 거야."

Y여고 학부형들은 연일 떼지어 학교로 몰려가 자기 딸을 다른 학교로 전학시켜 달라며 아우성을 쳤다. 그러나 Y여고에 다니던 여고생의 전학을 받아주기 싫어하는 학교가 늘어났다. 게다가 Y여고에서 전학오려는 학생들을 절대로 받아주지 말라는 학부형들의 데모가 끊이지 않는 상황이었다.

그리고 그때부터 오사카 경시청에서 특파된 경찰 몇 명이 밤새워 Y여고 주변을 쉬지 않고 순찰했다.

그 해 겨울이 꼬리를 감추고 있던 2월 마지막 날, 또 한 번 세상이 발칵 뒤집혔다. 기숙사 생활을 하고 있던 Y여고생들이 집단 식중독을 일으켰는데, 20여 명이 피를 토하며 식당에 널부러진 채 목숨을 잃었고, 우물물을 마신 수많은 학생들이 병원에 실려갔지만 모두가 중태였다.

누군가가 기숙사 학생들이 먹는 커다란 국솥과 학생들이 마시는 우물물에 다량의 극약을 풀어놓았음이 드러났다.

결국 Y여고는 천황의 특명으로 문을 닫고 말았다. 사건의 실마리를 푸는 단초를 제공할 사람은 사찌꼬와 기숙사 방을 함께 쓰고 있었던 또 다른 여학생 네네였다.

하지만 사찌꼬는 다께찌요가 자신을 버리겠다는 것에 대한 배신감으로 그의 목을 물어죽인 것이라고 밖에는 다른 말이 일절 없는 상태였다. 오사까 경시청 강력반장인 아베 형사와 독대한 네네가 떨리는 목소리로 입을 열었다.

"사찌꼬가 매일밤 12시만 되면 잠자리에서 일어나 어디론가 사라졌어요. 그리고······."

"그리고?"

"한 시간이 지난 후에 다시 들어왔는데 제가 하도 무섭고 수상해서 그 사실을 저희 학교 체육선생님에 말씀드렸어요."

"체육선생이라면 사찌꼬에게 물려죽은 다께찌오 선생 말인가?"

"네."

"그런데? 그래서, 어서 다음 얘기를 계속해 봐."

"그날··· 다께찌오 선생님이 죽은 날 밤 12시쯤 선생님은 사찌꼬의 뒤를 밟아 볼 셈으로 기숙사 앞 느티나무 뒤에 숨어 있었어요."

"·········"

"그런데 그 밤중에 그런 무서운 일이 생긴 건데요. 세상이 다 아는 것처럼 사찌꼬가 체육선생님과 그런 사이라는 게 전 도저히 믿어지질 않아요. 사찌꼬의 뒤를 몰래 밟은 다께찌오 선생님이 어떻게 그 짧은 시간에 제자인 사찌꼬와 불륜의 관계를 갖고서도 바로 물려죽을 수가 있죠?"

아베 형사가 새빨갛게 충혈된 눈에 독기를 바짝 세우고 네네를 나무라듯 말했다.

"이봐, 네넷!"

"네?"

"왜 그 사실을 진작 말해 주지 않았낫!"

아베 형사는 더 들어볼 필요도 없다는 듯이 사무실 문을 뛰쳐나가면서 벼락치듯 소리쳤다.

"사사끼, 사사끼 형사 어딧낫!"

"옛! 식사하러 갔습니다."
"빨리 빨리, 불러와랏! 비상! 전원 비상이닷!"
금새 전갈을 받은 사사끼 형사가 헐레벌떡 달려왔다.
"무슨 일입니까, 반장님?"
"당장 형사들을 총동원해서 Y여고 기숙사 뒷산을 수색하잣! 사람의 발자국 흔적을 끝까지 추적해 봣!"
"알겠습니다. 반장님."
아베 반장의 추리력은 사실과 거의 가깝게 들어맞고 있었다.
"사찌꼬가 기숙사 방을 나와 한 시간이 넘도록 어디서 무엇을 했느냐 인데, 기숙사 정문은 육중한 철문으로 항상 굳게 잠겨 있었고, 기숙사 밖으로 나갈 문이라곤 담벼락에 매달려 있는 조그만 쪽문밖에 없다. 그 쪽문은 항상 자물쇠가 채워져 있지 않았어. 그렇다면 네네의 말대로 사찌꼬는 밤마다 한 시간이 넘도록 숲 속에서 보냈다는 결론인데 여학생이, 그것도 혼자서 대체 숲 속에서 매일 밤 무얼하며 한 시간 동안을 보냈다는 말인가… 사찌꼬가 다께찌오 선생의 목을 물어 죽인 데는 그만한 이유가 있었을텐데… 그렇지. 사찌꼬는 자신의 무서운 비밀이 다께찌오에게 탄로나자 그것이 소문이 날까봐 두려운 나머지 어떤 저항을 했는데……."

아베 반장은 드디어 사람의 발자국이 지나간 풀잎이 희미하게 자빠져 있는 조그만 오솔길을 발견했다. 오솔길 옆으로 나뭇가지들이 꺾어져 있는 것도 수상했다. 아베 반장은 자신 있는 목소리로 힘주어 불렀다.
"사사낏!"
"옛."

"보이지 않나? 사람의 발자국 흔적이!"

"옛. 희미하지만 사람의 발자국이 맞습니다."

"사건 당시에 찾아보았더라면 좀 더 확실했을 텐데 벌써 몇 달이 지나갔으니 풀잎이 밝힌 흔적이 희미해진 거야. 하지만 길 옆으로 나뭇가지들이 꺾여 있는 것도 예삿일이 아니다. 어쨌든 오솔길이 뚫려 있잖은가. 야, 이건 정말 형사생활 30년 만에 처음 있는 이 '아베'의 실수였어. 하지만 확실하군. 계속 따라가 보자구."

"알겠습니다."

결국 아베 형사 일행은 오솔길이 끝난 숲 속을 벗어 나왔다. 그리고 백여 계단은 될 듯한 돌계단 위에 올라섰을 때 아베 형사는 짧게 신음 소리를 내어 뱉았다.

"음… 여기는 낮인데도 매우 음산한 기운이 느껴진다. 이 신당은 조선인들이 많이 드나드는 신당인데 지금은 아무도 없는 모양인지 커다란 자물쇠가 잠겨져 있군."

사사끼 형사가 조금은 떨리는 목소리로 말했다.

"반장님, 사찌꼬는 밤마다 기숙사를 나와 오솔길을 따라 이 신당에서 누군가를 만났던 모양인데요?"

"사사끼 형사."

"옛."

"오늘밤부터 이 주위에 형사들을 잠복시켜라. 이 신당을 들락거리는 사람이 어떤 사람인지, 또 주지의 행방도 반드시 알아내야 할테니 주지가 나타날 때까지 열흘이든 한 달이든 끝까지 인내심을 가지고 잠복을 계속하라."

"알겠습니다. 반장님."

그런 일주일쯤 뒤였다. 사무실 벽에 걸려 있는 벽시계의 시침이 밤 11시쯤으로 다가가고 있을 때였다. 깨어질 듯 울리는 전화벨 소리에 의자의 등받이에 길게 누워 코를 골고 있던 아베 반장은 벌떡 몸을 일으켜 세웠다.

"사사끼, 뭣을 찾아내었는갓!"

"반장님, 크, 큰일났습니닷! 신당이 불에 타고 있습니닷!"

"뭣이라고?"

"조금 전에 신당의 주지가 돌아와 자물쇠를 풀고 신당 안으로 사라진 후 마치 물처럼 조용했는데 갑자기 신당 안에서 불길이 치솟기 시작하더니 삽시간에 신당 전체가 불길에 휩싸여버렸습니다."

"그럼 주지가 불을 지르고 도망갔단 말인가."

"주지가 도망가는 걸 본 사람은 아무도 없습니다. 아마도 신당에 휘발유를 뿌리고 주지 스스로도 불 속에 몸을 던진 것 같습니다."

"뭐라고? 주지가 신당에 불을 지르고 스스로 목숨을 끊었단 말인가?"

"제 추측으로 그것이 틀림없어 보입니다. 주지는 경시청이 계속 신당 주변에서 잠복하고 있는 걸 눈치챘던 것 같습니다. 대체 주지가 왜 신당에 불을 지르고 스스로 목숨을 끊었을까요?"

"........."

"아베 반장님, 어떻게 할까요. 어쨌든 오늘밤에도 계속 신당 주변을 감시하고 있어야겠죠?"

"지금 전화하는 곳은 어딘가?"

"학교 기숙사 사감실입니다."

"어느 누구든 현장에 접근하지 못하도록 철저하게 지키도록. 나도 곧 현장으로 달려가겠다"

"알겠습니다."

아베 반장은 눈살을 잔뜩 찌푸리며 깊은 생각에 빠져들었다.

"주지가 스스로 목숨을 끊었다면 그 이유가 무엇일까… 이렇게 되면 자칫 사건해결의 실마리가 오리무중이 되어버릴 우려가 있는데 그렇다면… 그래, 감옥에 있는 사찌꼬를 다시 압박하는 수밖에 없겠지."

그때까지도 사람들은 사찌꼬의 뱃속에 있는 아이가 죽은 다께찌오의 아이인 줄로만 알고 있었다. 주지의 아이를 가진 사찌꼬는 당시 만삭이 된 몸이 되어 있었다.

결국 아베 형사의 집요한 추궁 끝에 사찌꼬는 주지와의 불륜의 관계를 털어놓고 말았다. 뿐만 아니라 수많은 사람을 참혹하게 죽인 살인광의 정체가 신당의 주지였음에 틀림없을 것이라는 자백도 받아내었다.

지금 사찌꼬의 뱃속에서 자라고 있는 아이는 신당의 주지가 사찌꼬와의 정사로 생긴 아이였다.

한동안 일본 열도를 공포의 도가니로 몰고갔던 죽음의 광시곡은 신당의 주지가 스스로 불 속에 뛰어들어 죽어 없어짐으로 가까스로 평온을 되찾았다. Y여고 다케찌오 선생의 의문의 죽음도 모두 세상에 낱낱이 밝혀졌다.

일본인들은 조선 사람들이 떼지어 몰려갔던 신당의 주지가 예를 찾아볼 수 없는 엽기적 살인마였다는 사실에 치를 떨었다. 더욱이 그 살인마가 한국계임이 밝혀짐으로 인해서 일본에 거주하고 있는 모든 한국인들에 대한 증오와 혐오감은 극에 달했다.

"더럽고 추악한 조센징놈들!"

무서운 아이

　1945년, 일본이 전쟁에서 패망하자 사찌꼬는 엄마의 정부 요시무라의 선처로, 가까스로 감옥에서 풀려나올 수 있었다. 조금 늦은 감이 있지만 학수의 출생의 비밀을 좀 더 적나라하게 펼쳐놓을 필요가 있다.
　사찌꼬의 엄마 박순자는 고향이 서울이었다. 그녀는 서울에서 첫손가락 꼽히는 명월관의 기생이었다. 어느 날부터 그 명월관에 일본인 장사꾼 요시무라가 발걸음을 들여놓기 시작했다.
　요시무라는 그때부터 박순자와 깊어지기 시작했다. 요시무라는 그녀를 데리고 일본으로 건너갔고 둘 사이에서 사찌꼬가 태어난 것이었다.
　사찌꼬 사건이 터지자 소문이 두려워진 요시무라는 부랴부랴 오사까 경시청장에게 뇌물을 주고 사찌꼬를 감옥에서 빼내어 히로시마 중심가에 살림집을 따로 장만해 주었다.

　요시무라는 세월이 깊어질수록 세상 사람들의 눈총이 자신에게 쏠릴 것을 두려워한 나머지 박순자와 사찌꼬 모녀를 비밀리에 조선으로 내쫓기에 이르렀다. 별 수 없이 사찌꼬는 어린 딸을 데리고 엄마와 함께 조선으로 가는 배를 탈 수밖에 없었다. 그래도 요시무라는 박순자에게 꽤 많은 돈을 쥐어주긴 했다.

박순자는 딸 사찌꼬 모녀와 함께 서울로 와서 요시무라가 준 돈의 일부를 헐어 옛날의 내무부 건물 앞에 있는 빨간 벽돌로 지은, 일본식 2층집을 쌀 다섯 가마 값으로 샀다. 그리고 1950년 6.25 전쟁이 터졌을 때도 사찌꼬네 세 식구는 피난을 가지 않고 그 집 지하실에 꽁꽁 숨어 살았다. 전쟁이 끝나자 박순자는 사찌꼬의 딸을 김선숙이란 이름으로 겨우 동사무소에 출생신고를 했다.

오래잖아 박순자가 일본인 요시무라의 첩이었다는 사실이 입에서 입으로 은연 중에 세상에 알려졌다. 사람들의 시선이 죽기보다 싫었던 박순자는 바깥 세상과 일절 담을 쌓고 살다가 그 지하실에서 장질부사를 앓다가 죽고 말았다.

그러던 어느 날, 사찌꼬가 불덩이처럼 뜨겁게 앓고 나더니 어느 순간 그녀에게 신이 내렸다. 사찌꼬에게 신이 내린 몇 년 후에 그녀의 어린 딸 선숙에게도 신이 내렸다. 그리고 서울 장안에서 사찌꼬와 선숙 모녀 무당은 영험하기로 소문이 파다했다. 그래서 재벌들이나 정치인들의 발길도 끊이지 않았다. 말하자면 학수는 그 사찌꼬의 딸 선숙을 자주 찾은 유명 정치인과의 불륜의 관계로 태어난 아들이었다.

학수는 자라면서 자기에게는 다른 아이들처럼 아버지가 없다는 사실이 도무지 이해할 수 없었다. 그러나 아버지가 없는 이유를 친구들에게 설명할 수는 없었지만 학수는 그 사실을 그리 대수롭게 생각하지도 않는 듯 했다.

초등학교 시절의 학수는 항상 말이 없었고 친구들과 잘 어울려 놀기를 좋아하는 편은 아니었다. 하지만 그렇게 열심히 노력하는 편이 아니었는데도 학수는 항상 반에서 1등이었고, 다른 아이들이 아무리 이를 악물고 학수의 자리를 빼앗으려 노력했어도 학수는 끄떡도 않고 항상 1등이었다.

성실한 면에서도 학수를 따라잡을 애들이 없었다. 이를테면, 교실청소를 할 때도 다른 아이들은 대충대충 눈에 보이는 곳만 깨끗하게 치우고 담임선생님께 검사를 받으려고 설쳐댔지만 학수는 달랐다. 보이지 않는 곳까지도 깨끗하게 치워야 한다고 굳이 고집을 부려서 반 아이들에게 심하게 욕을 먹기도 했지만 학수는 끄떡도 않았다.

학수는 운동에도 탁월한 소질을 보였다. 특히 달리기에는 학수를 따라잡을 아이들이 없었다. 어떤 때는 누가 시키지도 않았는데 운동장 한복판을 가로지르며 화려하게 숭어 뜀을 했는데 그 모습을 본 학생들과 선생님들이 탄성을 내지르곤 했다.

학수는 모든 선생님들에게 칭찬을 한 몸에 받는 상징적인 인물이었고 여러 가지 이유로 반에서는, 특히 여학생에게 최고로 인기가 높았다. 하지만 학수는 친구들과 함께 화장실에 들락거리는 것을 싫어했다. 더운 여름날에도 친구들과 냇가에 뛰어드는 것을 뱀을 보듯 싫어하는 것도 유별났다. 그래서 더욱 친구들은 학수를 멀리했다.

6학년에 올라와서부터 아이들이 삼삼오오 모여서서 수군거리는 모습이 눈에 자주 띄기 시작했다. 담임선생님이 지나가는 소리로 아이들에게 툭 던지듯 물었다.

"요즘 너희들 무슨 일 갖고 그렇게 소곤소곤거리지? 무슨 재미있는 일 있어? 나두 좀 알면 안돼?"

아이들은 선생님이 그렇게 물어올 때마다 한결같이 입을 꼭 다물고 말았다. 선생님은 나름대로 요즘 애들은 사춘기가 빨리 찾아오는 탓에 매사에 호기심이 많은 탓이라고 흘려 생각했다. 아이들은 집으로 돌아가는 길에서도 수군수군 했다.

"진짜야, 동규가 진짜 봤댄다? 걔네 엄마가 무시무시하게 생긴 칼 위에서 맨발로 펄쩍펄쩍 뛰고 춤을 추더래. 많은 사람들 모아놓구 말야."

"진짜? 그, 그럼 걔네 엄마가 무당이란 말야?"

"엄마뿐이 아니구 걔네 할머니두 큰 칼 위에서 춤을 춘대."

"아빠도 없대."

"그럼 학수는 어디에서 생겼지? 하늘에서 뚝 떨어졌나?"

"아빠 없이도 세상에 태어날 수도 있어?"

그런 말들이 6학년 전 학급으로 전염병처럼 번져나갔다.

학수는 급속도로 아이들에게로부터 왕따로 내어 몰리기 시작했다. 때맞추어 그 동안 누구보다도 학수를 좋아하고 따르던 미경이가 학수의 옆자리에 앉기 싫어했다. 미경이가 자꾸만 선생님에게 자리를 옮겨 달라고 떼를 쓰는 통에 담임선생님은 차츰 난감해지기 시작했다.

어느 날 담임선생님에게 미경이 엄마가 찾아왔다.

"선생님께 꼭 부탁할 일이 있어선데요."

"무슨……."

"우리 미경이가 학수랑 짝 아녜요?"

"그런데요?"

"미경이가 이상해졌어요. 학수랑 같이 앉고 싶지 않다고 아침마다 밥도 안 먹고 학교에 가기 싫다고 떼를 쓰지 뭡니까."

"그래요? 왜 그럴까? 둘이 참 사이 좋게 지내서 다른 애들이 질투할 만큼 부러워했는데?"

"하여튼 미경이의 자리를 옮겨 주셨으면 해서요."

"그런가요. 잘 알겠습니다. 그럼, 그렇게 할게요."

"고맙습니다."

미경의 엄마는 그렇게 말을 끝내고는 빽에서 하얀 봉투 하나를 꺼내 담임선생님앞에 내어 밀었다.

"뭐죠?"

"선생님들이랑 오늘 저녁 식사하시라구요. 얼마 안되지만 성의껏 드리는 겁니다."

"아이, 괜찮은데요."

"촌지라고 생각하심 안되요. 저렇게 많은 선생님들이 빤히 보고 계시는 데서 떳떳하게 드리는 것 아니에요? 부담 느끼실 거 조금도 없습니다. 학부모 되는 입장에서 고생하시는 선생님들을 위해 정말 고마운 마음으로 드리는 거니까 선생님들이랑 저녁식사하세요."

그리고 미경의 엄마는 교무실을 서둘러 나섰다.

교무실을 나온 미경이 엄마가 점심시간을 틈타 잠깐 딸아이를 보고 갈 마음으로 미경이네 교실문을 열었을 때 아이들은 모두 운동장으로 나가 놀고 있었고, 텅빈 교실에는 학수 혼자만 쓸쓸하게 앉아 있었다.

미경이의 엄마는 어쩐지 그 아이가 몹시 안되어 보인다는 느낌이 들자 학수에게로 조용히 다가갔다.

"왜 혼자 있니. 아이들이랑 나가 놀지 않구서."

"........."

"미경이 말 들어보니까 학수는 공부뿐 아니라 운동도 아주 잘한다면서? 축구도 잘하구 달리기도 일등이라면서? 그런데 왜 이렇게 교실에 혼자 남아 있지?"

그때 학수가 미경이의 엄마를 똑바로 쳐다보면서 또박또박 말했다.

"전 아줌마가 오늘 왜 학교에 오셨는지 잘 알아요."

"응? 그야 ……."

"선생님한테 미경이랑 제가 함께 앉아 공부하지 못하도록 얘기하셨죠? 그걸 부탁하러 오셨죠?"

"그, 그야 ……."

"괜찮아요. 어서 가보세요."

"………"

학수는 그렇게 말을 끝내면서 미경엄마의 눈을 쏘는 듯이 쳐다보았다. 미경의 엄마는 학수의 시선에 질린 나머지 전신에 소름이 확 끼치는 느낌이었다.

"그래, 그럼 나 가볼게."

그리고 미경의 엄마는 도망치듯 교실문을 나섰다.

'세상에, 그런 눈빛이라니… 증오심이 활활 끓는 눈빛이었어. 미경이의 자리를 옮겨 달라고 부탁한 것은 참 잘한 일이야.'

미경의 엄마는 그렇게 생각했다. 학수가 모든 아이들에게 수근거림의 대상이 된 데다 반에서는 철저하게 따돌림 받고 있다는 사실이 모든 선생님들에게도 심각한 고민거리가 되어버렸다.

학수는 가장 공부 잘하고 착하고, 성실하며 선생님들의 말씀에 순종을 잘하는 모범생이었다. 그런 학수가 아이들에게 따돌림을 받고 마음에 상처를 입은 채 6학년 학창생활을 마감한다는 것은 가슴 아픈 일이라고 생각했기 때문이었다.

어느 날, 담임선생님은 반장인 유미를 조용히 교무실로 불렀다. 유미는 반에서 가장 설득력이 있는, 유명 영화배우 아버지를 둔 아이었다.
"선생님이 꼭 좀 알고 싶은 것이 있는데 말야."
"네."
"요즘 너희들 자꾸 왜 학수를 따돌리지? 무슨 싫은 이유라도 생겼니?"
"………"
"왜 말 못하지?"
"저……."
"괜찮아. 말해봐. 선생님이 꼭 비밀을 지킬게."
"학수의 엄마가 무당이래요. 그래서 이상한 짓도 하구 커다란 칼 위에서 춤도 추고 막 그런데요. 그래서 아이들이 모두 학수를 멀리하나봐요."
"……!"
"학수네 할머니도 그렇대요."
"학수네 할머니도 무당이래?"
"네."
담임선생님은 잠깐 암담해지는 느낌이었지만 곧 마음을 추스르고 달래듯 말했다.
"얘, 유미야. 무당이 뭐 그리 나쁜 직업인 줄 알아? 무당이라기보다 무속인이라고 부르지. 무속도 우리나라의 전통문화야. 학수네 엄마가 무속인이라 해서 너희들이 학수를 따돌림시킨다면 그건 안되지. 학수네 엄마가 무속인이라는 이유 하나만으로 너희들이 학수를 따돌린다면 학수는 너무도 불쌍하잖아. 네가 친구들에게 가서 잘 이야기해서 옛날처럼 학수와 다시 친하게 지내도록 노력해보렴. 그렇게 할 수 있지?"

"하지만……."

"왜 내키지 않아?"

"왠지 무서워요. 어떻게 사람이 날이 시퍼렇게 선 큰 칼 위에서 춤을 추죠?"

"그건 말야. 너희들이 조금더 이성이 발달하면 무속인의 세계를 이해할 날이 온단다. 이렇게 생각하면 돼. 마술말야. 마술하는 사람들 못봤어? 그와 똑같은 맥락이야 알겠니?"

"네… 허긴 마술도 그런긴 해요. 선생님……."

"그으럼! 친구들에게 잘 이야기해서 학수와 친하게 지내도록 해 알겠니?"

"네, 선생님."

그런 일이 있은 후로 학수를 향한 아이들의 따돌림이 눈에 보일 듯 말 듯 나아진다 싶긴했으나 아이들은 아무래도 예전처럼 학수와 가까워지기를 싫어하는 모습이었다. 그런 어느 날이었다. 학수에 대한 소문을 퍼뜨린 동규가 며칠째 결석을 하고 있었다. 담임선생님이 종례시간에 아이들에게 물었다.

"동규가 며칠째 학교에 나오지 않는데 혹시 동규네 집이 어디 있는지 아는 학생 없어요?"

아무도 대답하는 아이가 없자 담임선생님이 다시 입을 열었다.

"동규네 집 아는 사람은?"

누군가 손을 번쩍 쳐 들었다. 동규와 가장 친하게 지냈던 만석이라는 아이였다. 그날 방과 후 만석이를 앞세우고 동규네 집을 방문한 담임선생님이 깜짝 놀라서 벌어진 입을 쉬 다물지 못했다. 비록 달동네의 허술한 집이긴 했지만 보금자리였던 동규네 집은 새카맣게 불에 탄 채로 폭삭 주저앉아 있었다.

"세상에! 불이 났잖아······."

담임선생님은 불에 타버린 현장에서 쓸 만한 가재도구라도 찾아낼 양 조그마한 곡괭이를 들고 집터를 파헤치고 있는 아줌마를 붙들고 물었다.

"여기가 동규네 집 맞습니까?"

아줌마는 흩어진 머리카락을 간신히 쓸어올리며 꺼져가는 목소리로 대답했다.

"그런데요? 혹시 선생님이세요?"

"동규 엄마 되세요? 전 동규의 담임선생님인데요 세상에, 너무도 기가 막힌 변을 당하셨어요. 그런데 동규는요? 며칠째 학교엘 나오지 않아서요."

"학교엘 무서워서 못 가겠대요. 그래서 대강 쓸 만한 물건만 골라낸 다음 선생님을 찾아 뵐려고 했어요."

"네에? 무서운 아이요? 어떤 아이가 무섭다구 하던가요?"

"제가 누구라면 알기나 하겠어요? 그냥 무서운 아이가 있어서 학교에 안 가겠대요."

"동규는 어디 갔어요?"

"글쎄 조금 전에도 앞집 아이와 함께 놀고 있었는데?"

그때였다. 저만치 골목 아래로 꺾여진 계단을 힘없는 발걸음으로 올라오고 있는 동규를 발견한 만석이가 큰소리로 동규를 불렀다.

"동규야, 어디 갔다 오니?"

담임선생님과 만석이가 재만 남은 자기네 집터에 서 있는 것을 발견한 동규가 흠칫 놀랐다. 담임선생님은 함께 왔던 만석이를 먼저 집으로 돌려 보낸 뒤 동규를 달래다시피 설득해서 근처에 있는 빵집으로 데리고 들어갔다. 그리고 찐빵을 2인분 시켜놓고 동규의 입을 열기 위해 몹시 긴장했다.

"동규야, 먹으면서 선생님이랑 얘기좀 할까?"

"………"

"엄마 얘기를 들어보면 학교에 오기 싫은 이유가 아주 무서운 아이 때문이라고 했는데 대체 누가 그렇게도 무섭든? 너는 힘도 세고 운동도 잘해서 누가 함부로 싸움을 걸 일도 없을텐데 말야."

"………"

"응? 동규야 선생님이 비밀을 꼭 지킬테니까 말해봐."

동규는 입술을 열락말락하다가 결단을 내린 듯 고개를 곧추들고 말을 꺼내기 시작했다.

"며칠 전 점심시간이었어요."

"옳지! 그래서?"

"친구들이랑 뒷동산에서 도시락을 먹고 있었는데요."

"그래서?"

"물병을 잊고 와서 다시 교실에 들어갔는데 교실 안에서 학수 혼자 밥을 먹고 있었어요. 제가 물병을 갖고 나오려고 하는데 학수가 절 불러 세웠어요."

"그, 그래서."

"학수가 절 잔뜩 노려보면서 아주 기분 나쁜 말을 했거든요."

"무슨 말을 했는데?"
"며칠 후면 너희 집에 불이 날 거라고."
"뭐, 뭐라고?"
"그리고 이 학교에 더 이상 나오면 제가 천둥벼락에 맞아 죽을 거라고."
"뭐야? 진짜로 학수가 네게 그런 말을 했어?"
"그뿐이 아니구요, 칼로 제 가방을 갈갈이 찢어 버렸어요."
"뭐라구… 그럴 리가!"
"그래서 학교에 가기가 겁이 나고, 학수의 얼굴을 보면 가슴이 떨려서 못견디겠어요."
"그럼, 그 날 학수가 네게 말한 대로 며칠 뒤에 이렇게 불이 났어?"
"네……."
"………"

 조금 뒤 동규가 다시 입을 열었다.
"학수는 내가 지네 엄마가 무당이라고 친구들에게 소문냈다고 반드시 나는 천둥벼락을 맞아 죽을 거라고 자기네 조상신이 말했대요. 그러니까 죽기가 무서우면 학교에 나오지 말라고 했어요."

 담임선생님은 정신이 아뜩해지는 느낌이었다. 그런 말을 학수가 했다는 사실이 도저히 믿어지지가 않았다. 그날 이후부터 학수네 반은 불쾌하고 충격적인 사건사고가 끊이지 않고 벌어졌다.
 그것은 우연의 일치라고 보기에는 너무도 기괴했고 횟수가 잦았다. 이를테면 어느 날 갑자기 교실 청소를 하던 미경이가 층계를 뛰어내려 가다 다리가 부러진 사건이라던가, 어느 날 갑자기 운동장에서 축구공이 대포알처럼 유리창을 깨고 날아드는 바람에 창가에 앉아있던 칠복이가 유리조각에 얼굴이 크게 찢어져 병원에 입원한 사건, 다른 반 아이들은 아무런 낌새도 없는데 유독 6학년 3반 학생들에게만 학질이 돌아 아이들이 집단으로 결석했던 일.

그러나 가장 무서웠던 사건은 경주로 수학여행 가던 6학년 3반 학생들이 탄 버스가 마주오던 군용트럭을 피하려다 언덕 아래로 굴러 떨어진 사건이었다. 운전사가 크게 다쳤으나 다행히 죽은 아이는 없었고 심하게 다쳐 입원한 아이들만 스무 명이었다. 담임선생님인 오현자도 갈빗대가 석 대나 부러지는 중상을 입었었다.

언젠가부터 흉흉한 소문이 학생들의 입에서 입으로 나돌아 다니기 시작했다.

"6학년 3반 교실에는 귀신이 있댄다?"

학교 선생님들조차 6학년 3반 교실에 드나드는 것을 꺼려하는 눈치였다. 하지만 그런 사건들은 전설의 고향 같은 옛날 얘기에서나 있을 법한 일이었다. 과학이 날마다 눈부시게 발달해 가는 시대에 그것을 액면 그대로 받아들인다는 것이 얼마나 우스꽝스러운 짓인가며 선생님들은 웃음으로 넘겨 버리고 말았다.

학수는 여전히 전체에서 최우수 장학생이었고 말썽이라고는 전혀 모르는 모범생에다 선생님들의 심부름을 똑 부러지게 잘 해내었다. 모두들 싫어하는 화장실 청소도 학수 혼자서 아무 불평없이 잘해내었다.

선생님들은 아이들이 학수에 대해 수군수군하고 학수가 따돌림을 당하는 이유가 선생님들의 신뢰와 사랑을 한몸에 받는데 대한 질투심의 발로라고 생각했다.

그나저나 학수에게 증오나 원망의 대상이 되는 사람들에게 어김없이 벌어지는 불행한 사고는 참으로 이해하기 여간 힘든 것이 아니었다. 그래도 선생님들의 학수를 신뢰하는 마음은 유별났다.

"얘들아, 제발 학수의 반 만큼이라도 좀 해 보렴."

선생님들의 입에서는 한결같이 그런 꾸중이 튀어나오곤 했다. 이래저래 학생들은 학수와 가까이 하기를 꺼려했고, 학수는 아이들이 그러거나 말거나 항상 말없이 자기 할 일만 열심히 했다.

선생님들의 회식 자리에서도 어김없이 학수의 이야기로 시끌벅적했다.

"장래가 매우 촉망되는 녀석이야."

"우리학교를 빛낼 훌륭한 인재가 될 거예요"

"아버지가 없이 홀어머니 밑에서 자란 아이치곤 놀라울 만큼 예의와 범절이 뛰어나요."

"될성싶은 나무는 떡잎부터 알아본다지 않습니까."

교감선생님이 막걸리잔을 비우며 담임선생님에게 또 물었다.

"그 앤 미래의 꿈이 뭐랍니까?"

"지난 달 글짓기 대회에서 학수가 표현한 대목이 놀라워요. 장차 자신은 세상에서 제일 무섭고 힘센 왕이 되고 싶다는 표현을 썼어요"

"뭐 왕? 대통령 말인가? 허허허… 우리학교 졸업생 중에서 대통령이 나온다? 야, 이거 가슴이 막 뛰는데요?"

하지만 학수의 담임을 했었던 오현자, 그녀만큼은 다른 선생님들처럼 학수에 대한 평가가 한결같지만은 않았다.

'난 왠지 그 아이의 눈빛에서 음습한 기운이 뻗치는 것이 느껴진다 이 말이지…….'

변신의 시작

학수가 중학교 2학년 때였다. 학수엄마 선숙은 잔병치레로 기력이 쇠해진 할머니 사찌꼬가 시키는 대로 서울을 떠나 철원 땅 민통선 근처에 있는 산골마을로 이사를 했다.

이북이 고향인 실향민들이 옹기종기 사이좋게 모여 사는 조그마한 산골 마을이었다.

학수는 엄마가 무슨 이유로 이렇게 답답한 산골로 이사를 와야 했는지 이유를 알 수 없었다.

"엄마, 답답해 죽겠다. 왜 이런 곳에 와서 살아야 해?"

그렇게 묻는 아들에게 선숙은 눈시울을 붉히면서 대답했다.

"할머니가 그러시는데 2년 동안 우리 둘이 서울을 떠나있어야 하고 왕신령님께서 꼭 이 마을로 가 살라고 명령하셨단다. 이 마을을 떠나거나 서울에 그냥 살면 2년 안에 우리 식구 모두 죽는대, 2년만 꾹 참고 살자. 그럼 다시 서울로 이사 가는 거야."

"정말 그렇게 말했어? 서울에 살면 우리 식구 다 죽는다고?"

"할머니가 모시고 있는 왕신령님이 하신 말씀이야. 잠자코 왕신령님 말씀에 따라야 한다."

학수엄마 김선숙은 그들이 받들어 모시는 왕신령을 조상신님이라고 바꾸어 부르기도 했다.

학수는 읍내에 있는 조그마한 시골중학교에 전학했다. 그런 어느 날 산골마을 사람들이 눈이 휘둥그레지는 일이 벌어졌다. 까만 승용차 한 대가 학수네 집 마당에 멈추어 섰기 때문이었다. 자가용을 타고 다니는 사람을 보기 힘든 시절이었기에 그만큼 사람들의 호기심이 컸다. 동네 사람들이 들에서 일하다 말고 학수네 집을 기웃거리며 모여 들었다.

"하이고오! 서울에서 굉장히 높은 사람이 찾아왔나봐."

"대체 누굴까? 이런 산골에 저렇게 부잣집 자가용이 다 찾아오다니, 희한한 일일세."

"혹시, 학수 아버지 아냐?"

"글쎄……."

"말도 안되는 소리 말어. 무당이 무슨 남편이 있어?"

그러자 옆에 섰던 할아버지가 던지듯 말했다.

"거, 그런 소리들 말라우. 읍내 황씨네 집에 세 들어 살고 있는 만신할멈도 시집도 안 갔는데 아들 낳고 딸 낳고 살지 않아!"

"허긴……."

학교에서 막 돌아왔을 때 학수는 마당에 서 있는 고급승용차를 보고 깜짝 놀랬다. 하지만 학수는 서울에 살 때도 그 까만 승용차가 가끔씩 집 앞 골목에 세워져 있었음을 기억했다.

학수는 왠지 엄마와 그 승용차를 타고 온 사람 단둘이만 있는 안방으로 들어설 용기가 생기지 않았다.

 학수는 커다란 밤나무 그늘 밑에 엎드려 있는 평상에 앉아 먼 산에 일고 있는 바람꽃을 바라보았다. 왠지 가슴이 서글퍼지는 느낌이었다. 아직 어린 나이긴 했지만 그 승용차의 신사가 엄마와 예사 사이가 아니라고 생각했다.

 '왜 왔지…?'

 한참 후에 안방 문이 열리고 틀거지가 그럴 듯한 신사가 토마루에 내려서고 있었다. 뱃구레가 뚱딴지처럼 둥그랬다. 그가 학수를 발견하고 빙긋 미소를 보내 왔지만 학수는 그냥 무표정했다. 신사가 학수에게 다가와 지갑에서 지폐 몇 장을 꺼내어 학수의 손에 쥐어주며 말했다.

 "공부 잘하고 있어라. 곧 서울로 다시 올라오게 될 거야."

 그리고 신사는 승용차를 타고 마을을 떠났다. 김선숙이 학수를 나무라는 투로 말했다.

 "고맙다는 말도 할 줄 몰라?"

 "………"

 겨우 산골생활이 익숙해지자 학수는 지뢰지역을 피해 타잔처럼 숲 속을 누비고 다니기를 좋아했다. 민통선 부근에는 아직도 6.25때 숨겨진 지뢰가 묻혀 있어서 산나물이나 송이버섯을 캐러 올라간 사람들이 죽거나 다리가 잘린 사건이 종종 있었다.

 그런데 어느 날부터 학수가 첩첩산중으로 들어가 머루랑 다래를 따 먹을 때마다 숲 속에서 학수를 뚫어지게 노려보는 음산한 눈빛이 여럿 있었다. 그것들은 사람들의 학대와 횡포에 시달리다 못해 집을 도망쳐 나온 들개들의 무리였다.

개 중에는 개장수에 팔려가다 목이 매달려 숨이 끊어지기 직전에 간신히 목숨을 구하고 도망친 개들도 여럿 있었다.

놈들은 동병상련을 느껴서인지 몰라도 여러 마리씩 떼지어 몰려다니기를 좋아했다. 들개들은 사람들이 많이 다니는 숲을 좋아하지 않았다. 하지만 민통선 근처에는 자신들을 잡아가려는 개장수들이 얼씬도 않는 것이 너무도 좋았다. 지뢰가 묻혀 있는 곳이 많았기 때문이었다.

학수는 그 들개들과 점점 가까워지기 시작했다. 들개들은 인간을 너무도 증오하고 싫어했지만 이상하게도 학수를 무서워하거나 도망치지 않았다.

들개들은 학수가 가는 곳마다 호위병처럼 따라다니는 것이 학수는 너무도 대견스러웠다. 그래서 먹다 남은 음식 찌꺼기를 엄마 몰래 싸다가 들개들에게 나누어 주기도 했고, 가끔씩 굿을 하고 난 다음에 남은 재 묻은 떡이랑 음식 찌꺼기 등을 몰래 보자기에 싸서 들개들에게 나누어 주기도 했다. 들개들에 대한 학수의 그런 행동 때문에 들개들이 더욱 학수를 좋아하는 모양이었다.

그 산골마을에 묻혀 사는 2년 동안의 시간이 끝날 무렵 어느 새 학수는 들개들의 우상이 되어 있었다. 학수는 고등학교에 다니면서도 방학 때면 꼭 옛날에 살던 집을 찾아 며칠씩 놀다가곤 했다.

음 모

　서울대학교에 들어간 뒤에도 가끔씩 학수는 고릿적에 엄마와 함께 살던 옛 집을 찾아 며칠씩 머물렀다 오곤 했다. 아직도 중학교 시절에 살던 토담집은 옛 모습 그대로 있었다.
　자녀들이 모두 서울로 나가버리고 명절 때나 한번씩 찾아오는 자식들과 낙이라곤 농사짓은 재미 외엔 지푸라기 한 조각 없는 외로운 독거노인 한 분이, 학수네 집을 지켜주며 살고 계셨다. 하지만 학수는 무엇보다도 깊은 산 속에 모여 있을 들개들이 보고싶어서 좀이 쑤실 지경이었다.
　학수가 하늘이 안 보일 만큼 빼곡하게 들어찬 잡목 숲 속으로 깊숙이 들어가면, 어디서 냄새를 맡고 달려오는지 수십 마리나 되는 들개들이 꼬리를 치며, 학수의 얼굴을 닳도록 핥아 대었다. 옛날에 친했던 어미개들이 낳은 새끼들이 자라서 학수를 몹시 따르고 좋아하는 재미에 학수는 옛집을 자주 찾곤 했다.

　들개들은 한밤중에 마을로 내려가 닭이나 염소, 오리 등을 물고갔기 때문에 마을 사람들의 원성이 높았으나 속수무책이었다.
　동네에서 가장 머리가 잘 돌아간다는 이장님이 놈들이 다니는 길목마다 올가미도 놓아보고, 구덩이도 파서 그럴 듯 하게 위장해 보았지만, 들개들은 절대로 올가미에 잡히거나 구덩이에 빠지지 않았다.

얼마 전 송이버섯이나 더덕을 캐러 그 산에 들어갔던 사람들이 들개들에게 공격당하고부터는 아예 산에는 얼씬도 못했다.

언젠가 읍내에 사는 담큰 장정 하나가 그 산에 산삼이 많이 자생하고 있다는 소문을 듣고 큰소리 펑펑치며 산을 올랐었다. 하지만 오래지 않아 들개들에게 물려 초죽음이 된 채로 산에서 도망쳐 나오는 것을 동네 사람들이 한꺼번에 달려들어 간신히 구출한 적도 있었다.

하지만 학수에게만큼 들개들은 너무도 순한 양이었다. 죽으라면 죽는 시늉까지도 낼 지경이었다. 학수에게 있어서 들개들은 너무도 마음든든한 친구들이자 호위병이었다.

들개들은 번식력도 강했다. 저런 식으로 번식하면 오래잖아 숲 속은 들개들의 천국이 될 것이 뻔해 보였지만 반드시 그렇지만은 않았다. 때로 먹이를 찾아 이곳저곳 찾아다니다 보면 새끼들을 제대로 돌볼 수 없어 강아지들은 죽는 게 태반도 넘었다. 그래서 들개들은 더더욱 성격이 포악해졌는지도 모른다. 나이 많은 들개들은 병들거나 몸이 약해서 무리에서 벗어나 죽을 수밖에 없었지만, 그래도 들개들의 숫자는 나날이 늘어가 어느 새 백여 마리가 떼지어 몰려다녔다.

그런데 학수가 들개들과 친해지기 시작하면서 성격이 점차로 악마적 공격형으로 돌변하기 시작하는 것은 참으로 가슴이 섬찟한 일이었다.

자신과 전혀 아무런 원한이 없는데도, 남의 행복을 절대로 기분좋게 받아들이지 못하는 수상한 인격으로 서서히 탈바꿈 되어 가는 것은 이해할 수 없는 일이었다. 나아가서 자신의 주변에 있는 사람들의 갑작스런 불행이 너무도 당연지사라는 듯 지나칠 만큼 넉살을 떨었다.

학수의 비뚤어져가는 성격의 변화는 비록 겉으로 모습을 확연하게 드러내지는 않지만, 그의 내면에서 풍겨나오는 비밀스런 영혼의 냄새가 너무도 악취가 심한 것은 무서운 일이었다.

이런 학수에게 어느 날 고등학교 동창생인 보영이 짙은 화장에 잠자리채처럼 속이 훤히 내비치는 화려한 옷을 입고 사무실에 나타났다.

보영이는 고등학교 시절부터 많은 남자들에게 선망의 대상이 될 만큼, 빼어난 미모에 춤솜씨가 뛰어났다. 하지만 그녀가 반 친구들에게만큼은 별로 환대를 받지 못했던 것은, 그녀의 어머니가 미아리 텍사스(집창촌)에서 알아주는 포주인데다 일대의 무서운 깡패들을 수십 명씩 부리고 있다는 입소문 때문이었다.

고교시절 학교에서 가장 주먹이 세서 코뿔소란 별명이 붙은 3학년 선배가 하나 있었다. 어느 날 코뿔소가 학원에서 나와 밤늦게 집으로 돌아가는 그녀를 자기 아버지의 오토바이에 싣고 어느 으슥한 산 속으로 데리고 갔다. 어느 순간 그는 앞뒤 생각없이 무조건 그녀를 덮쳤는데, 마침 계곡에 있던 야영객에게 들켜 뜻을 이루지 못했다. 비록 실패하기는 했지만 어느 날부터 그 코뿔소란 3학년 선배가 학교에 나오지 않았다.

나중에야 그가 병원에 입원해 있다는 소문이 학교에 파다하게 퍼졌다. 그리고 6개월 후 그가 다시 학교에 나타났을때는 평생 목발을 짚고 다녀야 하는 불구자가 되어 있었다.

하여간에 그녀를 향한 많은 늑대 남자들은 그녀와 단 하룻밤만이라도 잠자리를 함께 했으면 소원이 없겠다고 입에 게거품을 물 정도였다. 그녀의 몸매는 그만큼 색태가 뛰어나게 아름다운 예술품이었다.

"검사가 되셨다니 앞으로 잘 좀 친해 두어야겠다고 생각했지."

그녀는 대담한 몸짓으로 학수의 맞은편에 있는 의자에 다리를 꼬고 앉았다. 학수가 빙그레 미소를 보내며 말했다.

"결혼 안해?"

"나보다 네 쪽이 더 궁금하다. 어느 새 내일이면 나이가 서른을 넘어설텐데 왜 결혼 안해? 검사 사위보겠단 사람들이 줄을 서는 세상인데."

"너는 왜 시집 안 가고 있는 건데? 그렇게 멋진 몸매를 자랑하는 미녀인데도 말이지."

"혼자 살테야, 난 독신주의자야."

"미쳤냐?"

"독신주의잔 다 미쳤냐? 얼마나 편한데? 마음에 드는 사람 있으면 마음대로 즐기고, 내 능력껏 일해서 입고 싶은 것, 먹고 싶은 것, 마음대로 쓰고, 가고 싶은 곳 마음대로 가보고 좀 편해? 남편이나 자식들한테 평생을 바쳐가며 아이 낳이하랴, 교육시키랴 고생하는 여자들 보면 딱하다 못해 눈물이 쏟아질 지경이야."

"마음에 꼭 드는 남자가 아직 나타나지 않아서겠지."

"호호호… 글쎄 너 같은 신랑감이라면 한번쯤 심각하게 고려해 볼 필요가 있을지도 모르지. 연구를 깊이 해볼 필요도 있구."

"무슨 연구? 날 두고 뭘 연구하겠다는 건데? 나도 결혼 따윈 생각해 볼 가치가 전혀 없어."

"흥! 넌 옛날부터 날 보는 눈이 영 돌이었어. 왜 그랬어? 내가 그렇게 네 눈엔 매력이 없어 보였니? 아니면 네 육체의 중요한 부분이 정상이 아니라든가. 일테면 그런 걸 좀 연구해 보고 싶다는 말이지."

육체의 중요한 부분이 정상이 아닌지도 모른다는 보영의 말에 학수의 눈동자가 잠깐 칼을 세웠다. 하지만 학수는 곧 아무렇지도 않은 듯 말꼬리를 틀었다.

"쓸데없는 소리말고 용건이나 말해. 이렇게 불쑥 찾아오다니 무슨 이유가 있는 듯 한데."

"그래 딱 알아 맞추었어. 꼭 볼일이 있어서 왔지."

"뭔데?"

"일억쯤 보증을 하나 서 줘."

"뭐? 보증?"

"아니 왜 그렇게 화들짝 놀래? 날 보증 서 줘서 뭐 손해볼까봐?"

"야, 검사가 누구 재산 보증을 선다는 것은 적절치 않아. 난 재산도 없어. 있는 거라곤 내가 사는 오피스텔 보증금 3천만 원 밖에 없는데 그걸루 어떻게 일억을 보증 서줘?"

"유능한 사람 많이 알고 있잖아. 검사님의 부탁을 무시할 사람… 우리 사회에서 몇 돼?"

"검사도 검사 나름이지. 나처럼 쫄따구 검사가 뭐 힘 있겠냐? 그건 그렇고 대체 일억씩이나 뭘 하려는 건데?"

"목 좋은 자리에 술집을 조그맣게 차리게 되었는데 예상 외로 자금이 딸리네? 은행에서 한 일억쯤 빌렸으면 좋겠는데 보증 서 줄 사람이 없어."

"무슨 술집을 차리는데?"

"양주 전문이야. 오가며 술 좋아하는 나그네들이 들러서 한잔씩 걸치고 지나가는 그런 주막말야."

그녀에 대한 학수의 기억은 그녀가 학창시절부터 돈 문제만큼은 결코 부엉이셈이 아닌, 너무도 똑 부러지게 철저했다는 것이었다.

미션스쿨이었기 때문에 학교에는 학생 성가대가 있었다. 그녀는 신앙심도 없으면서 성가대장이었고, 학교에서 성가대에 책정해 준 예산을 그녀가 책임졌었다. 그녀는 자신에게 맡겨진 예산을 성가대 활동에 사용하는데 있어서 10원 한 장 틀림이 없을 만큼 철저했다.

선생님의 심부름으로 물건을 사올 때에도 거스름돈을 한푼의 틀림도 없이 갖고 왔을 뿐 아니라 간혹 실수로 돈을 분실했거나, 책가방 속에 숨겨둔 공금이 도난당하는 일이 생겨도, 그녀는 철저하게 자신이 책임을 졌다. 그래서 그녀 또한 학수 못지 않게 학교 선생님들에게 신임을 단단히 받았었다.

친구들간에 돈을 빌려 주고 빌릴 때에도 약속을 칼처럼 지키는, 신용에 대해서만큼은 혀를 내두를 정도였다. 그녀의 돈에 대한 개념은 아마도 창녀촌에서 사채업을 했던 그녀의 어머니에게서 배운 모양이었다.

그녀의 어머니는 비록 건달들의 목줄을 쥐고 있을 만큼 큰 손이었지만 돈을 주고받는 거래상의 문제에서만큼은 어느 누구에게도 똑 부러진다고 평가를 받을 만큼 신용이 있었다.

보영은 그런 거칠고 메마른 환경 속에서 자라서 그런지 매사에 여간 댕가리진 게 아니었다. 학수는 서름한 눈길로 그녀를 건너다 보더니 결심한 듯 말했다.

"뭐 보증 어쩌구를 떠나서 사람을 하나 소개해 볼까? 하지만 섣불리 보증부터 서 달라고 말할 순 없어. 좀 시간을 벌고나서 네가 알아서 처신해 보라구."

"알았어. 꼭 그래줘, 정말. 건물 주인과 약속한 잔금날짜는 아직 3개월이나 남았으니까."

보영은 그 말을 남기고 학수의 사무실을 나섰다.

학수는 또 무슨 생뚱맞은 생각을 하는 것일까. 그는 눈시울을 가느다랗게 좁히면서 창 밖 멀리서 유유하게 흐르는 한강의 물줄기를 바라보며 야릇한 미소를 입가에 흘리고 있었다. 학수의 눈빛이 서서히 붉은 빛을 띄기 시작했다.

'민혁은 그래도 압구정동에 번듯한 단독주택을 한 채 갖고 있잖아. 그게 아마 모르긴 해도 굉장히 값이 나갈텐데 말이지. 보영에게 일억쯤 보증서 줄 능력은 충분히 된다 이 말이지. 보영이 정도의 멋진 미인이라면 민혁조차도 마음을 빼앗기지 않을 수 없을 거야… 행여 보영이 은행돈을 못 갚는 경우라도 생긴다면 자칫 집 한 채가 경매로 공중분해될 위기에 처할 수도 있고, 그러다보면 부부싸움이 잦아질테고, 그렇게 되면 민혁부부의 결혼생활이 파경에 봉착할 수도 있겠지.

그 상황이 오면 난 내 방의 불을 모두 끄고, 홀로 소줏잔을 들고 축배를 올릴 수 있을테고… 어쩌면 민혁과 수정이 부부싸움으로 지친 나머지, 집 안에 신나를 와락 쏟아붓고 둘 다 불에 타서 새까만 숯검정이 될 가능성도 많지. 난 민혁과 수정의 결혼생활이 파괴되는 모습이 너무도 보고 싶다.

그리고 나의 분신과도 다름없는 들개들과 함께 세상을 내 것으로 만들고 말겠다는 것이 내가 살아가는 의미이고 목적이니까… 나의 목적이 달성될 때까지 난 조상신에게 충성을 다 바쳐야겠지. 새벽마다 조상신에게 기도하겠어. 차명성 교수와 할망구 그리고 민혁부부가 파경에 처해서 알거지가 되게 해 달라고 그리고 서서히 피가 말라 죽게 해 달라고… 난 그 일을 생각하면 너무도 살맛 난다 이 말이지.

디먼을 시켜 당장이라도 찢어 죽여 없앨 수도 있지만 그럼 너무 재미가 없지, 살인도 즐기며 해야 살인하는 재미가 있으니까. 살인의 매력은 얼마나 참혹하게 사람을 죽이느냐에 있지. 나의 삶에 있어서 검사 따위는 있으나마나한 악세사리에 불과하니까…….'

유혹의 함정

　며칠 전까지 노드리듯 쏟아졌던 장맛비로 고시촌 앞을 흐르는 개울물이 많이 불어 있었다. 날씨는 살갗을 태울 듯 뜨거웠다. 그제까지만해도 흙탕물이었는데 지금은 많이 깨끗해져 있었다.
　민혁은 잠시 머리를 식힐겸 아름드리 소나무들이 빼곡하게 들어차 있는 계곡을 끼고 엎드려 있는, 커다란 너럭바위에 팔베개를 하고 드러누웠다. 우렁찬 굉음을 지르며 쏟아져 내리는 폭포소리에 어느 새 귀가 멍멍해졌다.
　맞바라기 산기슭에 암노루 한 마리가 반비알진 고구마 밭이랑으로 새끼노루와 함께 조심스럽게 들어서고 있었다. 이곳에서는 노루나 고라니 등은 자주보는 짐승들이기에 별로 새삼스럽지 않아 민혁은 눈을 감았다.

　지금쯤 수정이는 인천시장과 인터뷰를 진행하느라 몹시 정신없어 할 것이었다. 수정의 얼굴이 많이 보고 싶기도 했지만 똥이 어떻게 하고 있는지도 몹시 궁금했고 또 보고 싶은 마음도 간절했다.

"뚱녀석, 보고 싶네…….."
그때였다. 저 아래서 민혁을 부르는 춘천댁의 목소리가 들렸다.
"강민혁! 누가 찾아왔어. 빨리와아!"
민혁이 파뜩 정신을 가다듬고 소리나는 쪽으로 달려갔다. 학수가 어떤 미녀와 함께 고시촌을 끼고 흐르는 계곡에 서서 민혁에게 손을 들어 보이고 있었다.
'학수… 녀석이 이곳엘 웬일이지?'

학수는 보영의 얼굴을 흘끔 훔쳐보며 짐짓 자랑스럽다는 듯이 말했다.
"마! 이 더운 날에 공부하느라 땀 찔찔 빼고 있을 친구에게 정신이 번쩍들게 할 비너스를 한 분 소개해 주러 왔지."
"별……."
민혁이 가까이 다가오자 학수가 자랑스레 보영을 소개했다.
"민혁아, 소개할게. 내 고등학교 동창생이야. 우린 남녀공학이었거든."
"고교동창? 그렇지, 넌 남녀공학이었지!"
학수는 보영에게 먼저 인사하라는 눈짓을 보냈다. 보영이 민혁에게 먼저 손을 내어밀었다.
"안녕하세요. 유보영이라고 합니다. 친구에게서 말씀들었어요. 고시에 3번 실패하고, 4수째라구요. 끝을 볼 친구라구……."
"아, 예. 강민혁이라 합니다. 허허허, 답답해 보이겠지만 그런 대로 잘 봐주십시오. 어찌하다 학수보단 한참 후배아닌 후배가 되었지만."
보영이 그렇게 말하는 민혁이 재미있다는 듯 어느 새 벗트듯이 웃었다.
"호호호, 그런 걸 누가 뭘 묻기나 했나? 괜시리 먼저 말씀하시긴……."

보영은 그렇게 깔깔거리고 나서 폭포 쪽에다 얼굴을 돌리고 감탄했다.
"아아! 무척 시원한 폭포군요. 폭포 속에 뛰어들고 싶어."
그러자 학수가 황급히 말렸다.
"미쳤냐? 저렇게 사람 집어삼킬 듯 시퍼런 물에 뛰어 들어간단 말야?"
그 말을 들었는지 않았는지 보영이 옷을 입은 채로 폭포수 속으로 뛰어들었다. 그녀가 멋진 품으로 수영해 가며 손을 흔들었다.
"아! 너무 시원해요오! 들어들 와요오!"
하지만 학수도 민혁도 수영엔 맥주깡통이었다. 학수가 두려운 듯 소리쳤다.
"야, 빨리 나왔! 위험해!"
하지만 보영은 연신 깔깔거리며 폭포수 밑에서 인어처럼 놀고 있었다. 조금 후 보영이 물에서 나오며 감탄을 터뜨렸다.
"야! 너무 시원하다아!"
보영의 멋진 몸매가 두 남자의 시선을 질리게 했다. 그녀의 가슴을 타고 흘러내리는 물방울이 햇살 속에서 보석처럼 반짝거렸다. 민혁은 멋쩍은 듯 웃음을 흘리며 다시 폭포수 쪽으로 시선을 옮겼다.

그런데 오늘 처음 민혁을 본 보영의 가슴이 되레 두근거릴 만큼 민혁에게 마구 기울어지고 있었다. 보영은 자신의 눈길을 피해 폭포수 쪽으로 얼굴을 돌린 채로, 생각에 잠겨 있는 듯한 민혁의 옆 얼굴을 연신 흘금거렸다. 보영은 마음이 이만저만 혼란스럽지가 않았다.
'저 빙하도 녹일 듯한 따뜻한 미소하며 소년처럼 수줍은 듯 머뭇거리는 말투하며… 그런데 결혼한 남자라니…….'
보영은 물에 젖은 머리를 뒤로 쓸어올리며 정색으로 다시 민혁 쪽으로 얼굴을 돌렸다. 순간 그녀의 시선이 민혁과 딱 마주쳤다.

"………"

"………"

순간 두 사람의 모습을 번갈아보며 학수는 내심 쾌재를 질렀다. 학수가 재빨리 핸드폰으로 사진을 찍기 시작했다.

'옳지! 시작이 좋아, 흐흐흐… 하루라도 빨리 둘에서 불륜의 불을 붙여라.'

학수가 민혁에게 큰 소리로 말했다.

"민혁아, 이곳까지 올라오느라 힘들었어. 배가 고픈데 근처에 뭐 요기할 만한 곳 없니?"

"응, 마을 입구엔 음식점들이 꽤 있긴 하지만, 내가 잘 아는 할머님께 토종닭을 한 마리 잡아달라면 좋을텐데. 할머님이 직접 담근 동동주도 있어."

보영이 민혁의 말이 떨어지자마자 손뼉을 딱 치며 좋아했다.

"어머! 난 토종닭이 너무 먹고 싶었어요. 또 직접 담근 산골 동동주라니. 아아! 너무도 환상적이에요. 게다가 이런 산골에서 놓아먹인 닭이라면 너무 맛있겠는데요? 가요 우리, 닭값은 제가 낼게요."

민혁이 먼저 일어섰다. 그리고 큰 폭의 걸음나비로 잠자코 앞서 걸었다. 보영이 물에 흠뻑 젖은 청바지가 시원한 듯 쪼르르 달려가 오랜 친구이기나 한 것처럼 민혁의 팔을 잡았다.

구름 한 점 없는 높푸른 하늘에서 쏟아지는 햇볕이 그녀의 볼을 태울 듯이 뜨거웠다. 그 모습을 바라보는 학수가 또 핸드폰으로 두 사람의 사진을 찍었다. 순간 학수의 입가에 섬뜩한 느낌이 드는 웃음기가 흘렀다.

학수는 그만이 갖고 있는 독특한 웃음꽃을 사람들이 보는 앞에서는 결코 보이지 않았다. 세 사람은 커다란 밤나무 그늘 아래 펼쳐놓은 멍석 위에 둘러 앉았다. 그리고 쪽박으로 동동주를 돌려마시며 마냥 즐거워했다.

학수는 보영과 민혁의 즐거워하는 모습을 연신 핸드폰에 담았다. 할머니네 집 누렁이가 밤나무 그늘에 벌렁 누워 개버둥질을 하고 있었다. 민혁은 그 모습을 보고 있자니 또 지금쯤 뚱녀석이 무얼하고 있는지 몹시 궁금해졌다.

아마도 코를 골면서 낮잠에 빠져있을 것이라 생각했다. 보영은 상체를 민혁의 얼굴에 바짝 들이대고 닭다리를 쫙 찢어 민혁의 입으로 가져갔다.

민혁은 얼른 그것을 손으로 받으려 했지만 보영이 닭다리를 빼앗기지 않았다. 그리고 그것을 민혁의 입에 물려주며 터질 듯이 웃었다. 학수가 그런 두 사람의 모습이 너무도 볼만하다고 느꼈는지 또 핸드폰으로 사진을 찍었다.

민혁은 학수가 찾아오는 바람에 공부할 시간을 많이 빼앗겨 마음이 편치 않았지만 어쩔 수 없는 노릇이었다. 민혁은 아무리 생각해보아도 처음 만난 남자에게 이토록 노골적인 여자라면, 어쩌면 신분이 의심스러운 여자일지도 모른다고 비교적 섣부른 판단을 했다.

그것은 민혁의 대학 2년 선배가 꽃뱀한테 2학기 등록금을 몽땅 날려버렸던 뼈아픈 경험을 민혁에게 털어 놓은 적이 있었기 때문이었다.

상황이 어쨌든간에 민혁의 눈에는 오직 수정과 뚱의 모습으로만 가득 차 있었다. 뚱의 코고는 소리가 지금도 민혁의 고막을 우렁차게 때리는 듯해서 민혁의 입가에 맑은 미소가 가득하게 번지고 있었다.

학수는 민혁의 얼굴이 보영에 대한 관심으로 모습을 드러내기 시작하고 있다고 느끼며, 어느 새 둘 사이가 늘품 있어 보인다고 내심 쾌재를 질렀다.

똥의 전설

　아프리카에도 고대 문명국들의 유적이 드러날 가능성이 매우 높다는 학자들의 주장을 뒷받침하는 결정적인 증거가 잇따르고 있었다. 그런 유력한 정보에 따라 그곳을 다녀온 탐험대와 함께 아프리카의 밀림 속에 은닉되어 있을지도 모르는 고대 문명의 유물을 탐사할겸 선교차 존슨 박사가 처음 현장에 도착한 것은 1970년 여름이었다.
　의학박사이자 선교사였던 존슨 박사는 어쩌면 아프리카의 오지 속에도 숨어있을지 모르는 고대 문명의 발자취를 탐사하기 위해 맹수와 독충들이 우글거리는 밀림 속에서 선교활동을 하며 탐사에 몰입하고 있었다.

　존슨 박사는 그곳에 오기 전 몇 년 동안은 중국선교에 열정을 쏟았었다. 존슨 박사가 중국선교에 열중하던 중 친하게 지내던 티베트 원주민의 지도자가 중병에 걸려 사경을 헤매고 있을 때 존슨 박사에게 치료받고 몸이 완치되었다.
　그는 생명의 은인인 존슨 박사에게 고마움의 표시로 '티베탄 마스티프'종 강아지 두 마리를 선물했다. 한배 새끼가 아닌 암수 한 쌍이었다.

존슨 박사는 개를 너무도 좋아했기에 두 마리 강아지를 정성을 다해 키웠다. 강아지들은 하루가 다르게 몸집이 불어나기 시작했다. 두 마리 다 덩치가 사자처럼 크고 우람했고, 생김새가 도저히 개라고 믿을 수 없을 만큼 얼굴이 험상궂게 생긴 개였다. 사자와 나란히 세워놓고 보면 거짓말 조금 보태서 현지 사람들은 개를 더 무서워할 정도였다.

그런 어느 날 밤부터 원주민들의 우상인 새까만 흑표범 한 마리가 한밤중에 몰래 찾아왔다. 그리고 그 전설적인 흑표범은 두 마리의 개와 친해져서 밤새도록 우정을 나눈 뒤 새벽에 사라지곤 한다는 이야기가 원주민들 사이에 파다하게 떠돌았다. 그 검은 표범은 원주민들에겐 신과 같은 존재였다.

이듬해 암컷 개는 다섯 마리의 새끼를 낳았다. 존슨 박사 팀은 천막교회 옆에 집을 만들어놓고 그 강아지들을 정성껏 돌보며 길렀다. 그런 어느 날 존슨 박사팀이 드디어 밀림 속에 숨어 있는 고대시대의 유물을 발견했다. 그들이 하루종일 현장 탐사를 마치고 캠프로 돌아왔을 때 놀랍게도 개들이 감쪽같이 사라지고 없었다.

이튿날 날이 새자마자 사람들이 밀림을 샅샅이 뒤지며 개를 찾았으나 캠프에서 한참 떨어진 곳에 두 마리의 하이에나가 처참하게 맹수에게 물어뜯긴 채로 죽어 있는 것을 발견했을 뿐 개들의 흔적은 찾아볼 수가 없었다.

추측컨대 하이에나의 습격을 받고 물려 가는 새끼들을 구하기 위해 암수 두 마리가 사력을 다해 싸웠지만 하이에나 무리들을 끝내 당하지 못하고 모두 전멸했을 것이라고 생각했다. 존슨 박사는 텅빈 개들의 집을 붙들고 몹시 애통해했다. 생애 통틀어서 개들을 살려보내달라고 하나님께 기도한 적은 그때가 생에 처음이었다.

죽은 두 마리의 하이에나는 아마도 흑표범이 나타나서 해치웠을 것이라고 원주민들은 입을 모았지만, 새끼들을 보호하기 위한 두 마리 개가 흑표범과 힘을 합쳐 하이에나들을 물어 죽인 것이었다.

어느 날 존슨 박사의 캠프에 기적처럼 한 마리의 개가 상처투성이로 찾아왔다. 그 개는 사라진 두 마리 중 수놈이었다. 원주민들은 그 개가 흑표범의 보호를 받고 살아났을 것이라고 입을 모았다.

존슨 박사는 살아 돌아온 수놈을 정성껏 치료해서 다시 건강하게 키웠고, 그가 영국으로 돌아갈 때 그 개를 후임자인 클락 선교사에게 인계해 주며 신신당부했다.

"클락 선교사님, 저 개의 혈통은 '티베탄 마스티프'라고 들었습니다만 생긴 모습이 저토록 우락부락해서 그렇지 그런 대로 썩 매력 있는 녀석입니다. 우선 잠잘 때의 코고는 소리가 천둥처럼 우렁차지만 가만히 누워 듣고 있다 보면 웃음이 절로 터져나오죠. 게다가 여기 부족들에겐 신으로 떠받혀질 만큼 전설적인 흑표범의 우정을 본받아서일까 늑대나 하이에나 같은 맹수들과의 싸움에서도 결코 물러설 줄을 모릅니다.

일단 싸움이 시작되면 상대방의 급소를 귀신처럼 찾아내고 한번 물면 이빨이 빠지는 한이 있어도 상대방이 축 늘어지지 않으면 놓질 않아요. 악력이 얼마나 센지 시험해 보았는데 무려 300kg 가깝습니다. 개값이 엄청 비싸서 돈을 주고도 쉽게 살 수 없을 만큼 귀한 개입니다. 주인에게 충성스러울 뿐아니라 이빨이 얼마나 크고 센지 사자 뺨칠 정돕니다. 한 가지 꼭 염두에 두어야 할 게 있소."

"무엇입니까?"

"흑표범이 우리 캠프에 나타나서 개와 친하다는 사실 때문에 이 마을 부족들이 우리를 무척 경외하고 존경한다는 것입니다. 그래서 이곳 원주민들에게 복음을 전하는 일도 타부족에 비해 비교적 쉽습니다.

뿐만 아니라 원주민들이 우리 탐험대 일이라면 만사 제쳐놓고 발 벗고 나서주는 겁니다. 그 흑표범이 저 개와 깊은 우정을 나눈다는 사실 하나 때문에 우리 탐험대가 원주민들의 도움을 받기가 매우 쉬워졌다는 사실입니다. 저 개의 이름은 아란랏드가 주연했던 영화 속의 전설적인 총잡이의 이름을 딴 '셰인'입니다."

클락 선교사는 고개를 깊이 끄덕이며 존슨 박사로부터 '셰인'을 넘겨받았다. 그 개는 그후로 클락 선교사의 분신처럼 밀림 속 어느 곳을 가나 꼭 따라 다녔다. 그럴 때면 밀림 속 으슥한 곳에서 항상 흑표범의 눈길이 따라다니곤 했다.

이듬해 여름, 미국에서 공부하고 있던 클락 선교사의 아들이 방학을 이용해 유물탐사대와 함께 캠프에 머물고 있었는데 그가 또한 '셰인'을 어찌나 사랑했던지 잠을 잘 때에도 '셰인'의 목을 꼭 껴안고 자곤 했다.

밤만 되면 사방에서 하이에나와 맹수들이 번갈아 가며 눈에 불을 밝히고 셰인을 없애려고 모여들곤 했다. 하지만 그때마다 바람처럼 나타난 흑표범의 출현으로 셰인의 주변은 정적이 감돌 만큼 조용해졌다.

사실은 전설어린 흑표범을 원주민들에게 보여주고 싶은 탐사대원들이 몰래 캠프에 숨어서 밤마다 소음기가 달린 마취총을 겨누고 있었다. 그리고 하이에나 등 맹수들이 나타나면 마취총을 쏘아 기절시켜 버린 탓이기도 했다. 그것은 적절한 행동은 아니었으나 대원들은 흑표범의 출현을 적극적으로 유도해서 원주민들로 하여금 탐험대들에게 더욱 호의적이기를 기대한 탓인 듯했다.
　방학이 끝나자 클락 선교사의 아들은 아버지의 허락을 받아 '셰인'을 미국으로 데리고 갔다.
　클락 선교사의 아들은 셰인과 덩치가 비슷한 암놈을 오랫동안 수소문했는데 그 암놈 또한 한마디로 말해서 괴물이었다. 클락 선교사의 아들은 셰인을 그 괴물암놈과 교미를 시켰다.
　클락 선교사의 아들은 월남전에 참전 중인 고등학교 동창생인 하인즈에게 셰인의 아내가 낳은 새끼들 중 한 마리를 선물했다. 하인즈도 선물받은 개의 이름을 역시 셰인이라고 불렀다.
　지금 민혁이네 집 정원 한 쪽 구석에 엎드려 우렁차게 코를 골고 있는 놈은 옛날 클락 선교사의 아들이 고교동창인 하인즈에게 선물했던 셰인의 혈통 중 한 마리였다. 하여간에 생긴 게 꿈에 보일까 걱정될 만큼 셰인은 너무도 험악하게 생겼고, 어려서부터 힘이 대단했다.
　개라고해서 개인가보다 하는 것이지 그게 개라고 믿기엔 한참 고개를 갸우뚱거리지 않을 수 없을 만큼 지독히도 못생긴 괴물개였다.

　대를 이어 내려온 셰인의 혈통 중에서도 지금 민혁이네 집에서 곤하게 코를 골고 있는 놈만큼 힘이 세고, 막되먹게 생긴 개도 없었다. 그 녀석의 이름이 바로 뚱이었다.
　월남전에서 만난 민혁아버지의 친구 하인즈는 이런 말을 민혁에게 남기고 생애 마지막 선교사역을 감당하기 위해 캄보디아로 떠났다.
　"꼭 건강하게 잘 키워서 좋은 아내를 짝지워 주게. 이 강아지의 아빠가 괴물을 닮긴 했지만 사악한 영들이 섬찟해 할 만큼, 이 강아지도 독특한 운명을 타고났다는 강렬한 느낌을 받은 것은 글쎄, 그건 나도 모를 일이야… 아빠를 닮아서 생긴 모습이 사납기 짝이 없지만 사람에겐 순한 양 같은데, 동물을 보면 결코 가만두지 않으니 조심해야 해. 이 개의 조상은 티베트가 고향이고 '티베탄 마스티프' 혈통이라고 친구에게서 들은 것 외엔 자세히 아는 바가 없네. 조금 전에도 말했지만 독특한 운명을 타고난 개라는 영감을 지울 수가 없어. 이 개를 통해서 월남전에서 함께 했던 자네 아버지와의 우정의 끈이 영원히 이어지길 바라네."

어느 새 하인즈 선교사의 눈가에 붉은 기운이 감돌고 있었다.

민혁이 정중하게 강아지를 받아들고 말했다.

"감사합니다. 하인즈 선교사님. 잘 키워서 훗날에 기회가 닿으면 선교사님께 자랑스럽게 보여드리겠습니다."

그것이 지금 민혁의 집에서 코를 골며 잠자고 있는 뚱이라는 개의 전설이다.

악령의 화살

　원고마감 시간이 가까워지자 편집실 안은 부산하게 움직이는 사람들의 빠른 발걸음과 숨소리로 후끈 달아오른 듯 했다. 그때 수정을 부르는 소리에 그녀가 깜짝 놀란 듯 대답했다.
　"네? 제 전화에요? 여자분이에요?"
　"아니. 굵직한 목소리의 남자분인데?"
　그렇게 말하며 익살스런 표정을 짓는 강 기자의 얼굴을 힐끗 쳐다보며 수정이 수화기를 받아들었다. 강 기자는 겉으로 보기엔 얼굴이 썩 예쁘지도 않고 몸매도 안짱다리인 탓에 남자들에게 선호도는 낙제였다. 하지만 일에는 똑소리 날 만큼 철두철미했고, 빈틈이 없어서 편집실에서는 내로라는 남자들 모두 제쳐놓고 최고의 줏대잡이었다.

　학수였다. 수정은 대학시절부터 민혁은 물로 그 동창생들과 친구처럼 너나들이 하는 사이라서 반말이 자연스러웠다.
　"학수오빠? 웬일로? 나 지금 정신없이 바쁜데? 그리고 왜 회사전화로 했어? 내 전화번호 잊었어?"

수화기 속에서 학수가 꼬리를 물고 늘어지고 있었다.

"내가 핸드폰을 깜박 잊고 못 갖고 나왔거든. 그래서 공중전화로 하는 거야. 뭐, 바쁜 줄 누가 몰라? 수정아, 특종을 찾느라 불풍나게 정치판을 들쑤시고 다녀봤자 별것 없어. 그러니까 오늘 저녁이나 함께 먹자. 내가 바닷가재 살게. 수정이 바닷가재 참 좋아하잖아?"

"안돼요. 오늘은 밤 10시가 넘어서야 일이 대충 끝날 것 같아."

"중요한 말이 있는데?"

"뭔데? 뭐가 그리 중요한데?"

"민혁이가 ……."

"뭐라고? 민혁오빠가 왜? 내 남편 얘기라면 나 말고 누가 더 잘 알아? 대체 무슨얘긴데?"

"민혁이 예상치 못한 함정에 빠진 것 같애."

수정은 불에 데인 듯 파뜩 긴장했다. 남편이 예상치 못한 함정에 빠진 것 같다는 학수의 말에 수정은 아무래도 납득이 가지 않는 모양이었다.

"뭐? 우리 민혁오빠가 함정에 빠졌다구? 무슨 함정?"

"여자가 생긴 것 같애."

"뭐라구? 학수오빳! 지금 무슨 농담하는 거야? 민혁오빠에게 여자가 생겼다면 그건 바로 지구가 종말의 문을 두들기고 있다는 뜻이지."

"흐흐흐… 그럴까? 이봐, 수정아. 자고로 열 길 물 속은 알아도 한 길 사람 속은 모른다고 했다. 난들 오죽 놀랬겠냐. 그러니 네가 바쁜 줄 알면서도 이렇게 만나자고 하는 거 아니냐. 너를 아끼는 이 충정된 마음을 그리도 몰라줘? 빨리 대책을 세워서 불행한 일을 막아야 할 것 아냐. 내가 그럼 너희 잡지사 건물 근처에 있는 포장마차에서 기다릴게. 그리로 나와. 바닷가재는 다음으로 미루고 말야."

"………"

"수정아, 듣고 있어?"

"………"

"수정아."

"응."

"충격받았어?"

"………"

"수정앗!"

"알았어. 일단 원고마감은 끝내야 하니까. 좀 늦어도 괜찮겠어? 아홉 시쯤. 바닷가재 생각 싹 달아났으니 민혁오빠랑 함께 했던 포장마차에서 간단히 하자구요."

"그래, 끝나는 대로 그리로 와, 기다리고 있을테니."

수정은 무언가에 된통 얻어 맞은 듯 잠시 멍한 눈길로 꼼짝도 않았다. 그 모습이 하도 수상했던지 강 기자가 수정의 옆구리를 툭 건드리며 말했다.

"얘, 수정아 너 지금 무슨 생각하니? 컴퓨터 불야성처럼 켜놓구. 부장님 보시면 어쩔려구?"

강 기자의 말에 수정이 파뜩 정신이 들었는 듯 컴퓨터를 껐다. 그녀는 책상 위에 어지럽게 널려 있는 원고지를 대강 정리한 뒤 잰걸음으로 사무실을 나갔다. 원고 정리하느라 정신없는 판에 느닷없이 학수가 쌩이질을 한다고 속으로 썩 기분나빠 하면서도, 어디 아무도 없는 곳에 가서 커피라도 한잔 빼 마시며, 잠시 생각을 정리할까 싶었지만 그녀는 고개를 털었다.

'무슨 말 같지도 않은 소릴하는 거야 학수오빤…….'

정신이 어수선했지만 아홉 시가 넘어서야 겨우 원고를 마감하고 잡지사를 나섰다. 수정은 우울해지는 마음을 가까스로 달래며 학수와 약속한 포장마차를 향해 발걸음을 똑똑 옮겨놓고 있었다.

학수는 일찍부터 포장마차에 나와 기다리고 있었다는 듯 이미 눈가에 붉은 기운이 돌고 있었다.

"오래 기다렸어?"

학수가 고개를 번쩍 쳐들고 수정을 맞이했다.

"아냐 별로. 한 삼십 분쯤."

"눈가에 술기가 돌았는데 뭘. 눈이 왜 그리 빨게? 눈병 걸렸어?"

"그래? 왜 눈이 빨갛게 충혈 되었을까……."

수정이 학수의 맞은 편에 앉아 학수의 얼굴을 빤히 쳐다보며 말했다.

"학수오빠, 우리 이러지 맙시다. 그냥 아주 평범하고 탈없이 살면 안돼? 쓸데없는 장난쳐서 바쁜 세상에 괜히 사람 어수선하게 만들지마. 이제 학수오빠도 서른 문턱에 올라섰잖아. 응? 나이 값을 해야지 않어?"

학수가 얼굴도 돌리지 않고 피식 웃었다.

"흐흥, 만나자마자 설교부터 늘어놓는군, 술 한잔 들래?"

"………"

"싫어?"

"이런 기분에 술인들 맛있겠어? 그나저나 학수오빤 다 좋은데 가끔씩 얼투당투 않는 짓 해서 대학 때도 얼마나 많은 친구들을 골탕먹였다면서? 이젠 좀 고만해. 명색이 검사인데 말야."

그렇게 말하는 수정의 앞에 학수가 봉투 한 장을 쓱 밀어내었다.
"뭐야 이게?"
"꺼내 보렴."
수정이 몹시 혼란스러운 얼굴로 봉투 속에 있는 사진들을 꺼내었다. 순간 수정은 흡 숨을 들이마셨다. 두통이 태풍처럼 와락 밀려오는 느낌이었다.
"뭐, 뭐야 이게……."
사진 속에서 모델처럼 근사한 여자가 민혁의 눈 앞에서 활짝 웃고 있었다. 또 한 장의 사진 속에서 그녀가 민혁의 어깨에 바짝 턱을 걸치고 손가락으로 V자를 그리고 있었는데, 그게 그렇게 좋은지 민혁의 얼굴이 터질 듯이 웃고 있었다. 또 다른 한 장의 사진은 여자가 민혁의 입에 닭다리를 물려주며 행복해하는 장면이었다. 수정은 마른침을 꼴깍 삼켰다.
그외에도 자극적인 사진이 여러 장 있었다. 그녀는 굳어진 얼굴로 학수를 쏘는 듯이 건너다 보면서도 도저히 이 사진 속의 모습을 믿을 수가 없었다. 그러나 사진을 보면 사실임이 틀림이 없어 보이는데야 할 말이 없잖은가. 수정의 머리 속은 거미줄이 뒤얽힌 듯 여간 혼란스러운 게 아니었다.

학수란 인물은 참 이해하기 힘든 두동진 위인이었다. 대학을 졸업할 때까지 내내 그는 전혀 문제될 것 없는 평범한 일을 괜시리 용골때질하기를 좋아했다. 게다가 심심해서 죽겠다는 듯 공연히 엉뚱한 방향으로 이상한 시나리오를 만들어 사람들의 마음에 평지풍파를 일으키곤 했다.
짜기는 또 어찌나 소금절임처럼 짰던지, 한 번도 친구들에게 호의를 베푼 적이 없는 욕감태기에다 친구들끼리의 돌림턱도 빠지기 일쑤였다.

한마디로 학수는 얻어 먹을 줄은 알아도 남에게 베풀 줄은 모르는 괴팍한 성격이었다. 그래도 여자친구들에겐 아낌없이 술도 저녁도 턱턱 사는 걸 보고, 학수의 친구들은 괘씸스런 생각이 들어 전혀 그와 가까이 하려 들지 않았다.

남달리 결벽증이 있어서인지는 몰라도 강의실을 쓸고 닦는 일은 누가 시키지 않았는데도 혼자 도맡아 했고, 교수님들 심부름이나 과제물을 빈 틈없이 정리해 놓는 것은 초등학교 시절과 다름없었다.

교수님들에게도 인기가 좋았다. 여학생들에겐 돈을 잘 쓰고 인심도 후했다. 하지만 남자 친구들에게는 인색하기 짝이 없는 옹치였다. 때로 한 번씩 친구들에게 깨죽대며 툭툭 내뱉는 말투 하나만해도, 골이 깨지는 듯 여간 기분 상하는 게 아니었다. 게다가 술좌석 같은데서도 안주를 독식하다시피 했다. 그러면서 너스레를 떠는 꼴에 친구들은 머리에 지진이 이는 느낌이었다.

"야, 학점 그렇게 똥같이 받아서 허리가 휘도록 고생하는 니네 부모님 마음 편하게 하겠냐? 날 좀 봐라. 니들처럼 머릿털 죄 빠져라 공부 안 해도 항상 A 학점만 받잖냐. 옷도 그래. 그거 뭐 옷이라고 사 입냐? 뭐 찰리 채플린도 아니고 얼마나 촌스럽게 보이는지 아냐? 그래도 대한민국 최고의 엘리트쯤 되려면 옷 입는 품새조차도 신경써야 하지 않냐? 3류 대학 애덜한테 쪽팔리잖아? 음식점에 가서 밥을 사 먹을 때도 된장처럼 똥 색깔이 나는 음식은 피해야지 밥맛 떨어지지 않아?"

"........."

학수는 대체로 그런 식으로 이물스런 위인이었다. 옛날엔 그래도 그 정도로 괴팍스럽지는 않았는데, 들개들과 친해진 후부터는 날이 갈수록 성격 또한 내치락들이치락 종잡을 수가 없는 것도 이상한 일이었다. 어느 곳을 눈여겨 보아도 찾을모란 한 곳도 보이지 않는 인격이었다.

학수는 초등학교 때부터 많은 사람들의 관심의 대상이긴 했지만, 한편으론 가까이 하고 싶지 않을 만큼 경원의 대상이기도 했다. 초등학교 때의 학수의 담임선생님은 여자였는데 그녀는 가끔 동료 선생님들과의 회식 자리 같은데서 속내를 털어놓곤 했다.
"학수 그 아이는 어쩐지 으스스 해. 왜 '엑소시스트'나 '오멘'같은 심령공포 영화있잖아. 주인공 아이가 가는 곳마다 불행한 사고가 나서 때론 엉뚱한 사람이 죽기도 하고 재앙이 닥치기도 하고… 학수 걔는 난 정말 싫어. 눈빛이 너무도 음습해."
학수는 그런 담임선생님이 자신을 싫어하고 있다는 것을 그 눈빛만으로도 쉽사리 알아차린 모양이었다.
어느 날 모두들 퇴근하고 없는 텅 빈 교무실에서 학수의 담임선생님이 잔무를 정리하고 있을 때였다. 교무실 문이 조용히 열리더니 거기 학수가 서 있었다. 선생님이 깜짝 놀라 물었다.
"아니, 학수 너 아직도 집에 안 갔냐? 왜? 무슨 할 말 있어?"
"선생님한테 드릴 말씀이 있어서요."
"그래? 뭔데?"
"선생님은 절대로 시집 못 가요."
"뭐? 뭐라구?"
"선생님은 절대로 시집 못 가요."
"........."
그리고 학수는 교무실 문을 탁 닫고 복도를 뚜벅뚜벅 걸어 사라졌었다. 어쨌든 그 여 선생님은 정말 나이가 40이 넘은 지금까지도 시집을 못 가고 혼자서 나이 먹어가고 있는 중이었다. 들리는 소문에 의하면 그 여 선생님은 근래에 심한 우울증으로 정신병원에 입원해야 할 만큼 상태가 심각하다는 소문이었다.

대학시절 내내 학수는 가는 곳마다 친구들 사이에서 사건을 일으키는 숙호층비의 원흉이었다. 날이갈수록 그와의 접촉을 싫어하는 사람들이 늘어났다. 대신 사람들이 떠난 그 자리엔 그에게 충성을 맹세하는 새로운 세력들이 인터넷에 하나둘씩 모여들기 시작했다.

대체로 그들은 학수의 인품과 맥을 같이하는 불순한 세력들이었다. 그들은 들개들과는 별도로 학수의 새로운 추종자들로서 인터넷을 통해 교묘하게 법망을 피해다니면서 공연히 사람들의 영혼을 혼란케해서 심리적 공황상태로 몰아붙이는 악한 세력으로, 그 힘과 규모를 태풍의 눈처럼 키워가고 있는 중이었다.

학수는 사회적으로는 강력계 검사로서의 자격을 거의 완벽하게 갖추고 있었으나, 그의 내면의 강에는 불쾌하고 상스러운 증오의 언어가 쉬임 없이 응어리진 채 떠다니고 있었다.

그는 자신의 내면에 지나치게 탐닉한 탓에, 친구들의 건전한 욕구를 쓰레기처럼 무시해버리는 폭력의 팬터지와 너무도 가깝게 밀착되고 있는 중이었다.

그는 마치 삶의 목적이 건전하고 성실한 인간으로서의 가치를 추구하는데 있는 것이 아니라, 오로지 자신의 주변을 서성이는 사람들을 흑책질로 고통을 주는 재미에 중독되어 있는 것 같았다.

오늘도 학수는 수정이를 불러내어 엉뚱한 사진 몇 장을 그녀 앞에 펼쳐 놓으면서, 말도 안되는 소리를 너절하게 늘어놓고 괘사떨고 있는 중이었다.

수정이 소줏잔을 연거푸 비우고 있는 학수를 말끄러미 건너다 보며, 바글바글 끓어 오르는 속내를 가까스로 가라앉히고 입을 열었다.

"대체 이 사진은 어디서 난건데?"

학수가 자못 진지한 얼굴로 대답했지만 학수의 그런 모습이 퉁어리적기 짝이 없어 보였다.

"네게 증거를 제시해 주고 싶어서 내가 찍었지. 난 물증이 없는 사연은 결코 늘어놓지 않으니까. 고시촌이 있는 근처 마을인데 어떤 할머니네 집이야. 공교롭게도 나는 그날 모처럼 민혁을 만나보러 그 고시촌엘 갔었거든."

수정은 잠깐 미간 위에 두 주먹을 받쳐놓고 한없이 혼탁해지는 정신을 가다듬느라고 이를 악물었다.

이윽고 그녀가 고개를 반짝 쳐들고 학수를 쏘아보며 야무진 어조로 말했다.

"학수오빠, 하지만 난 도저히 이 사진의 내용을 액면 그대로 믿을 수 없어. 내가 직접 민혁오빠에게 자초지종을 알아보기 전에는 절대로 학수오빠의 음모에 말려들지 않을 거야. 제발 이제 이따위 초등학생애들이나 갖고 노는 졸루한 짓 그만해. 명색이 검사아냐 이젠!"

그렇게 안타깝다는 듯한 얼굴로 자신을 쳐다보는 수정을 보고 학수는 또 피식 웃음을 흘리며 말했다.

"음모? 수정아, 난 대학시절부터 너를 진심으로 아껴온 선배로서 네가 아주 심각한 상황에 처해 있게 된 사실을 미리 알려주는 것 뿐이야.

어떻게 내 진심을 그런 식으로 모욕할 수가 있지?"

"어쨌든 학수오빠가 이런 식의 유치한 방법으로 내게 접근해 오는 것이 난 너무도 싫어. 마치 송충이를 대하는 듯 해. 나 그만 일어설테야. 애들 장난도 아니고 뭐하는거냐고 진짜. 앞으론 절대로 내게 전화하지 마! 말도 안되는 사진들을 합성해갖고 날 놀리다니. 학수오빠 명심해 내 말. 다시는 이따위 불순한 짓 마!"

"수정아, 이것이 네 눈엔 애들 장난처럼 보이다니, 난 정말 너를 아끼고 사랑하는 순수한 마음으로 이 난처해지는 상황을 호전시켜 보자는 뜻에서… 그리고 이게 합성사진이라니!"

"알았으니 그만하자구요. 대책이 안 서는 사람야, 학수오빤."

수정은 몹시 기분이 나쁜 듯 창백한 얼굴로 자리에서 발딱 몸을 일으켜 세웠다.

그때였다. 15도쯤 되는 경사진 길에 홀로 세워져 있던 덤프트럭 한 대가 슬그머니 뒷걸음치기 시작하더니 곧 맹렬한 기세로 포장마차 쪽을 향해 돌격하고 있었다. 포장마차 안에서 술을 마시고 있던 사람들은 무서운 비극의 순간이 코앞으로 밀어닥치고 있는 줄도 모른 채 술잔을 높이 치켜들고 위하여를 외치고 있었다.

"꽈광!"

순식간에 10여 평쯤 되는 공간의 포장마차는 폭격을 맞은 듯 아수라장이 되고 말았다. 수정은 아스라히 멀어져가는 의식 속에서 민혁의 얼굴이 산산조각으로 부서지고 있다고 생각했다.

사 진

오래지 않아 경찰차와 119 구급대가 사이렌 소리를 요란하게 울리며, 아비규환의 생지옥을 방불케 하는 사고현장으로 숨차게 몰려들기 시작했다. 새까맣게 몰려드는 구경꾼들 속으로, 피투성이가 된 사람들이 들것에 실려 엠브란스에 옮겨지고 있었다.

그녀가 엠브란스에 옮겨지면서도 사진이 들어 있는 봉투를 움켜쥐고 있는 것을 보면 아직 의식은 말짱한 모양이었다.

그러나 참으로 이해할 수 없는 일은 어찌하여 똑같은 장소에서 술을 마시고 있던 학수는 눈썹 한올 다치지 않고 말짱한 모습으로 사고현장을 마치 즐기듯이 구경만 하고 있는 것일까.

병원 측의 연락을 받고 사색이 되어 달려온 수정의 엄마는 가슴을 쓸어내리며 연신 하나님을 되내며 감사했다.

"세상에 이만하길 얼마나 다행이야 … 아이고오 하나님, 감사합니다아! 아이고."

조금 후 병실 문을 들어서는 남편을 맞이하며 수정의 엄마는 와락 울음을 터뜨리고 말았다. 차 박사는 그러한 아내의 등을 토닥거리며 위로했다.

"담당의사를 만나고 오는 길이야. 다른 곳은 별 이상 없대. 왼쪽 손목이 골절되었지만 이만하길 천만 다행이야."

"얼굴에 상처를 전혀 안 입은 것도 얼마나 다행이에요. 저 예쁜 얼굴이 망가졌더라면… 어쩔뻔 했겠어요."

"세상에, 어떻게 이런 일이… 몇 사람은 현장에서 즉사했다는데……."

"몇 사람이 죽었대요?"

"다섯 사람이 현장에서 덤프트럭에 깔려 죽었다는구만."

"세상에! 다섯 사람이나요?"

"정말, 하나님이 도와주셨어."

그때 병실 문을 두드린 후 학수가 조용히 들어서고 있었다. 누가 보아도 일단 학수는 첫눈에는 호감이 갈 만큼 인물이 끌밋한 것이 특징이었다.

"안녕하세요. 교수님."

"오, 학수 군 아닌가. 웬일인가 이곳까지? 어떻게 알고 왔어?"

"제가 사고현장에 수정이와 함께 있었습니다."

"자네가? 자네가 수정이와 함께 포장마차에서 술을 마셨어?"

"예."

수정의 엄마가 학수의 얼굴을 한참 뜯어본 뒤에 말했다.

"수정이와 무슨 일로 만나서 술을 마셨어? 수정이는 술을 잘 못 마시는데?"

"제가……."

"왜 얼버무려? 뭐 못할 말 있어?"

"수정이에게 꼭 전해줘야 할 말이 있어서 수정이를 그리로 불러냈습니다."

"왜 하필이면 포장마차로 불러내? 그리고 대체 무슨 할 말이 있었는데? 수정이는 남의 아내인데 따로히 불러내서 술을 마시는 행동은 적절치 않았어요."

"………"

차 박사가 몹시 궁금한 얼굴로 뭉그적거리고 있는 학수에게 말했다.

"대체 무슨 할 말이 있어서 그랬지?"

"저어… 말씀드리기가 참……."

차 박사의 혀에 힘이 들어갔다.

"이봐! 학수 군! 꺼내지 말아야 할 소리라면 애시당초 꺼내질 말든가. 그렇게 얼버무리지 말고 말해 봐 우리가 들어선 안되는 일이야?"

"저… 민혁이한테 애인이 생긴 모양이에요."

"뭐라고? 우리 사위한테 애인이 생겨? 그게 무슨 말도 안되는 소리지?"

"그래서 제가 수정이에게 상황이 더욱 나쁘게 발전하기 전에 미리미리 예비하라는 뜻에서…그 말을 전해 주려고……."

"………"

"………"

차 박사의 얼굴은 근엄하게 굳어진 채로 창 밖으로 조용히 시선을 내어몰고 있었다. 수정의 엄마가 대들 듯이 학수의 눈앞에 얼굴을 확 들이밀면서 다그쳤다.

"그게 사실이야? 증거 있나?"

"예."

"증거가 있다구? 무, 무슨 증거?"

"저… 어머님. 차마 제 입으로 말씀드리기 곤란해서 그럽니다."

그렇게 우물쭈물하고 있는 학수의 모습에 화가 난 수정의 엄마가 언성을 높였다.

"아, 말해봤! 이왕에 당해버린 횡래지악인데 망설일 게 뭐 있어?"

학수는 못 이긴 척 양복 속 주머니에서 구겨진 봉투를 꺼내어 수정의 부모님 앞에 내어놓았다.

"수정이가 사고 당시에도 꼭 쥐고 있던 사진인데 간호사가 보관하고 있었습니다."

수정의 엄마가 빼앗듯이 사진을 들여다보고는 입을 딱 벌린 채로 남편의 얼굴을 쳐다보았다. 사진을 들여다 본 차 박사의 눈가에 파르르 경련이 일고 있었다. 사진 속에서 풍만한 젖가슴을 민혁의 눈앞에 바짝 들이대고 그녀가 물려주는 닭다리를 입에 문 채로 황홀해 하는 모습이었다.

수정의 엄마가 남편을 또 한 번 쳐다보았다. 그녀는 남편의 얼굴이 그토록 돌처럼 딱딱하게 굳어진 모습을 지금껏 본 적이 없다고 생각했다.

차 박사의 입에서 바위처럼 무거운 신음소리가 병실을 침통한 분위기로 떨어뜨리고 있었다. 차 박사가 겨우 입을 열었다.

"학수 군. 이 사진을 자네가 찍었는가?"

"예. 교수님. 증거가 확실해야 수정이가 믿을 것 같아서요."

"난 학수 군이 참 영리하고 촉망받는 법조인이 될 것이라고 많은 기대를 해 왔네만."

"………"

"자넨 참 어리석은 짓을 했구만. 철없는 어린아이처럼 아주 유치한 짓을 했다할까……."

"………"

"누구를 위해 이런 사진을 찍었나? 우리 수정이를 위해서? 그게 말이 된다고 생각하나? 자신의 입지를 굳히기 위해서, 치열하게 고민하며 열중해야 할 일들이 얼마나 산적해 있는데 겨우 남의 부부 사이에 끼어들어 파파라치처럼 이런 사진이나 찍고 다니다니, 이런 엉뚱한 짓이나 할 만큼 자넨 할일이 없는 어정잡이 검사인가?"

"저… 제가 생각하기에 나쁜 일은 싹이 더 자라기 전에 미리 잘라내어야 한다는 생각에… 그리고 민혁과 저는 누구보다도 가까운 친구 사이기도 하고 말입니다. 또 수정이는 제가 아끼는 여동생 같기도 하고 이래저래 신경을 쓰지 않을 수 없었습니다."

"자네 내 말좀 들어보겠나?"

"예, 교수님. 본의아니게 심려를 끼쳐드린 결과가 되어 죄송합니다."

"엊그제 27년간이나 법복을 입고 법조계에서 많은 사람에게 신뢰와 존경을 받아오던 서울고법 부장판사가 모 건설업자로부터 술 향응과 수십억 원 뇌물을 받아먹은 혐의로, 죄수복을 입고 앉아 있는 모습을 보지 않았는가?"

"보았습니다. 교수님."

"참담한 느낌이 들지 않았는가."

"참담한 느낌이었습니다."

"학수 군 같은 전도유망한 젊은 법조인이 심기일전해서 법과 양심의 잣대로, 억압받는 자의 편에서 혼신의 정열을 쏟아야 할 판에, 기껏 친구부부의 사이에 끼어들어 중뿔나게 불륜의 현장이나 살피고 다니며 시간을 낭비하다니 부끄럽지 않은가."

"죄… 죄송합니다. 교수님."

"곧 민혁이 올텐데 어서 나가봐."

"예, 교수님. 하지만 전 진심으로 내 친구와 수정을 아끼는 심정에서… 하여튼 면목없게 되었습니다. 그럼."

학수가 병실을 나가자 차 박사는 가슴으로 탄식했다.

'참, 딱한 녀석하군…….'

차 박사는 학수가 놓고간 사진을 휴지처럼 구겨서 구석에 있는 쓰레기통 속에 던져버렸다. 그렇게 마음조차 훌쩍 쓰레기통에 집어던졌다고 생각했으나 아무래도 차 박사의 속내도 편안할 수 없는 것은 당연했다.

'사위가 다른 여자와 함께 헤프게 어울렸다는 사실이 도저히 믿어지지 않는 것이 많이 속상하군…….'

그때 딸의 잠든 얼굴을 애꿇는 심정으로 내려다 보고 있던 수정의 엄마가 한숨 섞인 목소리로 말했다.

"열 길 물 속은 알아도 한 길 사람 속은 모른다더니 꼭 그렇네."

"………"

조금 뒤 차 박사는 원로법조인들과의 회의에 참석하기 위해 급히 자리를 떴다. 소식을 듣고 부랴부랴 고시촌에서부터 택시를 대절해 달려온 민혁이 황망한 얼굴로 병실에 들어서고 있었다. 수정의 엄마는 예전같지 않은 떨떠름한 얼굴로 민혁을 맞이했다.

"어머님, 대체 이게 무슨 일입니까?"

"무슨 일은? 보다시피 교통사고로 이렇게 되었잖나!"

민혁은 죽은 듯이 잠들어 있는 수정의 얼굴을 들여다보며 가슴이 새까맣게 타들어가는 느낌이었다. 그가 혀끝으로 마른입술을 축이며 수정의 손을 꼭 쥐었다.

"수정아······."

그때 잠들어 있는 줄 알았던 수정의 눈에서 눈물이 샘물처럼 솟아나와 베갯닛을 흥건히 적시고 있었다.

"수정아, 나야, 어쩌다 이렇게 다쳤어."

수정의 엄마가 한숨섞인 목소리로 말했다.

"살아난 게 기적일세. 다섯 사람은 현장에서 즉사했어."

"옛? 다섯 사람이나 죽었어요? 어머님, 수정이가 대체 왜 그 포장마차에 앉아 있었을까요?"

"학수와 함께 있었다네."

"예? 학수요?"

"학수가 수정이를 불러낸 모양이야. 무슨 중요한 일을 말해야겠다면서."

"학수는? 학수는 괜찮습니까?"

"콧등도 다치지 않았어. 참 기가막힐 만큼 운이 좋은 사람이야."

"중요한 일이라니 대체 무슨얘기라고 하던가요?"

"········."

그때 수정이 간신히 눈을 뜨고 울먹이는 목소리로 입을 열었다.

"어, 엄마. 아, 아무말도 마. 나, 나중에 얘기해······."

수정엄마가 딸의 얼굴을 들여다보며 말했다.

"수정아, 정신이 좀 드니? 암말도 말고 잠을 많이 자. 의사선생님이 그랬어. 잠을 푹 자야 한다구."

수정이 자신의 손을 꼭 쥐고 있는 민혁의 얼굴을 안타까운 눈길로 쳐다본 뒤 다시 눈을 감았다. 그녀의 눈에서 또다시 눈물이 방울방울 흘러내리고 있었다. 민혁은 타들어가는 심정으로 스스로를 꾸짖었다.
 '수정아, 미안해. 나 때문에 수정이가 이런 어려움을 당한 거야.'
 민혁의 눈두덩이 고통과 죄책감으로 새빨갛게 물들기 시작했다.
 '나 때문에 무척 힘들게 살았지 수정이는 …….'
 수정의 엄마는 그런 두 사람의 모습을 안쓰러운 눈빛으로 한참 동안 바라보고 앉았으나 그 어느 때보다도 사위의 얼굴이 여간 잔밉고 민망스러운 게 아니었다.
 '무능하기야 그렇다 할지라도 엉뚱한 짓까지 하다니…….'

 그때 그녀의 가방 속에서 핸드폰이 부르르 떨리고 있었다.
 "염려말아요. 수정이는 괜찮으니깐요. 강군도 와 있어요. 그렇게 해요."
 수정의 엄마는 핸드폰을 꼭 쥔 채 울연한 모습으로 두 사람을 바라보고는 한숨을 땅이 꺼져라 내 쉬었다.
 수정이 다시 눈을 뜨고 엄마를 쳐다보며 속삭이듯 말했다.
 "아빠야, 엄마?"
 "그래."
 "오신데?"
 "퇴근길에 또 오겠다고 그러신다."
 "엄마, 그만 집에 가봐. 그리고 아빠에게 전화해서 오시지 말라구 해."
 "자네가 옆에 있을텐가?"
 "당연하죠. 어머님, 제가 옆에 있어야 하구말구요."
 "그럼, 난 집에 가보겠다. 하도 정신없이 달려오느라 대문을 잠그고 왔는지 않았는지 모르겠어."
 병실을 나온 수정의 엄마는 담당의사의 방을 조그맣게 노크했다. 여의사가 환한 미소로 그녀를 맞이했다.

"어서 오세요, 사모님. 따님은 참 운이 좋았어요. 손목이 골절되었을 뿐 머리와 척추 쪽 등을 골고루 정밀검사했습니다만 별 문제가 없습니다. 큰 걱정 않으셔도 될 듯 합니다."

"고맙습니다. 어련히 잘해 주시겠지만 그래도 잘 부탁합니다."

"네, 염려마세요."

"그럼."

수정의 엄마는 병원 문을 나서자마자 때마침 손님이 내린 빈택시에 몸을 싣고 운전기사에게 조그맣게 말했다.

"약수동으로요."

"네. 알겠습니다."

사랑과 영혼

　병원에 입원한 지 열흘쯤 뒤에 수정은 간단한 퇴원 절차를 밟고 집으로 돌아왔다. 엄마가 보내준 인천댁 아줌마가 반갑게 맞이했지만 목련나무에 묶여 있는 채 죽은 듯이 웅크리고 있던 뚱이, 수정을 보자마자 제 집이 박살이나라 뛰며 난리법석을 치고 있었다.
　제 딴에는 반가와서 죽을 지경인 모양이었으나 워낙에 야단스레 날뛰는 통에 행여 수정이가 다칠세라, 민혁은 눈을 부라리고 뚱의 머리통을 주먹으로 쥐어박으며 소리를 질렀다.
　"뚱! 얌전하게 굴지 못해?"
　민혁의 기세에 기가눌린 듯 뚱이 제 집 속으로 후다닥 뛰어들어 갔지만 금새 달려나와 또 쾅쾅 짖어대며 땅바닥에 데굴데굴 구르기까지 했다.
　"짜아식!"
　민혁은 수정을 데리고 현관 안으로 들어섰다. 입원하고 있는 동안 수정의 속옷 등을 챙기려고 두어 번 집에 들르긴 했지만 오늘따라 유난히 익숙했던 물건들이 낯선 느낌이 들었다. 인천댁 아줌마가 조심스럽게 수정에게 물었다.

"괜찮으시죠? 다친데 더 이상 아무탈 없으시죠?"

수정이 맑은 미소를 지으며 대답했다.

"네, 괜찮아요. 아줌마 고마워요. 수고 많으셨죠?"

"아이, 고맙긴요 사모님이 어찌나 자상하게 배려를 잘해 주시던지 오히려 제 쪽에서 몸둘 바를 모를 정도예요. 어서 방으로 들어가세요. 저녁식사로 전복죽을 끓여 놓았어요."

수정은 침대에 걸터앉아 창 밖 향나무 숲 속에서 잠자리를 준비하느라 복작대고 있는 참새들을 바라보며 잠깐 생각에 젖어 있는 모습이었다.

민혁이 장롱설합 속에서 수정의 겉옷 등을 꺼내들고 수정의 옆에 앉았다. 수정은 새삼 민혁의 얼굴에 펴져 있는 가잠나룻이 슬퍼보였다. 민혁이 여느 때와 달리 착 가라앉은 목소리로 말했다.

"옷 갈아입어야지."

"........."

민혁이 다시 걱정스런 얼굴로 물었다.

"무슨 생각을 그리 골똘히 해?"

"........."

"응? 수정아."

"아냐. 괜찮아. 오빤 고시촌에 올라가."

"고시촌엔 어떻게… 네가 이렇게 몸도 아픈데."

"괜찮아. 아줌마가 계시잖아. 걱정말고 올라가."

"며칠 더 집에 있다가 올라갈게. 아무 소리마."

몸이 안 좋아서 기분이 그런 모양이라고 생각했지만 민혁은 수정의 눈길이 어쩐지 예전같지 않다는 느낌이 들어 공연히 마음이 서운해지는 느낌이었다. 말수가 뚝 떨어진 것도 심상치 않았고, 얼굴 표정조차도 따뜻한 구석이라곤 한 곳도 없고 냉갈령이 도는 것이 서운했다.

민혁이 수정의 옆에 걸터앉아서 불편해진 심기를 한숨으로 쏟아내고 있는 동안 그런 민혁의 옆 얼굴을 물끄러미 바라보던 수정도 짧은 한숨을 내어뱉으며 말했다.
"오빤 언제까지 고시촌에 있을 건데? 그거 한도 끝도 없는 세월은 아닐까?"
그렇게 물어오는 수정의 시선이 오늘따라 따갑다고 민혁은 생각했다. 수정에게서 이토록 오달진 말투를 한 번도 들어 본 적이 없던 터라 민혁의 가슴이 방향감각을 잃었다.
"뭐……."
"고시촌 생활이 행복해?"
"행복하다니 생뚱맞게 무슨 뜻이야?"
그때 노크소리가 조그맣게 들리더니 인천댁이 소반에 전복죽을 차려 들고 들어왔다.
"식기 전에 드세요."
민혁이 소반을 받아들며 꾸벅 인사를 했다.
"고맙습니다. 아주머니."
"아이, 고맙기는요. 어서 드세요."
수정이 조금은 편해진 얼굴로 말했다.
"잘 먹겠습니다. 아줌마."
"그래요. 어서 들고 기운차려야죠."
아줌마가 방문을 닫고 사라진 뒤 민혁은 죽을 한술 떠서 수정의 입으로 가져갔다. 수정이 고개를 외로 돌리며 싸늘하게 말했다.

"내가 먹을게."

"........."

수정이 암말도 없이 전복죽을 떠 먹는 모습을 물끄러미 바라보고 있던 민혁이 조용히 일어나 방문을 나섰다. 자신의 서재로 들어선 민혁은 가슴을 간신히 달래가며 창문을 열었다.

시원한 밤바람이 연신 민혁의 얼굴을 쓰다듬고 있었다. 자그마한 연못에 떨어져 있는 달빛이 이 저녁엔 유난히 쓸쓸해 보였다.

민혁은 구석에 외로이 세워져 있는 기타를 집어들고 조용히 '작은새'를 읊조리기 시작했다. 어느 새 민혁의 눈에 이전에는 좀처럼 보기 힘든 눈물이 고이기 시작했다.

조용한 밤 하늘에 작은 구름 하나가
바람결에 흐르다
머무는 그 곳에는
길잃은 새 한마리 집을 찾는다아.
세상은 밝아오고
달마저 기우는데
수만리 먼하늘을 날아가려나
가엾은 작은새는 남쪽하늘로
그리운 집을 찾아 날아만 간다.
뚜뚜뚜뚜 뚜뚜루 뚜뚜뚜뚜 뚜르루
뚜뚜뚜뚜 뚜루
길잃은 새 한마리 집을 찾는다.
뚜뚜뚜 뚜뚜뚜뚜 뚜루루 뚜뚜뚜뚜 뚜루-

얼핏 민혁이 인기척을 느끼고 뒤를 돌아보았다. 수정이었다.
 어느 새 그녀의 얼굴에도 눈물이 범벅이 되어 있었다. 민혁이 한숨섞인 목소리로 말했다.
 "전복죽 잘 먹었어?"
 수정이 울먹이는 목소리로 말했다.
 "오빠, 나랑 얘기좀."
 민혁이 기타를 다시 제 자리에 세워놓고 말했다.
 "응, 그래. 나도 얘기가 하고 싶었지."
 그렇게 엉거주춤 되돌아 앉는 민혁의 눈을 바라보며 수정은 또 가슴이 타는 듯한 느낌이었다. 순간적으로 느낀 것이지만 자신이 민혁을 너무도 사랑하고 있다는 사실이 슬픔처럼 밀려왔다.
 그리고 이 순간 민혁은 결코 자신을 배신하거나 신뢰를 무너뜨릴 만큼 흩벌 남자가 아닐 것이라는 강한 믿음이 가슴을 뜨겁게 했다.
 "오빠에게 꼭 확인해야 할 일이 있어."
 "그래? 뭔데? 무엇인지 모르겠지만, 하나도 숨김없이 말해줄게."
 그렇게 말했지만 민혁은 혹 불안한 느낌이 밀려 들었다. 그렇지 않아도 벌써 몇 년째나 고시촌에 묶여 있는 현실이 수정에게 너무 미안하다고 늘 생각했다.

 수정은 입술을 지긋이 깨물고나서 용기를 내어 일이 여기까지 오게 된 자초지종을 털어놓기로 마음먹었다.
 사실 민혁은 수정이 왜 학수와 함께 사고 현장의 포장마차에서 밤늦도록 술을 마시고 있었는지를 꼼꼼하게 따져보고 싶은 심정이 치밀고 올라왔으나 참아왔다. 그렇잖아도 학수는 대학 때부터 수정을 보는 눈길이 유별났다고 기억하고 있었다.

"학수오빠가 말이지."

"그래 그렇지, 학수가 왜?"

"사진을 몇 장 보여 주었거든."

"사진? 무슨 사진?"

"그 사진 속에서 어떤 여자가 오빠의 입에 닭다리를 넣어주고 있었거든. 잠자리 날개 같은 옷을 입고 말이지. 닭다리를 받아먹는 오빠의 얼굴이 활짝 웃는 모습이었어. 술잔을 부딪히며 기뻐하는 모습들하며… 대체 오빠가 어찌해서……."

민혁은 놀라서 한동안 말을 잊었다. 학수가 수정의 얼굴을 들여다보며 물었다.

"뭐, 뭐라구? 그딴 사진을 학수가 갖고 왔다고?"

"………."

"이, 이런 괴악하기 짝이 없는 자식! 대학시절 언젠가도 친구와 연인 사이였던 여자에게 시계나 반지를 선물하는 둥 허튼수작을 부리다가 나쁜놈으로 낙인 찍혔었는데. 이젠 결혼해서 친구의 아내가 되어 있는 수정이한테 또 그딴 정신나간 짓을 해?"

"오빠, 왜 그렇게 화를 내? 사실인데?"

"수, 수정아. 대체… 어떻게 그렇게 형편없는 추측을 하는 거지? 내가 수정이한테 말하기조차 부끄러운 짓을 할 만큼 그렇게 수준이하의 남편으로 여겨졌다니! 난 그 여잘 잘 몰라!"

"오빠! 대체 말이 되는 소릴해야지! 그럼 그 사진은 프로 사진작가 뺨칠 만큼 학수오빠가 정교하게 합성해서 내게 보여준 거라구?"

순간 민혁은 정신을 바짝 차리고 아주 침착해지지 않으면, 둘 사이에 걸

잡을 수 없을 만큼 커다란 불신의 강이 흐르게 될지도 모른다고 생각했다.
"수정아 우선 말이야. 절대로 흥분하지 말고 침착하게 내 말 잘들어봐."
그리고 민혁은 얼마 전 낯선 여자와 함께 고시촌에 찾아왔던 학수의 이야기를 자세하게 털어놓았다.

"그 여자가 내가 싫다고 했는데도 억지로 내 입에 닭다리를 물려주길래 마지못해 받아 먹었지. 잘 마시지도 못하는 막걸리잔을 건성으로 몇 번 부딪히기도 했고, 하지만 난 그녀의 옷 매무새가 너무도 민망스러워서 그녀의 몸을 똑바로 쳐다볼 수도 없었어. 게다가 학수가 데리고 온 학수의 여자 아냐. 참 학수란 녀석은 아무리 좋게 봐줄래도 이해할 수 없는 놈이야. 오래지 않아 뻔하게 드러날 사실을 왜 거짓말로 꾸미길 좋아할까."

"어쨌거나 그 사진을 보고서야 내가 어떻게 그 상황을 믿지 않을 수 있겠어?"

"사실 그때 마음이 몹시 불편하고 기분이 언짢았지만 학수는 그래도 친구아냐. 그것도 대학 4년 동안이나 함께 공부한 학수놈이 좀 괴팍한 성격이긴 했어도 내가 아주 곤란할 때 그 친구 도움을 받은 적도 있었어. 가깝지도 않은 고시촌까지 찾아온 친구에게 박절하게 대할 수 없었거든. 그것도 여자친구까지 데리고 왔는데 말이지."

"낯선 여자가 그렇게 자극적인 몸매무새로 유부남에게 바싹 다가앉아 술잔을 부딪히며 닭다리를 먹여 주는 모습이 사진으로 선명하게 찍혔는데, 그걸 보고도 마음이 편한 아내가 이 세상에 있을까 오빠?"

"그야… 당연히 오해의 소지가 충분하고, 그런 걸 보고도 감정의 동요를 느끼지 않는 여자라면 어딘가 이상한 여자겠지."
"어떤 느낌이었어?"
"뭐가?"
"여우 같은 여자에게 서비스를 받아본 느낌이."

그렇게 야릇한 눈길로 자신을 쳐다보며 물어오는 그녀의 비아냥이 서운했지만 민혁은 침착함을 되찾았다. 공연히 쫍혔다가는 사태를 악화시킬 수 있기 때문이었다.
사실 당시에 민혁은 그 여자가 아주 천박한 꽃뱀 정도 될 것이라고 생각했었다. 그런 여자에게 정신을 빼앗겨 한학기 등록금을 몽땅 날려버린 선배의 이야기도 생각났었기 때문이었다.
"하여간에 학수란 놈 말야. 대체 그런 사진을 찍어서 그걸 수정에게 보여준 진짜 의도가 뭘까, 장난치는 걸까? 장난이라면 어디가 부러질 만큼 맞아야 할 놈이야."
"........."
"집히는 데는 한 가지밖에 없어. 아주 소름끼칠 만큼 악취미이긴 하지만 녀석은 우리 사이를 이간질해서 우리 사이가 불행해지기를 바라는 것이 틀림없어. 학수놈은 옛날에도 사람들이 도저히 상상도 할 수 없는 해괴한 발거리짓을 잘 해서 친구들이 크게 피해를 본 게 한두 번이 아니었어. 그러니까 수정아, 우리도 학수의 계략에 절대로 말려들어선 안 돼. 학수가 불순한 음모를 꾸미고 우리 둘 사이로 끼어들고 있는 거야.
학수는 우리가 행복하게 사는 모습이 너무 얄미운 거야. 앞으론 학수란 놈과 절대로 만나지 마. 나쁜놈, 그런 사진을 찍어서 우리 가족들에게 보여주는 의도가 뭐겠어. 녀석은 파괴자야. 행복하게 사는 사람이

미워서 견디지 못하는 사악한 영혼의 소유자야. 이제야 또 한 번 놈의 실체를 느끼게 된 것 같아."

"........."

비로소 수정의 얼굴에 잔잔한 미소가 깃들기 시작했다.

"그래… 정말 오빠는 이 시대의 비도덕적 병리현상을 가슴아파하는 순수한 남자이지, 그럼, 학수오빨 누군가가 정신과 병원에 데리고 가야 하잖을까? 저대로 놔두면 영원히 돌이킬 수 없게 되지 않을까?"

"학수네 엄마가 엑소시스트 아냐, 결코 정신과 같은델 믿지 않겠지. 오히려 학수를 굿판에다 데려다 놓고 자신이 떠 받들고 있는 산신령 아무개를 모셔놓고 한판 신명나게 굿판을 벌이면 모를까. 학수는… 학수는 정말 이해하기 힘든 녀석이야. 도대체 무엇을 얻고 싶어서, 왜 금새 드러날 게 뻔한 짓을 해서 사람들의 머리를 혼란스럽게 하는 걸까?

하지만 그 어려운 시험을 극복하고 일찍 검사가 되었잖아. 그것 하나만 놓고 생각해 보아도 여태까지 녀석을 혹평했던 사람들조차도 그의 괴팍스런 행동에 대하여 이즈음엔 별로 대수롭게 여기지 않는 눈치야.

녀석은 어쨌든 여러 건의 강력범죄 사건을 해결한 민완검사로 세인들에게 뜨는 해처럼 알려졌으니까. 녀석의 탁월한 범죄해결 수법은 베테랑급 선배 검사들도 입을 다물 정도니까."

두 사람 사이에 잠깐 침묵이 흘렀다.

"드르렁… 드르렁."

순간 두 사람의 눈길이 허공에서 딱 부딪혔다. 근래들어 집안에 일고 있는 심상치 않은 기운 때문에 잠을 설쳤던지 똥이 오랜만에 곤침에 빠진 모양이었다. 수정이 먼저 쿡 하고 웃고 말았다.

"호훗! 똥녀석 코고는 소리좀 들어봐. 오빠, 잠시라도 오빠를 의심하고 원망했던 것 진심으로 사과할게. 오빠, 똥이 코고는 소리가 어느 새 저렇게 우렁차네?"

민혁이 얼굴을 활짝 펴고 말했다.

"허헛! 대단한 놈이야. 많이 컸어. 몇 달 지나면 송아지만해질 걸?"

어느 새 수정이는 어린아이처럼 되어 재잘거리기 시작했다.

"오빠, 우리 똥 말이야."

"응."

"오빠, 난 똥의 눈을 들여다 보고 있으면 웬만큼 속상한 일쯤 금방 눈 녹듯 사그라들겠지? 그런데 우리 똥말야. 사람한테는 그토록 순하고 착한데, 동네 강아지라도 얼씬거리기만하면 금새 물어죽일 듯 날뛰는데 그럴 땐 정말 무서워서 혼났어. 쇠줄을 굵은 걸로 갈아줘야겠어.

얼굴이 워낙 험상궂게 생겨서 사람들이 보기만해도 걸음아 날 살려라 도망간다니깐! 나는 우리 개라서 그런지 똥이 너무도 예쁘고 귀엽기만 한데."

"개는 항상 코끝이 촉촉이 젖어 있어야 하고, 눈꼽이 끼지 않아야해. 꼬리는 항상 힘차게 말려 올라가야 하는데, 그건 꼬리가 긴 개들 얘기고, 똥처럼 꼬리가 짤룩해서 있는지 없는지도 모를 개들은 눈이 맑고 혓바닥이 붉은색에 가까울 만큼 신선해야지. 우리 똥은 종합예방을 철저히 받았으니 걱정 안해도 돼."

"오빠, 개를 많이 키워본 사람같애?"

"군대에서 대대장님이 진돗개 두 마리를 키우고 계셨는데 내가 그 두 마리 개 책임자였거든. 행여 진돗개 두 마리가 병이라도 들면 그거야 말로 큰일이니까, 휴가 나와서 청계천 고서점에서 개사육에 관한 책을 사다가 열심히 읽었지."

수정은 고개를 몇 번 끄덕였지만 어쩐지 괴란쩍은 느낌이 들어 민혁의 목을 끌어안고 조그맣게 속삭였다.

"오빠, 잠시라도 오빨 의심하고 불쾌하게 생각했던것, 미안해. 사랑해."

비로소 민혁은 눈물이 찔끔 날 만큼 수정이 고마웠다.

벼랑

　두 달쯤 지난 어느 날 아침, 청천하늘에 날벼락 같은 사고가 터지고 말았다. 그날 아침 민혁은 선바람으로 뚱을 데리고 집 뒤에 있는 공원으로 운동삼아 산책을 나갔다.
　한동네에 살기는 해도 고시촌에 틀어박혀 살다보니 이웃과도 영 서름한 형편이라 아는 체 하는 사람도 없었다. 하지만 그날 아침에 뚱을 데리고 공원으로 산책을 나간 민혁의 행동은 참으로 어리석기 짝이 없는 짓이었다.
　뚱처럼 덩치가 크고 험상궂게 생긴 반려견을 데리고 많은 사람들이 오가는 산책로에 나선 것은 아주 잘못된 것이었다.

　민혁이 뚱을 철봉기둥에 잠시 묶어놓고 화장실에 들른 사이, 갑자기 뚱의 목줄이 탁 풀어지며 녀석이 어딘가를 향해 탱크처럼 내달리는 게 아닌가. 목줄을 허술하게 맨 것이 큰 실수였다.
　민혁은 정신이 아뜩해질 만큼 놀랐으나, 어떻게 손 써볼 틈도 없이 뚱이 한 중년의 남자가 끌고 오던 개를 폭풍처럼 덮쳐버렸다.

도벨만이었는데 그 개도 보통은 아니어서 결사적으로 똥에게 대어들었다. 도벨만의 주인이 이를 사리문 채로 등산용 지팡이가 부러지도록 죽살치게 똥을 두들겨 팼지만, 똥은 때리거나 말거나 조금도 괘념치 않고 한번 문 도벨만의 목덜미를 풀어줄 기색이 없었다. 오래지 않아 도벨만은 혓바닥을 길게 빼문 채 축 늘어지고 말았다.

민혁은 정신이 하나도 없는 듯 했다. 도벨만의 주인이 더욱 세게 지팡이로 똥을 때리고 있었지만 그래도 똥은 도벨만의 목을 놓지 않았다.

겨우 정신을 가다듬은 민혁이 달려가 똥의 머리를 톡톡 두드리며 달래자 그제서야 똥은 못이기는 척 도벨만의 목을 놓아주었지만 이미 도벨만은 숨이 끊어진 뒤였다. 산책나온 사람들이 웅성웅성 모여들었다.

도벨만의 주인은 망연자실해서 말을 잊고 그 자리에 돌처럼 굳어 있었다. 민혁이 똥의 목줄을 움켜쥔 채 죽은 개의 임자 앞에서 고개를 떨구고 사과했다.

"죄 죄송합니다. 어 어떡해야 하죠?"

민혁과 똥을 번갈아 쏘아보는 그 남자는 험악한 얼굴이 되어 있었다. 눈에서는 잉걸불이 이글이글 끓고 있었다. 그도 그럴 것이 졸지에 애지중지하던 개가 다른 개에게 물려 죽었으니 하늘이 내려앉는 느낌이었을 것이었다.

개를 가족처럼 사랑하는 사람을 이해하지 못하는 사람은 지금 도벨만 주인의 가슴이 어떠하다는 것을 상상하기조차 힘들 것이었다. 도벨만의 주인이 다짜고짜 민혁의 멱살을 그러쥐고 버럭 소리를 질렀다.

"뭐가 어째? 어떡하면 좋냐고? 남의 개를 졸지에 죽여놓고 어떡하면 좋겠냐고? 야! 이 개가 얼마짜린지 알아? 혈통이 순종인데다 훈련시키느라 들인 돈이 얼만줄 알아? 저따위 족보도 없는 괴물 잡종과는 비교도 안되는 혈통이라구!"

민혁이 난감한 표정으로 더듬거리듯 말했다.

"그, 그래도 상황이 이 지경이 되어버렸는데 어쨌든 변상을 해드릴 방법밖엔 없지 않겠습니까?"

도벨만의 주인은 변상을 해 주겠다는 민혁의 말에도 전혀 화가 풀리지 않는 기색이었다. 그는 아직도 도벨만의 죽음이 믿어지지 않는 듯 혀를 길다랗게 빼어문 채로 축 늘어져 있는 도벨만의 눈을 까뒤집어 보기도 하고, 이리저리 만져보고 한번 뒤집개질도 해보았다. 하지만 역시 도벨만은 숨이 끊어진 것이 확실했다.

그가 벌떡 일어서서 민혁의 얼굴을 노려보며 말했다. 사람을 금방이라도 잡아먹을 듯 얼금뱅이 얼굴이 살얼음을 뒤집어 쓴 모습이었다.

"좋아! 3천만 원, 3천만 원 내어 놓으면 합의해 주지."

"예? 삼, 삼천만 원요? 말이 되는 말씀을 해야죠! 아니 무슨 개가 삼천만 원씩이나 한단 말입니까"

그가 버럭 언성을 높였다.

"삼천만 원이 비싸다구? 이봤! 일억이 넘는 개도 얼마든지 있어. 이거 왜이랫!"

"예? 개 한 마리에 1억이 넘는 게 있다구요? 개 한 마리에 일억이라니! 금덩어리도 아닌데 말입니다."

"그렇게 몰러? 내가 1억이 넘는 개가 우리나라에 몇 마리나 되는지 한번 증거를 낱낱이 대봐?"

"……!"

일그러진 표정으로 민혁의 머리에서 발끝까지 위 아래로 연신 훑어보는 남자의 생김새라든가 말투가 우질부질한 것도 민혁에게 여간 부담을 주는 게 아니었다.

"젊은이 대체 뭐하는 사람이얏! 뭐 투견대회 협회장쯤 되는 거야? 저렇게 험악하게 생긴 개를 데리고 다니는 걸 보면 말이지. 사람 물어죽이면 어쩔거얏!"

"아, 아닙니다."

"그럼 회사에 다녀?"

"고시준비생입니다."

"허어! 그래요? 그럼 법에 대해선 빠삭하겠구먼. 이럴 경우 내가 청년한테 3천만 원 물어달라는 게 법에 어긋나 안 나!"

"………"

도벨만의 주인은 아직도 믿어지지 않는다는 듯 다시 한 번 죽은 개를 끌어안고 이리저리 굴려보기도 하고 뺨을 때리기도 했지만 역시 허사였다. 그는 땅바닥에 털썩 주저앉아 한숨만 풀풀 쏟아낼 뿐이었다.

아무리 생각해 보아도 쉬 믿어지지 않는 현실 앞에 민혁은 하늘이 노랗게 내려앉는 심정이었다. 도벨만 주인의 모습을 바라보는 민혁의 마음도 찌무룩하기는 그 사람 못지 않았다.

'얼마나 가슴이 아플까. 사랑했던 식구가 졸지에 죽었으니…….'

민혁은 도벨만 주인과 함께 파출소로 향했다. 두 사람은 경찰관 입회하에 다음날 법무소에서 만나기로 시간을 약정을 한 후, 일단 도벨만 주인과 헤어졌다.

민혁이 힘없이 대문을 들어서서 절반쯤 뚝 끊어진 똥의 쇠줄을 꽉 붙든 채로 안에다 대고 큰소리로 수정을 불렀다.

"수정아, 빨리좀 나와봐."

수정이 잠을 자다말고 현관문 밖으로 뛰어나왔다.

"왜 오빠? 어머? 오빠 얼굴색이 왜그래? 속이라도 안 좋아?"

"철물점 갔다올게. 아주 굵고 튼튼한 쇠줄로 사와야겠어. 뚱! 집에 들어가 얌전히 있엇!"

뚱은 민혁의 호통에 겁을 잔뜩 먹고 제 집으로 들어가더니 턱을 땅에 붙이고는 공포의 눈길로 수정과 민혁을 번갈아 살펴보고 있었다.

민혁이 쇠줄을 사러 나간 사이 수정이는 손바닥으로 뚱의 양볼을 때리며 버릇을 고쳐 주겠다는 듯 말했다.

"이 녀석아, 왜 자꾸 줄을 끊는 거야? 너 계속 앞으로도 줄을 끊고 버릇없이 굴면 우리하고 못 살아!"

뚱은 험상궂은 얼굴을 외로 돌려놓고 눈을 지그시 감은 채로 수정에게 따귀를 맞고 있었다. 얼핏보면 자기의 잘못을 뉘우치고 있다는 느낌을 주는 듯했다. 녀석은 지금 이 순간 누가 뭐라든간에 수정의 손바닥만 제일 무서운 모양이었다.

뚱이 고개를 땅바닥 쪽으로 뚝 떨구어 놓고는 연신 뭉긋거리며 수정의 온정을 기다리는 눈치였다.

민혁이 굵은 쇠줄을 사 들고 대문을 들어섰다.

"오빠, 내가 이 녀석 볼을 몇 대 톡톡 때려줬더니 글쎄 저 녀석 표정좀 봐. 금새 눈물이라도 펑펑 쏟아질 것 같지?"

그렇게 아무것도 모르고 어린아이처럼 재잘거리는 수정의 얼굴을 힐끗 쳐다보면서 민혁은 가슴이 까맣게 타는 느낌이었다. 새로 사 온 쇠줄로 뚱을 목련나무 기둥에 든든하게 묶어놓고 커다란 자물쇠를 채웠다.
 민혁은 아무 말도 않고 먼저 현관문을 열고 안으로 사라졌다. 수정이 고개를 갸우뚱하며 주방으로 가서 밥솥의 밥을 주걱으로 골고루 헤쳐 놓은 뒤, 민혁의 맞은편에 앉았다.
 "오빠, 왜그래? 이런 얼굴 표정 처음이야. 산책 나갔다 무슨 일 있었구나?"
 "뚱이 큰 사고를 쳤어."
 "뭐? 사고? 사람을 물었어?"
 "사람이 아니고 산책나온 어떤 사람의 개를 물어죽였어."
 "물어죽여? 세, 세상에! 어쩌지 그럼?"
 "어쩌긴. 물어줘야지, 3천만 원 내 놓으래."
 "뭐! 3천만 원?"
 "………"
 "오빠 … 오빠, 무슨 개 한 마리 값이 3천만 원이야? 말도 안돼!"
 "뭐 족보가 확실한 순수한 도벨만 혈통이래. 게다가 훈련을 완벽하게 받은 개라는구만."
 "………"
 민혁이 맥빠진 목소리로 말했다.
 "물어줄 수밖에 없어. 못 물어주겠다고는 말 못해. 결국 법으로 맞부딪쳐야 할 판인데……."
 "………"
 그래도 수정은 여전히 믿어지지 않는다는 듯 고개를 절래절래 저으며 말했다.
 "오빠……."

"응."
"그래서 그 사람한테 삼천만 원 물어준다고 덜컥 약속했어?"
"물어줄 수 없다고는 못하잖아."
"글쎄 3천만 원을 물어주겠다고 했냐구우!"
"삼천만 원이든 얼마든 물어줘야 할 입장이면 물어줄 수밖에 없잖아."
"…!!!"
"일단 파출소에 같이 가서 경찰관에게 전화번호랑 주민등록번호를 알려 주고 나중에 만나서 최종적으로 합의하기로 했는데, 어쨰볼 도리가 없을 것 같아."
"………"
"미안해. 똥을 데리고 나가는 게 아니었는데."
"수정의 손에 쥐어져 있던 밥주걱이 스르르 벗어나더니 응접실 바닥에 툭 떨어졌다.
"수정아……."
"………"

그도 그럴 것이 삼천만 원이란 돈은 수정의 머리로는 도저히 계산이 되지 않는 천문학적 개념의 돈이었기 때문이었다. 민혁도 그랬지만 수정 역시 이렇게 좋은 집이 있다고 해서 스스로 부자라고 생각해 본 적이 없었다. 민혁이 상황이 호전되면 이 집은 언제이든 아빠나 엄마에게 돌려줘야 한다고 생각해 왔다.
두 사람은 식탁에 마주앉아 아침을 먹는 둥 마는 둥 내내 말이 없었다. 아직은 다쳤던 손목이 썩 자유롭지는 않았지만, 출근준비로 옷을 갈아입고 현관을 나서는 수정의 어깨가 축 처져 있는 것이 민혁은 가슴이 아팠다.

 수정이 대문을 나서다 말고 똥이 있는 곳으로 얼굴을 돌렸다. 똥은 예의 멀뚱한 표정으로 고개를 약간 갸우뚱하며 수정을 쳐다보고 있었다. 수정의 표정이 이전같지 않음을 느낀 듯했다. 전 같으면 똥에게로 다가서서 손으로 녀석의 머리를 연신 토닥여 줄텐데, 오늘 아침은 똥이 너무도 미웠다.

 '주인을 곤경으로 몰아넣는 악견이야 넌, 허구한날 코만 드르렁 드르렁 골면 다야?'

 잡지사에 출근한 뒤에도 수정은 얼굴빛이 보기드물 만큼 가라앉아 있었다. 동료직원들이 흘금흘금 수정의 눈치를 살필 정도였다. 보다못해 편집부장이 수정을 향해 조심스레 말을 건네왔다.
 "수정 씨, 오늘 어디 불편해요? 아님 집에 안 좋은 일이라도?"
 수정이 파뜩 놀라며 대답했다.
 "아, 아뇨, 아무 일도 없어요."
 "근데 오늘 얼굴 표정이 … 절대로 아무 일도 없는 게 아니에요."
 "아이… 뭐."
 "정 불편하면 일찍 퇴근하시죠. 교정은 미스 강에게 맡겨놓구요."
 "아니에요. 부장님, 괜찮아요."
 수정은 그렇게 애써 아무일도 없다는 듯이 말했지만 마음이 깨끔찮고 천근만근인 것은 어쩔도리가 없었다.
 민혁 역시 수정 못지 않았다. 언제나 얼굴에 웃음기가 가신 일이 없던 민혁의 얼굴은 차라리 참혹하다는 표현이 맞을 것이었다. 아무리 얼굴에 웃음기가 가실 줄 모르는 민혁이라 할지라도 하루아침에 남의 개값

3천만 원을 물어주게 될 상황에서도 얼굴에 웃음기가 남아있다면 그건 차라리 정신병자라는 편이 나을 것이었다. 그나마 돈이라도 있기나 하면 다행이겠지만 지금 형편으로는 3천만 원을 구한다는 것은 참으로 어려운 일이었다.

수정은 민혁의 정황이 궁금해서 견딜 수 없었다. 집으로 전화를 해 보았다. 하지만 신호음만 지루하게 끌었지 수화기를 건드리는 낌새가 없다. 그녀는 다시 민혁의 핸드폰 번호를 눌렀다. 새벽닭 우는 소리가 연거푸 들렸지만 역시 핸드폰을 여는 낌새가 조금도 느껴지지 않았다.

수정은 갑자기 민혁이 불쌍해지기 시작해서 연민의 정이 온몸을 전율 케 하는 느낌이었다. 고시촌에 틀어박혀 공부하느라 마음고생인들 오 죽했겠으며, 시험에 떨어질 때마다 장인장모 앞에 얼굴을 들기 얼마나 힘들었겠나 싶어 울음이 터져 나올 것만 같았다.

'돈 때문에 무턱대고 거리를 헤매고 있는 건 아닐까, 아는 사람도 별 로 없는데 3천만 원을 어디 가서 구한담.'

수정은 언뜻 아버지에게 이 사실을 털어놓고 도움을 받아볼까 하는 생각이 들었다. 하지만 곧 고개를 절래절래 흔들고 말았다.

'아버지가 3천만 원이 있을 리 없지. 평생 청렴결백을 좌우명으로 하 고 또 그렇게 살아오신 분인데 그만큼 큰 돈을 따로 모아둘 리도 없지.'

더군다나 그런 사실을 들으시면 제일 먼저 엄마가 숨이 넘어갈 듯 가 슴을 칠 것이었다. 그렇잖아도 풍과 민혁에 대한 불만이 많은데 온통 난리법석을 칠 게 뻔했다.

"아니 수정앗! 대체 저 괴물 같은 개는 왜 기르는 거냐. 덩치가 저렇게 크니 먹기는 또 얼마나 먹어 대겠어. 지금 너희 형편에 저따위 괴물 같은 개를 기를 정신 있니? 아아니 강 서방은 대체 어디서 저 따위 흉물스런 개를 데려다 놓구선 저만 혼자 고시촌에 틀어박혀 있냐구우!"

 엄마가 그렇게 똥 때문에 속상해 해도 수정은 절대로 똥을 미워할 수 없었다. 수정은 똥이 너무도 귀엽고 사랑스러웠다. 우람한 근육이 자랑스럽고 대견하기도 했지만 똥의 표정을 가만히 들여다 보고 있노라면 그 우스꽝스런 모습에 얼마나 마음이 평화로와지는지 몰랐다.

 특히 똥이 제 집에 엎드려 세상 모르고 코를 드르렁 드르렁 고는 모습을 보고 있노라면 그 모습이 어찌나 재미있는지 공연히 장난기가 불거졌다. 그래서 조그만 꼬챙이를 들고가서 녀석의 엉덩이를 살살 간질여 주기도 했었다. 그러자 녀석이 갑자기 제 집을 뛰쳐나오는 바람에 수정이 뒤로 벌렁 나자빠져서 엉덩방아를 크게 찧은 적도 있었다.

 "암놈이었으면 새끼도 낳고 좋겠는데……."

 수정이 민혁의 행방을 궁금해 하고 있을즈음 민혁은 법무소에서 법무사가 입회한 상황에서 도벨만 주인과 마주앉아 담판을 준비하고 있었다.

 담판이라야 민혁 쪽에서는 3천만 원은 턱도 없는 금액이라고 깎아달라고 사정할 것이고, 개주인은 어림도 없다며 뻐세는 판일 게 뻔했다.

 무거운 마음 때문에 법무사사무실 안 분위기조차 답답하게 가라앉아 있었으나, 양쪽 모두 쉽사리 입을 열기를 서두르지 않는 듯 했다. 하지만 역시 개주인이 먼저 입을 열었다.

 "젊은이, 빨리 결정합시다. 개 값 3천만 원 줄 작정이오, 안 줄 작정이오? 난 아직도 죽은 내 개 생각으로 가슴이 찢어지는 느낌이야."

 "………"

 "난 이렇게 한가한 사람이 아니오."

맞닥뜨린 상황이 굽도 접도 못할 막다른 골목까지 밀려온 느낌이었다. 민혁은 마른침을 꼴깍 삼키고나서 결심한 듯 입을 열었다.

"저는 도저히 3천만 원을 변상할 능력이 없습니다."

도벨만의 주인이 험상궂은 얼굴로 민혁을 칩떠 보면서 말했다.

"젊은이, 여기 계신 법무사 양반도 듣고 계시지만 노파심에 묻겠는데 이런 경우 젊은이가 내 개값을 물어주는 것이 법적으로 맞기는 맞는 거요? 내가 개값을 변상받아야 하는 것이 맞긴 맞소? 젊은이가 법을 전공한다니 묻는 말이오."

"그야, 제 개가 선생님의 개를 물어죽였으니 법을 따지기 전에 당연히 변상을 해야죠. 하지만 3천만 원 받아야 한다는 선생님의 고집은 아무래도 지나치다고 봅니다."

그렇게 또박또박 대답하는 민혁을 찌르듯 바라보고 있던 상대방이 이윽고 고개를 조금 주억거리면서 말했다.

"그래요? 그렇습니까?"

"........."

"첫날에 내가 지나치게 욕도 하고 그랬지만, 내가 그땐 워낙 화가 나서 그랬어. 젊은이 말대로 3천만 원은 좀 심하다는 생각을 나도 했소. 앞날이 창창한 젊은이를 너무 코너에 몰아부쳐서는 안되겠다는 생각도 들었지. 그럼 수입해 들여올 때의 개 값과 국내 최고수준의 훈련을 받느라 들어간 돈만 주시지. 이건 내 쪽에서 많이 양보하는 것이오.

젊은이가 요즘 흔해빠진 사람들처럼 그저 약삭빠르게 상황을 빠져나가려 한다거나 소위 잔머리나 굴려 보려는 부류와는 아주 틀리다는 느낌이 들었기 때문이지."

"그럼 얼마를 변상해 드리면 되겠습니까?"

"천 5백만 원만 주면 내 두말 않고 합의해 주겠소. 이쯤이면 아주 파격적인 값이오."

"………"

"그것도 안 된다면 법적으로 소송을 걸 수밖에 없소. 내가 이기든 젊은이가 이기든 법으로 따져봅시다. 전번에 젊은이가 말해 주었듯이 부인께선 아주 유명한 잡지사에 다니시고, 그깟 천 오백만 원쯤 마음만 먹으면 쉽게 장만할텐데 말이지. 더 이상의 자비를 기대하지는 아예 말아요."

"천오백만 원… 그래도 그렇지 제 입장에서는 천오백만 원이라니. 도저히 납득이 가지 않습니다. 하지만……."

"이봐요 젊은이, 세상 물정 몰라도 너무 모르고 사는구만. 천오백만 원이 그렇게 놀랍소? 우리나라엔 개 한 마리에 수천만 원 가는 개가 수도 헤아릴 수 없이 많아. 억대가 넘는 개도 한두 마리가 아니야. 어쨌든 천오백에 합의할 거요, 말 거요?"

민혁은 또 헛기침을 몇 번 내뱉고나서 천근이나 되는 듯 무거운 입술을 떼었다. 그래도 도벨만 주인이 3천만 원 꼭 받아야겠다고 끝까지 언집을 부리지 않는 게 다행이란 생각은 했다.

"아, 알겠습니다. 천 오백만 원에 합의하죠."

"좋소 기간은 앞으로 15일까지 유효해요. 오늘이 15일이니까 이달 말까지요. 날짜를 꼭 지키지 않으면 곧바로 법적수속에 들어갈거요."

"………"

도벨만의 주인과 합의서에 도장을 찍고 법무소를 나선 민혁은 하늘이 노랗게 내려앉는 느낌이었다. 그냥 가슴이 터질 듯 암울하기만 했다.

천오백만 원이나 깎았다고는 하지만 민혁에게 있어서 3천만 원이나, 천오백만 원이나 수중에 돈이 몇 푼 없는 건 매 한가지였다. 천오백만 원을 깎았다고 해서 좋아서 펄쩍펄쩍 뛸 일도 아니었다. 만약에 민혁이 합의 내용을 이행하지 않으면 영락없이 민혁의 집에 압류딱지를 붙일 판이었다.

모르긴 해도 여느 사람 같으면 절대로 천오백만 원은 턱도 안되는 소리라고 뒤로 자빠질 일이었다. 민혁이 아직 세상살이에 그만큼 닳지 않았다는 증거였다.

'천오백만 원을 무슨 수로 구하냐 이거…….'

딸깍발이 부부

 민혁은 법대를 졸업하고 나서 사회생활 한번 제대로 해 본 경험도 없이 곧바로 고시촌에 틀어박혀 공부하느라 세상물정 모르는 맹탕이었다.
 학창시절부터 수정이와 사랑하는 사이가 되어 열애에 빠졌던 탓에, 대학만 졸업하면 먹고살길이야 없겠나 싶었다. 두 사람은 앞뒤 가릴 것 없이 결혼부터 하고 보자고 이마를 맞대고 뜻을 모았다.

 "아빠가 민혁오빠를 참 좋아하시는 게 큰 힘이잖아. 그리고 엄마도 아빠의 말에 동조하셨어. 그리고 오빠, 먹고 사는 것 걱정마. 내가 잡지사에서 타는 월급만 갖고도 우리 두 사람 충분히 먹고 살잖아. 오빠는 그래도 서울법대 출신이고 고시에 합격하는 일쯤 조금 더 노력하면 일도 아닐 거야."
 "그래 수정아, 우리 결혼하자. 결혼하고 시험에 합격하면 사회적 신분 확실하겠다. 뭐 걱정할 것 없으니까 말야. 우리 결혼하는거야! 우린 너무너무 사랑하는 사이 아냐! 아버님도 쾌히 승락하셨고."
 그래서 두 사람은 민혁이 군에서 제대하자마자 전격적으로 세인의 부러움을 한아름 안고 결혼했다. 하지만 두 사람이 생각했던 것처럼 삶이 그렇게 호락호락하지는 않았다.

우선 고시에 쉽게 합격할 줄 알았던 꿈은 벌써 세 번째나 산산조각이 나 있는 상황이었다. 그래도 민혁도 수정이도 이 날까지 누구한테 돈 한푼 빌려달라고 한 적이 없다. 두 사람 다 누구에게 돈을 빌려야 하는 상황에 맞닥뜨린다는 것은 상상도 할 수 없었다.

"대체 남에게 돈을 빌려쓴다는 자체가 이해가 안 가. 왜 돈을 빌려야 하지? 없으면 쓰질 말아야 하고, 또 있으면 있는 한도 안에서만 소비와 지출을 균형맞게 쓰면 될 일인데, 많은 사람들이 카드 빚 때문에 신용불량자가 된다는 것이 정말 이해가 안 가."

"그럼, 그렇구 말구지. 오빠 내 친구 있잖아. 말례라는 고등학교 동창생 친구말야. 내가 전에도 말했지? 그 친구 올케가 고시공부하는 남편 뒷바라지하다가 바람났다는 이야기."

"응, 키가 무지 큰 농구선수처럼 생긴 친구말이지?"

"응. 그 친구가 글쎄 은행에서 빌린 돈 2천 3백만 원을 갚을 길이 없게 되자 글쎄."

"허헝! 그 얘기? 글쎄 은행빚을 왜 그렇게 많이 써야 했을까. 차라리 부모님한테 용서를 빌고 빚을 갚아달래지. 대학까지 나와갖고 남의 유부남 세컨드라니 너무 기가 찬다, 왜 그렇게 살아야 할까?"

"오빠, 몰라서 그렇지 요즘 그런 여자들 많아."

"뭐? 그런 여자들이 많아? 왜 그런 여자들이 많아진 걸까?"

그런 얘기를 했었다. 하여간에 민혁이나 수정이 둘 다 누구에게 아쉬운 소리 한번 해본 적 없이 살아왔다. 두 사람 다 돈이 없으면 차라리 안 쓰고 안 먹는 주의였다.

민혁의 경우 주머니에 돈이 없으면 배에서 쪼르륵 소리가 끊임없이 들려도 친구들에게 돈을 꾸거나 아쉬운 소리 한마디 하지 않고 살았다.

대학시절엔 아르바이트를 끝내고 십 리가 넘는 거리를 걸어서 기숙사로 돌아온 일도 많았다. 요즘 젊은이치곤 좀체로 찾아보기 힘든 딸깍발이었다. 수정이도 민혁에게 질세라 생활철학이 꼭 닮았다.

친구들은 모두 유명 메이커 아니면, 옷이건 구두건 핸드백이건 아예 눈길도 주지 않으나, 수정은 엄마와 함께 남대문시장에 나가서 악세사리나 구두도 사 신고, 메이커 못지 않은 값싼 옷을 즐겨 사 입었다.

때로는 벼룩시장도 즐겨 찾았다. 수정은 형편이 닿지 않는 소비를 아주 경멸했다. 그것은 아마도 어려서부터 아버지와 엄마의 빈한하리만큼 검소한 생활이 은연 중에 몸에 밴 때문인지도 모른다. 민혁은 수정의 그런 모습이 너무도 자랑스러웠다.

"돈이 없으면 싼 것을 사서 쓰는 게 너무도 당연하잖아⋯ 그것도 형편이 못되면 차라리 벼룩시장에 나가서 중고품을 뒤지면 되고⋯⋯."

두 사람은 이래저래 찰떡 궁합이어서 주위사람들에게는 요새 젊은이답지않게 지독하리만치 구두쇠 부부란 말도 자주 들었다.

"아아니, 젊은 사람들이 좀 대범한 데도 있어야지, 그래 조선시대 샌님처럼 그렇게 앞뒤가 꽉 막혀서야 원."

하긴 인생이란 한치 앞을 내어다 볼 수 없는 불확실한 존재인데, 내 생각대로 곧이곧대로만 산다고 해서 모든 상황이 자신의 뜻에 딱 맞아 떨어질 것이라는 속셈은 어쩌면 어리석은지도 모른다. 세상의 어떤 사람도 예기치 못한 고난의 수렁에 빠질 수 있고, 실패와 좌절의 늪에 빠져서 허우적거릴 수 있다.

대체로 민혁이나 수정이처럼 완벽을 주장하며 사는 사람이 예기치 못한 곤경에 빠지면 상황을 어떻게 헤쳐나갈지 몰라 우왕좌왕하는 예가 많다. 그런 사람들이 예기치 못한 사건에 부딪혀 느끼는 충격은 인생을 대충대충 되는 대로 살자는 식의 경우보다 훨씬 더한 것이 사실이다. 죽이 되든 밥이 되든 될대로 되라지 식으로 사는 사람들이 오히려 포기하는 것도 빠르다.

대체로 민혁이나 수정이처럼 남의 도움 받지 않고 내 힘으로만 살아갈 수 있다고 자신만만해 하던 사람, 모든 면에서 완벽주의를 내세우는 사람들일수록 신의 존재를 별로 의식하지 않는다.

그래도 수정이나 민혁은 부모님이 모두 독실한 크리스천이었고, 어려서부터 그런 종교적 문화에 자연스럽게 젖어왔던 탓에 결코 교회를 부정적으만 보진 않았다.

하지만 민혁이나 수정은 하나님이란 존재를 믿는다고 입으로는 시인하면서도, 사실은 자신의 능력을 더 믿어온 측에 속했다. 세상살이는 자기 할 탓에 달려있지 결코 하나님이 이것저것 다 챙겨주는 것이 아니라고 생각하는 쪽이었다. 물론 전혀 틀린 생각은 아니다. 대체로 수정이나 민혁처럼 모든 것이 제하기 나름이라고 큰소리치며 사는 사람들이 날떠퀴가 사나운 나머지 예기치 못한 삶의 복병에 딱 맞닥뜨리면, 방향감각을 잃고 허우적거리기 십상이라는 말이다.

둘 다 주일마다 교회에 빠지지 않았다. 이웃을 위해 헌신하고 봉사하는 것도 부정적이지는 않았다. 하나님은 사랑이라는 것도 귀가 아프도록 많이 들어서 알고는 있다. 그러나 신앙의 뿌리는 위태스러울 만큼 아주 약하다.

 민혁이나 수정 둘 다, 기르던 개가 남의 개를 물어 죽여서 느닷없이 천오백만 원을 물어주는 황당한 경우가 생길 줄 꿈엔들 알았겠는가.

 두 사람은 자신들의 능력의 한계가 너무도 초라해지는 절망감에 몸서리쳤다. 막막한 마음에 하나님도 일절 생각나지 않는다. 오로지 그 천오백만 원이란 돈의 숫자개념만이 머리에 꽉 차 있을 뿐, 눈에 보이는 것이라곤 희뿌연 안개빛 말고는 아무것도 없었다.

 두 사람은 밤이 늦도록 침실에 들어갈 생각은 않고 응접실의 소파에 마주앉아 한숨만 연신 들이쉬고 내쉴 뿐이었다. 수정이 언뜻 벽시계를 쳐다보니 어느 새 새벽 3시가 가까워지고 있었다.

 "아휴! 천오백만 원을 어디서 구해야 하지? 오빠, 복권을 열 장쯤 살까?"

 "………"

 "오빠."

 "응."

 "우리가 천오백만 원을 못 갚으면 그 개주인이 법적절차를 밟는다고 했담서?"

 "응."

 "그 법적으로 한다는 것은 구체적으로 무슨 의미지?"

 "우리집을 법적으로 서류상 압류한다는 뜻이지."

 수정은 민혁의 말이 생뚱스럽기 짝이 없다는 느낌이었다.

 "압류? 그게 뭐야?"

 "우리집이 법의 권리로 바뀐다는 뜻이지."

"글쎄, 그게 구체적으로 뭐냐고?"
"결국 우리가 개값을 지불하지 않을 경우, 법원이 우리집을 경매처분해서 천오백만 원을 그 개주인에게 갚아준다는 뜻이야."

수정의 얼굴이 창백해졌다. 얼마 전 아빠에게서 들었던 옛이야기에는 이 집이 돌아가신 시부모님이 물려준 집이라 했다. 아직 이 집에 대한 내력을 민혁에게 말해 주지도 않았는데, 천 오백만 원에 집이 빼앗긴다면 훗날에 불어닥칠 엄청난 후폭풍을 어떻게 감당할 것인가. 수정은 떨리는 음성으로 입을 열었다.
"빼앗겨?"
"응……."
"하아니, 천오백만 원에 집을 빼앗겨?"
수정은 이렇게 뜻하지 않은 횡액을 당했는데 민혁이 아무런 대책 하나도 없이 그냥 한없이 덩둘해 있기만 한 모습에 답답한 마음을 주체할 수 없었다.
"민혁오빠."
"응……."
"하나님이 말야. 우리가 뚱을 키우는 걸 싫어하신 걸까? 왜, 뚱 때문에 이런 일이 생기지?"
"………."
수정은 입을 꾹 다문 채 눈만 꿈뻑꿈뻑하고 앉아있는 민혁의 모습에 가슴이 저려왔다. 그렇다고 해서 민혁에게 뭐 이렇다 저렇다 자부락거리며 바가지를 긁을 상황도 아니었다. 그때 현관문 틈새를 비집고 들려오는 우렁찬 소리가 있었다.

"드르렁… 드르렁."
"………"
"………"
"드르렁… 드르렁."

수정이 그런 똥이 전에 없이 잔미운 나머지 분한 목소리로 말했다.
"이제 똥녀석 돼지 뼈다귀도 안 주구, 밥도 아주 눈꼽만치만 줄 거야. 지금까지 사료 말고도 맛있는 것만 생기면 정성껏 챙겨다주곤 했지만 이제 맛있는 건 어림도 없어. 너무 잘 먹여 주니까 힘이 넘쳐나서 남의 개를 물어죽인 거야."
"………"
"밤새도록 그렇게 꿀먹은 벙어리처럼 암말도 안 할 거야?"
그제서야 민혁이 마지못해 입을 열었다.
"진짜 똥을 팔어버릴까?"
"누구한테 팔아야해?"
"내일 동물병원 원장님한테 한번 들러보자. 원장님이 개를 사고파는 중간역할도 한다니까."
그때까지도 똥은 돈 때문에 주인부부가 잠도 못 자고 골머리를 앓고 있는 것을 아는지 모르는지 그냥 세상 모르고 코만 골고 있었다.
"드르렁… 드르렁……."
하지만 똥을 팔아서 손해배상에 보태보겠다는 두 사람의 생각은 세상 물정을 모르는 인숭무레기나 다름없었다.
똥이 세상이 다 알아주는 유명한 투견 챔피언이라든가, 매스컴에서 극찬한 가장 못생긴 개 상이라도 탔다거나, 아니면 물에 빠져 죽어가는 주인을 구했다든가, 맹인 안내견으로서 최고의 기량을 뽐내는 개라든가, 폭발물이나 마약을 찾는 데에 천재적 능력을 가졌다든가, 살인의 추억을 밝혀내는 명견이라든가 뭐 그 정도면 아마 천만 원쯤 호가할지 모르지만 말이다.

어쨌든 수정과 민혁은 내일 똥을 데리고 동물병원 원장을 찾아가보기로 마음을 합한 뒤 억지로라도 잠을 청했다.

이튿날, 수정은 아침밥을 거른 채로 서둘러 출근했다. 민혁도 조반을 뜨는 둥 마는 둥 집안 청소를 대강 끝내놓고 나서 저녁나절에 똥을 데리고 동물병원을 찾아갔다. 그 동물병원의 원장님은 똥이 어렸을 때부터 예방주사 등 잔병치레를 책임지고 맡아 준 수의사였다.

하지만 민혁은 또 커다란 실수를 저지르고 말았다. 민혁이 똥을 데리고 동물병원 안으로 들어서자마자 천지가 뒤집힐 듯 엄청난 사고가 또 터지고 말았다. 동물병원 안에 있는 개들이 일제히 똥을 향해 짖어대기 시작했다. 개들을 보자 똥은 그만 눈이 확 뒤집히고 말았다. 원장님이 황급히 소리쳤다.

"이봐욧! 빨리 데리고 나가욧! 어서!"

당황한 민혁이 똥의 쇠줄을 힘껏 잡아당겼다. 하지만 이미 때는 늦고 말았다. 쇠사슬을 쥔 민혁의 손아귀를 벗어난 똥이 개들이 갇혀 있는 쇠창살을 마치 성난 죠스처럼 마구 물어뜯고 있었다.

쇠창살이 쉽게 뜯어지지 않자 화가 난 똥이 개들이 갇혀 있는 쇠창살을 물고 마구 흔들어댔다. 쇠창살 안에 있던 개들이 살려달라고 비명을 지르고 난리가 났다.

휘어진 쇠창살 사이로 주먹만한 애완견들이 산지사방으로 골프공처럼 날아가 이 구석 저 구석으로 처박히고 있었다. 동물병원 주인과 여자 직원은 공포에 질려 진찰실 안으로 뛰어들어가 버렸다.

정신이 하나도 없이 황당해진 민혁은 본능적으로 손에 잡히는 물건을 닥치는 대로 뚱에게로 집어던졌다. 하지만 뚱은 꿈쩍도 않고 조그만 틈새로 숨어들어간 고양이 한 마리를 끄집어 내려고 발톱이 닳도록 안간힘을 쓰고 있었다.

이미 서너 마리의 개는 뚱의 입에서 사정없이 부서진 뒤였고 튕겨져 나간 강아지 몇 마리는 땅바닥에 죽은 듯이 널부러져 있었다. 뚱의 입에서 쏟아지는 거품이 바닥에 낭자했다.

순식간에 동물병원 안은 폭격을 맞은 듯 난장판이 되고 말았다. 민혁이 죽기살기로 달려들어 뚱의 목을 껴안고 바닥에 나뒹굴었다. 그리고 주먹으로 뚱의 눈퉁아리를 쥐어 박았다. 그제서야 뚱이 비명을 지르며 눈이 몹시 아픈 듯 앞발로 연신 눈을 더듬고 있었다.

민혁이 뚱의 쇠사슬을 움켜쥐고 간신히 동물병원 밖으로 끌고 나왔다. 밖에서 구경하고 있던 사람들이 기겁을 하며 사방으로 흩어졌.

간신히 뚱을 끌고 집으로 돌아온 민혁은 대문을 단단하게 걸어 잠그자마자 집 안으로 쏜살같이 뛰어 들어갔다. 그리고 서재에 보관 중이던 죽검을 들고 마당에 내려서자마자, 비호처럼 몸을 날려 뚱의 머리통을 호되게 후려쳤다.

검도4단의 명예로운 죽검이 기껏 개를 두들겨 패는데 쓰여질 줄을 민혁은 꿈엔들 생각이나 했으랴. 뚱이 깨갱하고 비명을 내지르며 땅바닥에 데굴데굴 뒹굴었다. 맞은 곳이 몹시 아픈 모양이었다.

이어서 두 번째로 날아든 죽검이 뚱의 어깨쭉지를 내리쳤다. 뚱은 동네가 떠나가라 비명을 지르며 나뒹굴었지만 화가 머리끝까지 뻗친 민혁의 죽검은 쉴새없이 똥의 몸뚱이를 난장질했다.

이윽고 똥이 눈을 허옇게 까뒤집고 혀를 길게 빼어문 채로 옆으로 털썩 드러눕고 말았다. 똥의 입이 피거품으로 뒤덮여 있었다. 그제서야 겨우 숨을 몰아쉬며 민혁은 죽검을 축 늘어뜨렸다.

"아무리 말 못하는 짐승이라고 하지만 주인의 심정을 그토록 몰라주는 놈이라면 차라리 죽어버리는 게 낫다. 이 나쁜 놈아."

민혁은 좀처럼 화를 내는 성격도 아니고 또 화가 났을 때라도 웬만한 일은 웃어버리고 마는 성격인데, 오늘은 정말 본인 스스로도 놀랄 만큼 똥에게 화가 나 있었다.

"정말 나쁜 놈, 주인을 위해 호랑이와 싸우다 목숨을 바친 개의 이야기도 있고, 불에 타죽을 위험에 처한 주인을 위해 수없이 온몸을 물에 적셔 주인을 구한 개의 이야기도 있고, 개장수에게 팔려간 진돗개가 물 건너 산 넘어 여섯 달 만에 다시 주인을 찾아온 예도 있고 그 외에도 얼마나 많은 개들이 주인의 생명과 재산을 지키기 위해 헌신적인데 너는 어째서 주인을 그토록 곤경에 빠뜨리기를 밥먹듯이 한단 말이냐."

민혁은 골김에 어금니를 질끈 깨물고 죽은 듯이 나자빠져 꼼짝도 않는 똥의 몸에다 죽검을 팽개치고 응접실 안으로 사라져 버렸다. 똥과는 이제 영원히 결별하고 말겠다는 독한 마음이었다.

하지만 그 모습을 차 박사가 보았더라면 크게 꾸중을 들었을 것이었다. 어떤 상황에서든 검사가 검을 아무렇게나 팽개친다는 것은 적에게 목을 내어 놓는 것이나 다름없기 때문이었다.

거실로 돌아온 민혁은 냉장고 문을 열고 물병을 꺼내 찬물을 여러 번 들이켰다. 그때 전화벨 소리가 요란하게 울렸다. 항상 고시촌에 틀어박혀 있는 줄 알기에 가끔씩 친구들로부터 연락이 와도 핸드폰으로 왔지 집으로 전화 올 곳은 없었다. 틀림없이 수정의 전화일 것이라고 민혁은 생각했지만 창 밖으로 얼굴을 향한 채로 꼼짝도 않았다. 왜 그런지 울고 싶도록 가슴이 울울했다.

이번에는 핸드폰이 소리내기 시작했다. 그래도 민혁은 꼼짝도 않았다. 핸드폰도 지쳐 떨어지자 응접실 안은 감당할 수 없는 침묵으로 무겁게 내려앉아 있었다.

그로부터 한 시간쯤 뒤 집 주위에 어둠이 짙게 깔릴 때쯤 수정이 통통거리며 현관을 들어서고 있었다.

"오빠, 집에 있으면서 계속 전화를 안 받았구나. 왜지?"

"미안해. 전화받을 기분이 너무 아니어서."

"왜? 똥이 조용하던데 팔았어?"

"조용해?"

"응, 평소에는 내가 퇴근해 오면 길길이 뛰고 제 집이 박살이 나라 법석을 떨었을텐데 아주 조용하던데? 그렇게 창 밖만 내다보지 말구 이리 와서 얘기좀 해야지. 똥을 얼마에 팔았어? 아휴, 팔지 말 걸. 오늘 종일 우리집에 똥이 없다고 생각하니 얼마나 가슴이 아픈지."

"………"

"응, 오빠? 똥을 팔고나서 섭섭해서 그래? 얼마에 팔았는데?"

민혁은 그렇게 총알처럼 쉬지않고 쏘아대는 수정이에게 낮에 동물병원에서 있었던 사고를 자초지종 털어놓지 않을 수 없었다.

이야기를 다 듣고난 수정이 믿어지지 않는 듯이 일단 두 눈을 꼭 감고 아무말도 않았다.

수정이 겨우 정신을 차린 듯 낮고 분명한 어조로 말했다.

"그렇담, 그 동물병원에서도 가만있지 않겠지? 손해 본 것을 모두 변상해 달라고 하겠지?"

"........."

"오빠… 어쩌다 우리 집이 이렇게 되어버렸지. 개 한 마리 때문에 우리 잘하면 거덜나겠다. 응?"

"응… 개 한 마리 때문에… 입양하지 말았어야 했는데, 아버지의 친구가 기르던 개의 혈통이라고 해서……."

수정이 이제는 포기한 듯이 냉장고 앞으로 걸어가며 말했다.

"오빠, 우리 소주나 한잔씩 하자. 반장님 사모님이 그러던데 말야. 우리 집 싯가 20억도 더 나갈거래. 그 말 듣고 얼마나 놀랬는지… 그러니까 오빠, 아빠랑 엄마에게 잘 말씀드려서 이 집을 팔아 개값 물어주고 남은 돈으로 변두리 쪽에다 집을 새로 사서 나감 되잖을까? 그리고 오빠, 집을 담보로 하면 대출도 받을 수도 있대."

어려운 일을 당하고보니 비로소 세상살이에 눈을 뜨게 되는 것일까. 대출이란 말에 민혁이 귀가 번쩍 띄었는지 튕기듯 물었다.

"뭐? 대출?"

"회사에서 내가 너무 답답한 나머지 강 기자한테 요즘 우리집에서 벌어진 황당한 상황을 털어놓았더니 집을 담보하면 은행에서 몇 천만 원쯤 쉽게 빌릴 수 있다네?"

"........."

비로소 두 사람은 벼랑 끝에 내몰린 절망감이 조금은 느긋해지는 느낌이었다. 민혁은 한숨섞인 목소리로 말했다.

"하지만 이 집은 아버님 어머님의 집이야. 감히 어른들의 집을 담보하고 대출을 받다니 말도 안돼. 남들은 모두 신용카드를 발급받아서 쓰고 있지만, 우린 신용카드도 없잖아. 신용카드는 외상카드라고 우리 둘 다 질색팔색을 했잖아. 헌데 이런 일이 생겼을 땐 신용카드도 있었으면 오죽 좋았을까 싶기도 하네."

"신용카드가 있어도 그렇게 큰 돈은 못 빌릴 거야. 별수 없어. 아빠랑 엄마한테 통사정 해봐야겠어."

"뭐? 장인 장모님한테?"

"할 수 없잖아. 아는 곳은 한 사람도 없구, 집은 날아가게 생겼구."

"………"

민혁은 응접실 바닥에 고개를 뚝 떨군 채 가슴으로 탄식했다.

'장인, 장모님한테 무슨 면목으로……'

죽어가는 뚱

수정이 냉장고에서 오랫동안 있었던 소주 반 병과 땅콩 등 마른안주 몇 가지를 접시에 담아들고 나와 병뚜껑을 열었다.

옛날엔 술을 전혀 못 마시던 민혁이었지만, 요즘은 서너 잔 마셔도 별 탈이 없을 만큼 주량이 늘어 있었다.

술은 마실수록 중독에 가까워지므로 애시당초부터 딱 끊어버리는 게 현명한 것이라고 거듭 충고하던 아빠의 말씀이 마음에 와 닿았지만 수정은 잠자코 민혁 앞에 놓인 잔에 술을 부었다.

"자, 오빠, 소주 한잔 하자 우리."

수정이 자신의 소줏잔에도 술을 채우고 나서 절반쯤 베어물고는 얼굴을 잔뜩 찌푸렸다.

"카! 속상하니깐 술맛도 되게 쓰네."

민혁도 술잔을 목구멍 속에 털어넣었다. 두 사람 다 만상을 찌푸리며 땅콩과자 한 개씩 급하게 깨물었다.

"아자작!"

민혁은 땅콩 깨지는 소리에 오싹 소름이 돋는 느낌이었다. 풍이 동물병원에서 사고치며 강아지들을 박살내었던 소리와 비슷했다. 수정이 말했다.

"근데 풍이? 코고는 소리가 안 들리네?"

"죽었을 거야."

민혁의 그 말에 그녀가 의자에서 튕기듯 일어섰다.

"뭐, 뭐얏! 죽어? 아니, 풍이 죽었단 말야?"

"내가 너무도 화가 나서 죽검으로 죽도록 두들겨 팼거든."

"그, 그럼, 그래서 풍이 내가 돌아왔는데도 그렇게 조용했던 거야? 죽었기 때문에?"

"………"

수정이 튕기듯 현관문을 박차고 나갔다.

어느 새 초저녁부터 끄므레하던 하늘에서 소나기가 쏟아지고 있었다. 풍은 노드리듯 쏟아지는 빗속에서 죽은 듯이 꼼짝도 않고 드러누워 있었다. 곧이어 수정의 비명소리가 빗속을 뚫고 민혁의 심장에 꽂혀왔다.

"풍아아! 풍아아!"

그제서야 민혁도 살얼음을 뒤집어 쓴 듯 정신이 번쩍 나는 느낌이었다.

'풍이 저… 정말 죽었을까… 정말 죽은 건 아닐까?'

그때 밖에서 처절하게 울부짖는 수정의 비명소리가 또 들려왔다.

"오빠아! 빨리 나와봐아! 어떻게 이렇게 되도록 때릴 수가 있어. 빨리 나와봐아!"

민혁이 침을 꼴깍 삼키고 밖으로 뛰어나갔다. 장대처럼 쏟아지는 빗속에서 풍은 죽은 듯이 누워 있었지만 아직도 눈은 힘겹게 껌뻑거리고 있었다. 뚱의 눈에서 눈물인 듯 빗물인 듯 두 줄기로 흘러내리고 있었다.

수정이 몸을 만질 때마다 비명도 제대로 못지르며 커다란 입만 간신히 떨리고 있을 뿐이었다. 그토록 떡심좋던 뚱이 조금만 건드려도 죽는 소리를 내었다.

수정이 그예 으앙하고 울음을 터뜨리며 털썩 바닥에 주저앉고 말았다.

"뚱아아! 으흐흐흐 어떡해에! 어쩌면 오빠 이렇게 잔인할 수가 있어. 뚱이 죽겠네, 어떡해, 뚱이 죽으면 난 오빠와 안 살테야. 이토록 잔인한 남자와 무서워서 어떻게 같이 살아!"

순간 민혁이 대문을 뛰쳐나갔다.

"어디 가, 오빠!"

"잠깐만, 내가 수의사를 모시고 올게."

민혁은 억수같이 쏟아지는 빗속을 뚫고 동물병원을 향해 정신없이 달려갔다. 비로소 민혁의 눈에서 눈물이 쏟아지기 시작했다. 지금 이 순간 뚱이 죽지만 말아주길 가슴이 타도록 빌 뿐이었다.

그렇게 잠 못 이루며 걱정하던 돈도 아무것도 아니라고 생각했다. 뚱만 살릴 수 있다면 돈 몇 천만 원도 아깝지 않다는 느낌이었다. 뚱을 붙들고 울부짖으며 절망하는 수정의 모습에 민혁은 온몸이 녹아내릴 것만 같았다.

동물병원은 이 시간까지 문을 닫지 않고 있는 게 너무도 다행스러웠다. 수의사는 아직도 망연자실한 얼굴로 망가진 물건들 중에서 쓸 만한 것들을 제 자리에 옮겨놓으면서 분주해 하고 있었다. 그때 민혁이 폭풍처럼 들이닥쳤다.

"서, 선생님!"

"……!"

"저희 집에 좀 가 주세요!"

"예?"

"저희집 개를 좀 봐 주세요. 다 죽어가요. 돈은 얼마든 따지지 말고 살려만 주세요."

"아니 우리집을 이렇게 순식간에 풍비박산을 낸 그 괴물 같은 개 말입니까? 그렇잖아도 댁을 찾아볼려고 하던 참인데 그 괴물이 어찌됐는데요?"

"죽게 됐어요. 빨리좀 가 주세요."

"좋소, 하지만 공은 공이고, 사는 사요. 오늘 우리 손해 본 건 다 변상해야 하는 것 아시죠?"

"그건 조금도 염려마세요, 어서 빨리 가 주세요 선생님."

유보성의 차를 타고 집으로 돌아오면서 민혁은 문득 예배시간에 목사님이 하신 성경말씀이 뒷통수를 딱 때리는 느낌이었다.

"성도 여러분, 항상 노하기를 더디하세요. 노하기를 더디하는 사람은 천하를 잡은 사람보다 강합니다. 인생에서 실패하지 않으려거든 절대로 교만하지 말고, 노하기를 더디해야 해요."

억수처럼 쏟아지는 빗속에서 수의사는 일단 풍에게 진통제 주사부터 놓는 모양이었다.

"아니 개가 왜 이 모양이 됐죠? X레이 사진을 찍어봐야 정확한 걸 알겠지만 두개골과 어깨뼈, 엉덩이뼈도 금이 간 모양이요. 오른쪽 뒷다리가 부러졌어요. 빨리 손 쓰지 않으면 죽겠는데요. 그나마 장기가 파열됐으면 손 써도 소용없습니다.

일단 개를 따듯한 곳으로 옮깁시다. 우리 동물병원은 당장 사용할 수 없어요. 부서지고 망가진 것들을 다 새로 장만해야 하는데 일단 집 안으로 옮기자구요."

세 사람은 뚱을 담요에다 간신히 싸 들고 조심스럽게 집 안으로 옮겼다. 몸을 움직일 때마다 뚱은 비명도 못 지르고 커다란 입만 딱딱 벌릴 뿐이었다. 응접실 한 쪽 구석에 자리를 마련해 놓고 뚱을 눕혔다.

진통제를 맞은 탓으로 뚱의 눈빛이 조금은 살아난 듯 해 보였으나 몸을 만지지 못하게 하는 것은 여전했다. 살아있다고 볼 수도 없고, 죽었다고 볼 수도 없는 상태였다. 가끔씩 금새 숨이 넘어갈 듯 외욕질을 할 때 수정은 심장이 딱 멈추는 느낌이었다.

"일단 응급처치는 해 놓았지만 죽지 않으면 다시 내일 상황을 보죠. 상의하고 해결해야할 이야기도 있고하니 내일 아침에 봅시다."

수의사가 돌아가고 난 뒤에도 수정은 뚱의 옆에 꿇어앉아 눈물만 뚝뚝 흘리고 있었다.

"넌 왜 그렇게 성질이 난폭해 갖고 개만 봤다하면 물어죽이지 않으면 안되니? 너 이제 죽으면 어떡해. 뚱아, 죽으면 안돼. 뚱아아, 흐흐흑…!"

민혁은 그렇게 뚱 옆에서 애통해 하는 수정의 모습을 보고 가슴이 칼로 베이듯 너무도 아팠다. 뚱이 저렇게 되도록 두들겨 팰 수 있었던 자신의 모습이 너무도 싫었다.

'내가 내 손으로 뚱을 때려죽이다니. 어떻게 내 속에 그런 잔인함이 잠자고 있었단 말인가.'

민혁은 수정이를 볼 낯이 없어 가슴이 녹아내리는 듯 했다.

"수정아, 내가 잘못했어. 내가 이성을 잃었어. 미안해, 너무 미안해."

"………"

그날 밤 수정이는 민혁의 옆에서 자지 않았다. 베개랑 이불을 따로 들고 나와 거실의 뚱 옆에 자리를 깔고 밤이 새도록 뚱의 머리를 쓰다듬어 주면서 죽지 않기를 기도했다.

"하나님, 우리 뚱을 살려주세요. 뚱 때문에 몇 천만 원 손해 봤어요. 이젠 괜찮아요. 뚱을 살려만 준다면 대출을 받아서라도 남에게 손해를 끼친 것을 변상해드리겠습니다. 뚱을 살려주세요. 하나님. 제발 뚱이 죽지 않게 해 주세요. 하나님 흐흐흑……."

깜빡 노루잠이 들었다 깬 민혁은 옆자리에 수정이 없는 것을 알아차리고 후다닥 일어나 응접실로 나왔다. 수정이는 뚱의 앞발을 손에 쥔 채 겨우 눈을 감고 있었다. 민혁은 땅이 꺼져라 한숨을 내쉬었다. 절골지통의 느낌이란 이런 걸 두고 생겨난 말인 듯 했다.

'내 마음 깊은 곳에 이토록 무서운 증오가 마그마처럼 꿈틀대고 있었다니. 아, 나는 정말 순수하지 못한 인간이었구나. 뚱이 아니라 사람이었다 할지라도 난 증오의 화신이었을 것이다. 사람이 나를 뚱만큼 화나게 했다면 내가 사람인들 가만 두었을까. 죽였겠구나.'

민혁은 심한 자괴감으로 너무도 가슴이 아팠다. 이런 모습으로 법관이 된다한들 어찌 정의로운 판결봉으로 사람의 죄를 올바르게 판결할 수 있을까 싶었다.

민혁은 기도하는 심정으로 조용히 수정의 옆에 꿇어 앉았다. 수정의 콧잔등에서 눈물이 말라가고 있었다.

진통제의 효과가 아직 남아있는 탓인지 뚱은 희미한 눈망울로 민혁을 바라보고 있었다. 그래도 민혁을 향한 뚱의 눈빛에는 원망의 빛은 없고 여전히 민혁을 향한 사랑이 살아있는 듯 했다. 민혁은 너무도 가슴이 아팠다.

 똥은 지금 몇 시간 전에 자기를 죽일 듯이 두들겨패던 주인의 모습을 어떤 심정으로 바라보고 있는 것일까. 민혁이 조심스럽게 똥의 머리에 손을 얹자 똥이 눈을 감았다. 똥은 민혁을 조금도 원망하는 것 같지 않았다.

 '미안하다. 똥아 내가 잘못했어. 사람에게는 더할나위없이 점잖고 온순한 네가 짐승만 보면 불화산처럼 일어나는 성질을 조정해 주지 못한 주인이 잘못이지. 내 기준으로 네 도덕성을 판단했던 내가 어리석었다.
 개인 네 입장에서는 아무런 잘못도 느낄 수 없는 걸 말이지. 산책길에 많은 사람들이 개를 끌고 나온다는 걸 미리 알아차렸어야 했는데…….
 개들이 바글대는 동물병원에 팔아버릴 셈으로 너를 데리고 간 것 자체가 얼마나 미련하고 어리석었는지…….'
 민혁은 후회의 한숨을 쉴새 없이 쏟아내면서 요 며칠 사이 파삭 야위어 버린 수정의 얼굴을 내려다보며 가슴을 찢었다.
 '나는 참 부족한 남자야, 남편될 자격도 없이 무턱대고 수정이를 아내로 맞이해 놓고 힘들게만 하고 있구나.'

 어느 새 잠이 든 줄 알았던 수정이 자리에서 일어나 민혁의 눈에서 흘러 내리고 있는 눈물을 닦아주고 있었다.
 "오빠, 참 황당하기 짝이 없는 일들이 우리한테 생겼네. 하지만 오빠, 우리 이제 고만 아파하자. 돈 몇 천만 원이 결코 작은 돈은 아니지만 돈 땜에 우리 사이가 이렇게 언짢아지다니. 은행에서 집을 담보하면 몇 천만 원쯤 쉽게 빌려준다니 그렇게 해서 남의 돈 갚고 새롭게 열심히 살자. 제발 똥이 죽지 않고 살아만 주면 좋겠어.

지금은 뚱을 살릴 수 있는 방법 이외엔 다른 아무 생각이 없어. 뚱이 살아날 수 있도록 할수 있는 일들은 무엇이든 해야지."

그리고 수정은 또 뚱의 얼굴을 손끝으로 쓰다듬으면서 몹시 가슴아파 했다.

"얼마나 화가 났으면 오빠가 그랬겠어. 이해해. 너무 자책하지마. 잠이 정 안 오면 소주를 몇 잔 더 마시고라도 잠을 청해봐."

"술은 싫어. 괜찮아. 수정이나 좀 자렴. 이렇게 앉아서 네 모습 내려다 보며 밤을 하얗게 새워도 할 말이 없어. 그만 자. 뚱은 내가 돌볼게."

수정은 민혁의 위로에 꽤 마음이 안정된 듯 다시 눈을 감고 억지로 잠을 청하는 듯 했다. 이튿날 새벽, 수정은 눈을 뜨자마자 뚱의 상태를 자세히 살펴보았다. 뚱은 진통효과가 다 된 모양인지 꼼짝도 하지 못하고 다시 혼수상태로 빠진 듯 했다. 수정이 민혁의 얼굴을 쳐다보며 애원하듯 말했다.

"나 출근하지 말까봐."

"아냐, 출근해 내가 수의사에게 전화해서 일찍 와 달라고 할게."

"오빠, 뚱 죽으면 어떡해. 꼭 살려야 하는데."

"그래 최선을 다해 보자. 어서 출근해."

수정이 서둘러 출근한 뒤 민혁은 수의사에게 전화를 걸었다. 가슴은 여전히 숯껑처럼 까맣게 타들어가는 느낌이었다.

"지금 죽은 듯이 꼼짝도 않고 있어요. 숨은 겨우겨우 쉬고 있어요. 빨리 좀 와 주셨으면 좋겠습니다. 짧은 거리지만 걸어오지 말고 차를 타고 빨리 와 주십시오. 원장님, 제발 우리 뚱을 꼭 좀 살려주십시오. 뚱을……."

곧바로 대문 앞에 승용차 멎는 소리가 났고 수의사가 긴장된 얼굴로 왕진가방을 들고 들어왔다. 수의사가 청진기로 뚱의 몸 여기저기를 세심하게 살펴보고 있었다.

"살긴 할까요?"

"해봐야 알죠. 그렇게 개를 사랑하는 사람이 어떻게 이 정도 되도록 두들겨 패죠? 이해가 안 가네요."

민혁은 수의사의 말에 고개를 떨구고 말았다.

수의사는 달리 별다른 처방이 없는 듯 링거를 꽂은 채 뚱에게 두어 대 주사를 놓고 나서 조용히 소파에 몸을 내렸다. 그가 청진기랑 주사기 등을 왕진가방에 챙겨 넣으면서 심각한 얼굴로 말했다.

"조심해야 할 것은 절대로 집 안에 동물의 소리는 내지 않아야 합니다. 심지어 핸드폰의 신호음도 동물의 목소리는 내지 않도록 하시고, 행여나 누군가 개를 데리고 이 집을 방문하는 일은 절대 막아야 합니다. 현재로서는 살아날 확률이 30대 70입니다. 뚱이 살아날 확률이 30이에요. 깨어지고 금이 간 부분이 여러 군데이고, 내장이 파열되었을지도 모르고… 게다가 덩치가 너무 커서 들어 옮기기도 쉽지 않아요. 자칫 충격으로 더 일찍 죽을 수도 있습니다. 현 상태로 최선을 다해 치료해봐야지요. 현재로선 수술은 불가합니다."

민혁은 할 말을 잃은 채 암담해지는 심정이었다.

"그건 그렇고 말이죠."

말을 꺼내다 말고 주춤거리고 있는 수의사를 보고 민혁은 대뜸 눈치를 채고 말했다.

"손해보신 액수가… 얼마나 변상해드려야 하는지."

"그냥 약소하게 한 팔백만 원만 주세요. 왕진비까지 포함해서요. 다행히 전날에 입원했던 손님들의 개가 모두 퇴원했고, 우리집 개들만 남아 있었기 망정이지 손님들의 개가 죽기라도 했으면 그저 부르는 게 값입니다."

민혁은 일단 안도의 숨을 내 쉬었다.

'팔백만 원이라니… 그래도 다행이구나.'

정말 그만하기 천만다행이었다. 몸의 상태가 안 좋아서 동물병원에 맡긴 개가 엉뚱한 개한테 물려죽었다면 그 일을 어떻게 변명하고 그 수모를 어떻게 다 감당할수 있겠는가. 수의사는 똥이 어릴 때부터 자주 안면을 익혀놓은 탓에 그래도 그만한 것이라고 민혁은 다행스럽게 생각했다.

엊그제만해도 똥 때문에 천오백만 원이란 거액을 물어줄 일로 머리가 하얗게 세어질 정도로 걱정했었다. 그러나 지금은 똥이 죽을까봐 애간장이 녹아내릴 듯 지쳐 있는 수정이를 생각하니, 그깟 돈이 문제가 아니라는 생각만 머리에 가득했다.

들개들의 우상 학수

 서울지검 강력계에서 일하고 있는 학수는 추석 대박연휴를 맞았다. 검사들에겐 좀체로 찾아볼 수 없는 대박 연휴였다. 하지만 행여 강력사건이라도 터지면 곧바로 업무에 복귀해야했다.
 학수가 간편한 등산복으로 갈아입고 SUV자동차 트렁크에 짐을 가득히 실었다. 요즘은 쉴 새 없이 터지는 강력살인사건 등으로 눈코 뜰 새 없이 바빴다.

 학수는 살인사건을 수사하는 일이 너무도 흥미롭고, 자신에게 꼭 맞는 일이라고 속으로 몹시 만족하고 있는 중이었다. 아니 살인사건이 터질 때마다 학수는 어떤 희열을 느끼는 듯 했다.
 처음에는 죽은 사람의 시체를 보는 것조차 혐오감으로 몸을 떨었다. 하지만 강력계에서 일하는 형사들과 함께 자주 사건에 뛰어들다보니 차츰 익숙해지기 시작했고, 지금은 두개골이 완전히 부서져서 골이 흘러나온 모습이라든가, 무참하게 토막난 시체를 음미하듯 자세하게 살펴보기까지 할 정도였다.

'살인은 어찌보면 인간이 저지를 수 있는 최고의 예술일 수도 있겠어. 하지만 살인범은 반드시 잡아야 해.'

 이해하기 참으로 힘든 것은 그렇게 살인범은 반드시 잡아서 법대로 응징해야 한다며 큰소리치는 학수가 또 살인이 없는 세상은 너무도 스릴이 없어 무미건조하다고 생각하는 것이었다.

 '살인이 없는 세상은 너무 재미가 없지. 강간이라든가 강도라든가 대형사기 범죄 같은 것은 건드릴 재미가 없어… 충격적인, 그것도 아주 잔혹할 만큼 엽기적인 살인은 반드시 상존해야 하는 거야… 그래야 세상 살맛이 나는 거지. 창세 때 최초로 카인이 동생 아벨을 쳐죽인 이래 인류역사를 통틀어 살인이 없는 날은 단 하루도 없었지. 남들이 도저히 접근하기 싫어하는 아주 독특한 살인의 기술을 배우는 것도 재미있어. 경찰이 살인사건을 추적하는 상황을 예의 주시하는 재미도 쏠쏠하고 말이지…….'

 학수는 오후 3시쯤이 지나서야 철원 읍내에서 한참 들어가는 민통선 근처에 자리잡은, 작지만 아담한 마을에 도착했다. 그곳은 몇 년 전만 해도 헌병이 까탈스럽게 굴 만큼 신원이 확실한 사람만이 드나들 수 있는 민통선 마을이었다. 지금은 주민등록증만 있으면 누구나 들어갈 수 있었다.

 집집마다 가을걷이에 눈코 뜰 새 없이 바쁜 모양이었다. 학수는 중학교 시절 내내 눈에 익은 마을을 구경하듯 살피며 천천히 걸었.

 어느 집 마당에는 끝물고추가 멍석 위에서 빨갛게 말라가고 있었고, 머리가 하얀 할아버지 한 분이 산에서 주워 온 도토리를 발바심하느라 행인이 지나치는 것도 모르고 계셨다.

마당 한 쪽 구석에서 아들인 듯 싶어뵈는 총각이 노적가리 옆에 쪼그리고 앉아 맷돌의 중쇠받이를 고치느라 땀을 뻘뻘 흘리고 있었다.

학수의 기억으로 그 총각은 나면서부터 벙어리였다. 총각이 아무래도 안되겠다 싶었던지, 부엌에서 낡은 행주를 갖고와서, 한 가닥 북 찢어 헐렁해진 중쇠받이 가장자리에 헝겊을 쇠꼬챙이로 꾸역꾸역 쑤셔 박고 있었다.

마당 한 쪽에서 낡은 돗자리를 깔고 들깨를 사래질하고 있는 할머니의 팔이 애처로울 만큼 가냘팠다. 외양간에는 엇부르기 송아지 한 마리가 여물을 맛있게 씹어먹고 있었다.

집집마다 늙은 옥수수랑 호박들이 토마루에 잔뜩 쌓여 있었다. 돌담이 끊어진 쯤에서 훤하게 내다보이는 들녘에서, 볏단을 주워다 한 곳에 갈무리하느라 분주하게 움직이는 늙은 농부들의 허리가, 활처럼 휘어 보였다.

학수는 사립문을 밀치고 마당으로 들어섰다. 자빡뿔을 가진 암소 한 마리가 외양간에서 멀뚱한 눈으로 학수를 쳐다보고 있었다.

할아버지 한 분이 마당에 쌓여 있는 콩을 멍석 위에 펼쳐놓고 도리깨질하고 있었다. 노인이 학수가 들어서자 쳐들었던 도리깨를 슬며시 내려놓으며 반갑게 맞았다.

허리가 휘도록 농사지어서 자식들 뒷바라지에 모든 것을 쏟아부었지만, 지금은 자식들이 거의 소식을 끊고 오갈 데 없는 처지였다. 할머니마저 몇 년 전에 돌아가시고 혼자서 학수네 집을 봐주며 살고 계시는 독거 할아버지었다.

"허이구우, 귀하신 검사님께서 웬일로?"

"안녕하셨어요. 할아버지?"
"오늘도 어머니는 못 오시고 혼자 왔어?"
"예, 어머닌 계속 몸이 좀 안 좋아서요. 이젠 연세가 많아지셨잖습니까."
"하긴."
"나이도 나이지만 뭐, 옛날부터 늘 그랬잖아요. 늘 몸이 어딘가 모르게 자꾸 아프고 쑤신다고요."
"굿을 잘해서 저귀들린 남의 병은 죄 내쫓으면서 어째 자기 병은 그대로 지고 살지?"
"허허, 글쎄요. 할아버지 제 방에 들어가 보겠습니다."
"그려, 며칠 쉬고 갈테지? 내 곧 아궁이에 군불 지펴줄게."
"예, 할아버지."

학수는 두어 평쯤 되는 낡은 쪽마루로 올라서서 중학교 때부터 쓰고 있던 방의 자물쇠를 열었다. 순간 방 안에서 풍겨져 나오는 매캐한 흙냄새가 훅 코를 찔렀다.
학수는 가지고 온 배낭을 구석에다 밀어놓고 아래닫기가 빠진 채로 비뚜름이 닫혀 있는 쪽 소매책상 서랍의 열쇠를 풀었다. 그 서랍 속에서 한 묶음의 사진 다발을 꺼내들고 한장 한장 뜯어보며 학수는 입가에 미소를 지었다.
"짜아식들, 보고싶다."
그것은 작년 겨울, 무릎까지 빠질 만큼 눈이 많이 왔을 때 찍어둔 들개들의 사진이었다.
눈이 너무 많이 와서 들개들이 먹을 것을 못 찾아 굶어죽을지도 모른다고 염려하던 학수가 부랴부랴 서울에서 내려왔었다. 그리고 3백 근짜리 돼지를 한 마리 잡아서 마을 사람들에게 동네잔치를 열어 준 뒤 남은 고기와 뼈다귀 등을 따로 비닐 자루에 담아 산 속에 던져 놓았았다.

그때 고기를 뜯어먹는 들개들의 모습을 찍은 사진이었다. 학수는 그 중에서 특별한 사진 한 장을 유심히 들여다보며 벙시레 회심의 미소를 지었다.

"이놈, 참 멋진 놈."

학수가 디먼의 사진을 뚫어져라 들여다 보며 되도 않는 소리를 했다.

"네가 대장이니까. 대장역할을 훌륭히 소화하려면 내게 특별히 교육을 받아야 해. 인간의 지능을 초월할 정도의 수준으로 말이지."

학수는 사진을 다시 서랍 속에 잘 보관한 뒤 자물쇠를 잠궈 놓고 방문을 나섰다.

"어딜 가려구?"

"예, 산에 좀 다녀올게요."

산에 간다는 학수의 말에 노인의 눈이 크게 떠졌다.

"산에? 산엘 왜가? 위험해. 더군다나 곧 해가 저물텐데, 자칫 죽을 수도 있어!"

"네?"

"요즘 산짐승들이 극성을 부려서 산에 함부로 못 가. 아, 우리 마을에 해마다 찾아오곤 했던 심마니 한 사람이 행방불명 된 지가 2년째인데도 아직 못 찾았어."

"곧 찾게 될 거예요, 할아버지. 제가 한번 찾아볼까 해요."

"경찰이랑 군인들이 이 잡듯이 뒤졌어도 못 찾았는데 자네가 무슨 수로 찾아? 씰데없는 소리말구 산에 가지 말어."
 "경찰에서 확실히 찾아보긴 했나요?"
 "그럼! 경찰이랑 군인들이 샅샅히 뒤졌는데도 흔적도 없어. 별일이야. 소문엔 그 심마니가 빚을 많이 졌대. 그래서 산삼 캐러 산에 오른 척하고 이북으로 넘어갔다는 소문도 있는데… 그건 말도 안 되는 소리지. 그 무서운 지뢰밭을 어떻게 피해 월북했겠어. 알 수 없는 일이야."

의문의 시체

"그 소문이 온 세상에 알려진 뒤로 해마다 가을이면 밤 사러 오던 사람들도 발길이 뜸해져서 사람 구경하기도 영 힘들어."

"소문엔 늑대들이 새로 나타났다는데 그건 말이 안되죠. 우리 나라에는 늑대가 없습니다."

"아, 유곡리에 사는 정씨네 며느리도 읍내 공장에서 일 마치고 돌아오다가 행방불명되었어."

"그 사건은 압니다. 하지만 수사결과 그 여자는 짐승에게 잡아 먹힌 게 아니라 공장에서 사귄 남자와 바람이 나서 집을 나간 증거가 이미 잡혔어요."

"글쎄, 바람이 나서 사라졌는지, 짐승이 잡아 먹었는지 원. 뭐 늙은이들만 모여 사는 마을이라 우리야 죽을 걱정 별로 않구 살지만, 젊은 사람들은 조심해야지."

"........."

"그러니까 산에 갈 생각은 아예 말라구."

"할아버지, 그런 말씀 들으니까 호기심이 돋쳐 더더욱이 가봐야겠는데요."

"아아니, 뭐라구? 이런 참! 글쎄 올라가지 말래두우!"

"허허허, 염려마세요. 다녀올게요."

"쯔쯔쯔… 가지 않는 게 좋겠구만, 곧 날두 어두워질텐데…….."

학수는 한사코 말리는 노인의 만류에도 아랑곳 않고, 삶은 통닭 몇 마리와 간식이랑 통조림 등을 배낭에 잔뜩 챙겨넣고 마당을 나섰다.

빨간 노을빛이 얼굴에 달려들었다. 학수는 심마니들조차도 오르기를 꺼려하는 험준한 산 속으로 깊이깊이 들어갔다.

어려서부터 타잔처럼 누비고 다니던 숲 속이라서, 학수에겐 전혀 낯설지 않았다. 이미 주위는 어두컴컴해지고 있었지만 학수는 마치 신들린 듯 조금도 힘들지 않고 숲 속으로 깊숙이 파고 들어갔다.

주위가 완전히 어둠 속에 묻혔을 때 학수는 잠간 서서 서서히 달빛 아래로 드러나기 시작하는 주위를 짐승의 눈처럼 번들거리는 눈빛으로 주위를 두리번거렸다.

그는 산에 올라올 때마다 앉아 쉬곤 했던 낯익은 바위에 앉아 배낭에서 버너와 냄비 등을 꺼냈다. 그리고 버너에 불을 붙인 후 갖고 온 물병을 냄비에 기울여 물을 쏟아부었다. 라면을 끓여 시장기를 채울 셈이었다.

학수가 물이 펄펄 끓는 냄비에 라면이랑 햄 한 덩어리를 함께 넣고 잠시 기다리고 있을 때였다. 학수는 숲 속에서 무언가 움직이고 있다는 것을 금방 알아차렸다.

"………."

분명 숲 속에서 풀잎을 스치며 조심스럽게 움직이고 있는 검은 물체들이 떼지어 접근하고 있었다. 그들의 정체를 알아채린 학수가 입가에 음습한 웃음을 머금은 채 낮게 입술을 떼었다.

"디먼?"

"………"

"디먼? 왔으면 이리오렴. 햄이랑 통닭, 간식도 많이 갖고 왔다. 너희들 주려고."

그러자 숲 속에서 들개떼가 우르르 몰려오더니 학수의 손이랑 얼굴 등을 닳도록 핥기 시작했다. 들개들에게서 비릿한 냄새가 훅 밀려왔지만 학수는 그 냄새가 그닥 싫지 않았다.

학수가 통조림통을 뜯어서 햄을 던져주자 놈들이 햄을 서로 차지하려고 악머구리처럼 으르렁대었다. 순간 디먼이 이빨을 하얗게 까 보이며 으르렁대자 순식간에 놈들이 꼬리를 내리고 물러났다. 디먼이 확 달려들어 개감스럽게 햄을 꿀꺽 삼켜버렸다. 학수가 디먼을 손가락질해 불렀다.

"디먼, 너만 먹으면 쓰냐, 친구들도 먹여야지."

그리고 디먼의 머리를 툭툭 두들겨주자 디먼은 그것이 고마운 듯 학수의 뺨을 연거푸 핥아대었다. 학수가 배낭 가득히 메고 온 간식과 통닭을 뜯어서 여기저기 던져 주었다. 개들이 환장을 하며 간식과 닭고기를 집어 삼켰다.

학수가 여남은 통조림을 열고 숟가락으로 떠서 여기저기 던져주자 개들이 흩어져 먹이를 찾아 삼키느라 정신이 없는 듯했다.

학수가 마지막 한 개 남은 통조림을 뜯어 디먼의 입에 통째로 넣어주며 녀석의 머리를 쓰다듬었다.

"디먼… 가장 소중하고도 아끼는 친구… 내 말에 복종하지 않으면 나의 조상신이 너를 가만두지 않는다 알겠니? 나의 위대한 조상신께서 너를 특별히 아끼고 사랑하고 계셔. 우리는 조상신의 명령에 복종하지 않으면 망한다."

그때였다. 학수는 디먼이 자신의 팔소매를 입으로 물고 어데론가 끌고 가려는 낌새를 느꼈다. 그는 자리에서 벌떡 일어섰다. 커다란 바위 틈을 요리조리 피하며 한참을 따라갔다. 그리고 디먼이 걸음을 뚝 멈추더니 학수를 돌아보고 있었다.

"디먼, 뭐지?"

디먼이 두 발로 낙엽을 헤치며 열심히 땅을 파기 시작했다. 희끄무레한 달빛 아래서 차츰 형태가 드러나기 시작하는 물체를 보고 학수가 앗 하며 짧게 비명을 내어 질렀다.

"사람이닷!"

그것은 아마도 산삼을 캐러 산에 올라왔던 심마니의 시체가 틀림없어 보였다. 시체는 거의 썩어서 시커멓게 고골이 되어가고 있는 중이었다. 악취가 심했지만 학수는 이런 시체에 익숙한 듯 침착했다.

"디먼……."

들개들이 시체 옆으로 우르르 몰려들었으나 디먼의 눈치를 보는 모양 섭사리 시체에게 접근하지 못하고 있었다. 들개 무리는 대장 격인 디먼의 허락없이는 무슨 행동이든 결코 마음대로 할 수 없는 듯 했다. 그래도 들개들은 그 냄새가 좋은 모양이었다.

디먼은 사람을 공격하기를 서슴치 않았지만 사람고기는 결코 입에 대지 않았다. 학수는 재빨리 흙과 낙엽더미를 끌어모아 시체를 완전히 덮어버렸다.

"디먼, 내려가자."

디먼의 눈물

그날 밤 학수는 자정이 훨씬 지나서야 들개들과 작별하고 자신의 방으로 돌아왔다. 무릎에 쇠똥찜을 하고 있던 노인이 그제서야 안심한 듯 헛기침을 몇 번 하고는 방문을 닫았다. 노인이 군불을 많이 때서인지 방 안은 냇내가 코를 찌르는 듯 자욱했고 찜질방처럼 화끈거렸다. 아랫목은 손을 델 수 없을 만큼 뜨끈뜨끈했다.

학수는 부엌으로 나가 무쇠솥에서 아직도 쏼쏼 끓고 있는 물을 커다란 플라스틱 함지박에 옮겨담은 뒤 찬물을 섞어 온몸에 비누칠을 했다.

학수가 목욕을 마친 후 뒷문을 열고 함지박에 담긴 땟물을 텃밭에 쏟아버린 뒤 마당으로 나왔다. 그때 방문이 탁 터지며 노인이 얼굴을 내어 밀었다.

"왜? 잠이 안와?"
"아, 예, 목욕했어요. 공기가 너무 좋아서 잠자기도 아깝네요."
"출출해? 막걸리가 한 동이 있어. 마실테야?"
"아, 그래요? 막걸리 좋죠. 할아버지랑 한잔하는 게 좋겠네요."

노인이 부엌으로 들어가 소반에다 막걸리 한 주전자랑 간단하게 안주를 얹어들고 나왔다.

"자, 여기 멍석에 앉아. 밤이슬이 썩 차갑지만 요새는 옛날같지는 않아. 가을인지 아직 여름인지 분간을 잘 못하겠어. 달력 넘어가는 걸 보면 아직 여름인데 여름같지 않은 가을 날씨야. 밤 기온이 차니까 옷을 두텁게 입어야 해. 잠깐 기다려. 내가 장작불을 놓을테니."

"지구 온난화 때문에 계절이 폭동을 일으키는 탓이죠."

노인이 부엌에 들어갔다. 그리고 아궁이에서 숯불을 한 삽 담아다 마당 한 쪽에 쏟아 붓고는 장작을 몇 개 얹었다. 곧 장작에 불이 옮겨 붙었다.

학수가 노인이 갖고 온 한 되들이 주전자를 노인의 사발에 기울였다. 온누리에 교교하게 떨어진 달빛 속에서 사발에 담긴 술색깔이 파리했다.

"드세요, 할아버지."

"자, 자네도 한잔 받아."

"이건 무슨 고깁니까? 돼지고긴 모양인데 맛이 참 담백하군요."

"멧돼지 고기야, 진짜 야생 멧돼지."

"멧돼지요? 이걸 어떻게 잡았죠? 올무를 놓아 잡았습니까?"

"아니야, 잡아놓은 걸 동네사람들이 주워왔어"

"잡아놓은 것을요? 누가 잡아 놓았는데요?"

"참 이상해, 내가 이 마을에 들어와 산 지가 벌써 60년이 다 되어가는데, 옛날에는 호랑이도 있었고, 밤마다 늑대들이 극성을 부려서 사람들이 소나 돼지를 마음놓고 기를 수가 없었지. 그런데 6.25전쟁이 나고부터는 그런 무서운 짐승들이 차츰 사라지고 없었는데. 요 몇 년 사이에 늑대들이 다시 나타난 모양이야.

마을사람 여럿이서 나무를 하러 갔는데 멧돼지가 다 죽어가는 채로 쓰러져 있었다지 뭐야, 온몸에 이빨자국이 수도 없이 찍혔는데 막 잡아 놓고는 사람들이 여럿 올라오니까 먹지도 못하고 산 속으로 도망간 거야. 그렇잖아도 멧돼지 등쌀에 농사를 망친 동네사람들이 이를 갈고 있었던 참인데 한편으로는 늑대들이 고맙기도 했지."

"늑대가 있다니, 믿어지지 않는데요?"

"늑대가 아니면 무슨 짐승이 멧돼지를 그렇게 물어 죽였겠어. 이곳엔 사냥도 못하게 되어 있는 곳이거든."

"늑대가 있으면 환경부쪽에서 조사를 나왔을텐데요."

"왜 안 왔겠어? 왔지, 헌데 늑대가 있다는 증거를 아무것도 발견할 수도 없었고 사람이 실종된 이후로 자칫 해를 입을까봐 산 속 깊이 들어가는 것도 몹시 꺼려했어. 산세가 워낙 험준한 데다 자칫 해가 저물기라도 하면 큰일이니까. 군 수색대가 샅샅이 훑어보았어도 늑대는커녕 강아지 한 마리도 못 찾았어."

"이 멧돼지 고기 먹어도 별 탈 없을까요?"

"아, 아직도 숨이 붙어 있는 걸 끌고 내려 왔는데 뭘, 동네사람들이 다 모여 잔치를 했는데 뭘, 먹어도 괜찮아."

학수는 노인이 권해 주는 멧돼지 고기 한 점을 안주로 씹으면서 생각에 잠겼다.

'디먼, 이녀석 일당이 한 짓이구나…….'

이튿날에도 학수는 남겨 두었던 간식과 통조림을 배낭에 짊어지고 들개들과 어울려 타잔처럼 숲 속을 누비고 다녔다. 들개들과 학수는 이제 뗄레야 뗄 수 없을 만큼 정이 깊이 들었다. 들개들에게 있어서 학수는 자신들을 알아 주고 사랑해 주는 유일한 인간이었다.

놈들은 죽으라면 죽는 시늉도 할 만큼 학수에겐 절대복종했다. 학수는 그만큼 들개들을 교육시키는 데 온 힘을 쏟아부었다.

디먼은 아무리 배가 고파도 학수의 허락이 떨어지기 전에는 절대로 먹이에 입을 대지 않았다. 학수가 "먹어" 해야 먹고, "먹지마!" 하면 절대로 먹지 않았다. "엎드려!" 하면 죽은 듯이 엎드려 꼼짝도 않았고, "뛰어!" 하면 뛰고, 물어! 하면 사정없이 목표물을 향해 몸을 날렸다.

놈들은 며칠씩 먹이가 없어 굶주렸다 하면 모처럼 걸려든 고라니 한 마리쯤 먹어치우는 것은 순식간이었다.

'디먼'은 아내들을 독차지했고, 들개 새끼들은 날이갈수록 숫자가 늘어났다. 디먼은 자신의 부하들을 머리좋은 대장처럼 잘 통솔했고, 들개들은 대장인 디먼의 명령에 순순히 복종했다.

먹이가 없으면 디먼은 부하들을 이끌고 지뢰가 묻혀 있는 곳을 귀신처럼 피해다니며 멧돼지나 노루 등을 사냥하기도 했다. 디먼은 무슨 재주로 지뢰밭을 실수 없이 교묘하게 피해 다닐 수 있을까. 하지만 지뢰밭을 피해서 지나갈 때마다 디먼의 눈에서 슬픔의 눈물이 가득히 고이는 사연은 무엇일까.

옛날에 군견훈련소에서 살 때 자신을 그토록 아끼고 사랑해 주었던 병사들과 백산이 형이 너무도 그립기 때문이었다.

휴가가 끝나자 학수는 늑대개들과 작별을 고하고 사무실로 출근했다. 하지만 산 속에서 발견한 남자의 시체에 대해선 일절 입을 다물고 모른 체 했다.

'자칫 충성스런 나의 개들이 사람들의 총에 맞아 몰살당할라… 그렇게 되면 안되지. 절대 안되구 말구. 녀석들은 나의 분신이나 다름없는데 말이지. 조상신이 내게 붙여준 위대한 전사들이니까.'

그때 부하직원 하나가 숨을 몰아쉬며 뛸 듯이 달려와 학수에게 보고했다.

"또 살인사건입니다. 이번엔 일가족 5명 몰살이에요."

"뭐 일가족 5명 몰살? 아니 대체 어떤 흉측한 놈이 이 따위 살인죄를 저질렀지? 좋아, 전쟁이다. 내가 눈을 시퍼렇게 뜨고 있는 이상 이런 흉악무도한 살인자는 반드시 잡아내고 말 거야. 회의소집해! 내게 있어서 살인의 추억처럼 나약한 영화이야기 따윈 없다!"

"옛, 알겠습니다."

살인마 강명구 사건이 마무리 된 지 반 년 쯤 뒤의 일이었다. 잡을손이 예리하고 날카로운 학수의 눈빛이 사무실 안을 전율시키듯 빛을 발했다.

학수는 벽에 걸린 칠판에다 '과학수사 총동원'이라고 괴발개발 휘갈려 써 놓고 휑하니 사무실 밖으로 사라졌다.

장군이

들녘을 가득 메운 벼이삭이 벌바람으로 황금물결처럼 출렁이고 있었다. 이곳은 10월 막사리인데도 아직 벼베기가 덜 끝나 있었다. 아침저녁으론 소슬한 기운이 돌아 겨울이 가까워지는 느낌이었다.
장백산은 메뚜기 병을 들여다보며 만족한 듯 빙그레 미소를 띠었다.
'아버지가 술안주로 제일 좋아하시는 게 이 메뚜기 안주니까…….'
며칠 후면 벼베기가 끝날 것이다. 그렇게 되면 더 이상 벼메뚜기를 잡을 수가 없기 때문에 백산은 요즘 부지런히 메뚜기를 잡아날랐다. 오늘도 장백산은 한뎃부엌에 걸어놓은 커다란 무쇠솥에 메뚜기를 잘 볶아내어 비닐하우스 안에 발을 깔아놓고 골고루 펼쳐 널었다.

백산은 비닐하우스 밖으로 나와 솜이불처럼 푹신한 금잔디 위에 벌렁 누워 구름 한 점 없는 코발트 색 하늘을 올려다 보았다. 빨간 고추잠자리 떼가 어지러이 날고 있는 하늘 저편에는 수제비를 뜯어놓은 듯 하얀 구름 몇 조각이 한가로이 떠다니고 있었다.
"장군이 녀석은 대체 살아있는 걸까 죽었을까… 참 보고 싶다. 장군이 녀석이…….”

그는 지긋이 눈을 감았다. 6년 전, 그가 군에서 첫 휴가를 나왔을 때였다. 지방에서 농업 전문대를 나왔기 때문에 제대를 하면 아버지를 도와 농사도 짓고 농장도 새로 규모있게 갖출 계획이었다.

50년이 넘도록 한 곳에 살면서 아버지가 일구워 놓은 종중 땅이 수만 평이 있어서 학교에서 배운 대로 과학화된 농사꾼이 되어 보겠다고 작심하고 있을 때였다.

그가 막 마당에 들어섰을 때였다. 온식구들이 마당 한 쪽에 모여앉아 뭔가에 열심히 집중하고 있는 모습에 백산이 살금살금 다가가 고개를 꺄룩히 내어밀고 들여다 보았다.

덩치가 어마어마하게 큰 개가 길다랗게 누워 있었다. 온몸이 새까만 네눈박이 암놈이었다.

“하아니. 웬 개예요 아버지?”

식구들이 깜짝 놀라 뒤를 돌아다보며 백산을 끌어안고 반기었다.

“어이구? 백산이가 휴가 나왔구나! 야아! 우리 아들 씩씩해졌네.”

“엄마도 건강해 보이네. 희숙이도 공부 잘하고 있지? 아버지, 그런데 저 개는 뭐죠? 아파요?”

“아픈 게 아니고 만삭이라서 곧 새끼가 나올 모양이야.”

“우리 개가 아니잖아요.”

“글쎄 내가 어제 경운기를 타고 농협에 다녀오는데 이 개가 행길에 나자빠져 있잖겠냐.”

“행길에요? 주인도 없이요?”

“글쎄 통 알 수가 없어. 우리 마을엔 이 개 주인이 없거든. 그래서 내가 경운기에 태워 집에 데려왔는데 뱃속에 새끼가 여러 마리 있는 것 같은데 움직이는 새끼는 한 마리밖에 없는 것 같다. 아무래도 다른 새끼들은 죽은 것 같다."

"어떻게 된 개일까요. 그럼?"

"글쎄 그걸 알 도리가 없어. 누가 차에 싣고가다 내버렸는지, 아니면 실족해 떨어졌는지, 그것도 아니면 도망쳐 나와 제 멋대로 돌아다니다가 멧돼지한테 공격당했는지 알 수가 없어."

백산이가 드러누워 숨을 몰아쉬고 있는 개의 눈을 유심이 살펴보았다. 그는 군에서 군견훈련 주특기를 받았기 때문에 남달리 개의 건강상태를 알아보는 기술이 있었다.

"아버지, 젖에서 초유가 나오고는 있지만 이 개는 오래살기 힘들겠는데요. 눈동자에 생기가 없고 혓바닥이 하얗게 변색되어가잖아요. 아마도 뱃속에 새끼들을 밴 채로 나쁜 사람한테 붙잡혀 끌려가던 중 도망쳐 다니다가 기진해서 길에 쓰러진 것 같아요. 그냥 놔두면 새끼도 죽겠어요. 희숙아, 고무장갑 있지?"

"응, 오빠."

"갖고 와봐."

"뭘하게?"

"글쎄, 빨리 갖고 와봐."

그리고 백산은 개의 몸 구석구석을 자세하게 살펴보았다.

"아버지, 누군가에게 몹시 학대받았군요."

"그래? 그걸 어떻게 아니?"

"몸 곳곳에 상처 자국이 있고 특히 목덜미의 상처가 깊잖아요. 개장수에게 끌려다닌 흔적이죠. 이 개는 임신한 상태에서 주인을 잃고 나쁜 개장수에게 붙잡혀 혹사 당하다못해 죽을 힘을 다해 탈출한 겁니다. 제가 읍내 가축병원에 가서 필요한 약과 주사를 사와야겠어요. 치료할 수 있을 때까지 해봐야죠."

그때 여동생 희숙이가 고무장갑을 갖고 왔다.
"희숙아, 넌 멀리 비켜 있어."
"........."
장백산은 왼손에 고무장갑을 끼고 개의 자궁 속으로 조금씩 조금씩 손을 집어 넣기 시작했다. 그리고 한 마리씩 새끼를 끄집어 내기 시작했다. 모두가 11마리였다. 하지만 예상대로 새끼는 모두 사산이었고, 딱 한 마리만 살아있었다.

백산이는 새끼의 몸을 깨끗이 닦은 뒤 탯줄을 가위로 자르고 소독약을 발랐다. 그리고 가장 튼실해 보이는 어미의 젖에 새끼를 물렸다. 새끼는 한참을 바둥대다가 가까스로 엄마의 젖을 입에 물고 빨기 시작했다. 다행히 어미의 젖은 풍족했다.

하지만 백산이가 최선을 다해 어미를 돌보았는데도 새끼를 낳은 지 일주일만에 새끼의 엄마는 죽고 말았다. 백산이는 어미가 죽자마자 곧 새끼를 어미의 젖에서 떼어놓았다. 그리고 죽은 어미를 경운기에 싣고 양지 바른 곳에 묻어 주었다.

어미의 젖을 혼자 먹고 일주일 동안 기구한 생명을 이어온 강아지를 백산이가 정성을 다해 동물병원에서 구입한 우유를 먹여 살려내었다. 백산이는 궁리 끝에 그 새끼강아지를 부대로 데리고 가기로 결심했다.

'아버지 엄마가 우유를 먹여 키울 시간이 안될 거야. 동생은 매일 학원에가서 밤 늦게야 돌아오고, 안되겠다. 부대로 데리고 가서 부대원들과 함께 우유를 돌려가며 먹여 키워야겠어… 그리고 훈련을 시키자 그래서 훌륭한 폭발물 탐지견으로 만들어야지.'

백산이는 결국 그 새끼강아지를 데리고 부대로 귀대했다. 그리고 그 동안 되어진 상황을 상관에게 자세히 보고한 뒤 겨우 허락을 받아 정성을 다해 새끼를 키우기 시작했다. 그리고 강아지의 이름을 장군이라고 지었고, 장군이는 부대 안에서 모든 병사들의 귀여움을 독차지했다.

장군이는 백산이와 여러 병사들의 사랑을 듬뿍 받으며 하루가 다르게 쑥쑥 자랐다. 아마도 장군이의 혈통은 독일산 세파트를 닮아보였다. 장군이는 백산이를 그림자처럼 따라다니며 행복해 했다.

백산이가 외출이라도 나갔다 돌아오면 길길이 뛰면서 눈물이 날 만큼 좋아서 어쩔 줄을 몰랐다.

"형, 하루종일 어디갔다 이제야 돌아온 거야. 날 버리구 어디로… 날 버린 줄 알았잖앗! 이 다음엔 나도 꼭 데려가 달라구 엉?"

백산이는 그렇게 자신의 얼굴을 연신 핥아대며 껑충껑충 뛰는 장군이의 머리를 연신 쓰다듬어 주며 말했다.

"그래, 알았다 알았어. 이 다음엔 꼭 데리고 갈게 야단법석 좀 그만해!"

장군이는 백산이가 다른 군견들보다 유독 관심과 사랑으로 대해 준 탓인지 여느 군견들보다 월등히 영리했고, 폭발물 탐지견으로서의 능력이 탁월했다. 머리통이 컸고 가슴이 떡 벌어진데다 발바닥이 곰발바닥처럼 크고 강했다. 송곳니가 칼끝처럼 예리하고 날카로운데다 지구력과 인내심이 월등히 강했다.

백산을 향한 장군이의 충성심은 다른 전우들이 놀랄 만큼 대단했다.

"눈도 채 뜨지 못할 때부터 백산이가 자나깨나 안고 다니며 우유를 먹여 키웠으니 뭐……."

전우들은 입을 모아 그렇게 장군이의 충성심을 칭찬했다. 이제 문제는 백산이가 제대하게 되면 장군이의 입장이 어떻게 되느냐는 것이었다.

군견훈련소에서 특수 훈련을 받은 개는 비록 개이긴 하지만 군에 소속된 군의 재산이기 때문에 백산이가 마음대로 집으로 데려갈 입장이 못 되었다.

그 날도 백산이는 장군이와 함께 철책선 부근의 숲 속에 묻혀 있을지도 모르는 지뢰나 폭발물을 탐지하고 돌아오는 길이었다. 백산이가 트럭 바닥에 엎드려 졸고 있는 장군이의 목을 끌어안았다.

"장군아, 이제 곧 형은 제대한다. 너를 두고 제대하기가 너무도 가슴 아프지만 어쩔 수가 없어. 장군아, 아무쪼록 형이 없어도 씩씩하게 임무완수 잘 해야 한다. 형이 가끔씩 찾아올게."

그렇게 말하는 백산이의 말을 알아들었는지 어쨌는지 장군이가 끙하는 신음소리와 함께 백산이의 뺨을 마구 핥아대었다.

"아그, 간지러워, 이놈아."

백산이가 장군이의 혓바닥을 피하면 피할수록 장군이는 더 열심히 백산의 뺨이며 손등을 열심히 핥아대었다.

"장군아!"

부대 앞 마을입구에서 트럭이 잠깐 멈추었다. 선임하사가 모두들 내리라고 명령했다. 나온김에 모처럼 막걸리나 한잔씩 마시고 가자는 뜻이었다.

백산은 장군이를 가게 마당에 있는 대추나무에 묶어놓고 얼굴에 재갈을 씌웠다. 말하자면 사람을 물거나 큰소리로 짖지 못하도록 자물통을 채워 놓은 것이나 매한가지었다. 행여 지나가는 사람을 물기라도 하면 보통 큰 일이 아니었다. 하지만 그것이 화근이었다.

때마침 오토바이를 타고 그 옆을 지나가던 개장수가 잠깐 사방을 두리번거리다가 재빨리 끈을 잘라버리고 장군이를 망 속에 쳐 넣은 채 쏜살같이 어데론가 사라지고 말았다. 장군이처럼 잘 생긴 개는 임자만 제대로 만나면 수백만 원 받기가 어렵지 않다고 생각했기 때문이었다.

전우들과 함께 막걸리 몇 되를 다 마시고 나온 백산은 커다란 쇠망치로 뒤통수를 세게 얻어 맞은 듯 눈앞이 깜깜해지는 느낌이었다.

"자… 장군아, 장군아, 어딧냐!"

그것이 백산이와 장군이가 슬픈이별을 하게 된 뼈아픈 내력이었다.

어느 새 저녁노을을 받으며 백산이의 눈에 눈물이 글썽이고 있었다.

'장군아, 막걸리 마시느라 형이 방심했던 탓에… 어디든 살아만 있다면 땅 끝까지라도 찾아가서 널 데려 오겠는데… 아, 장군이가 너무도 보고 싶다.'

장백산은 조용히 일어나 억새풀이 파도치고 있는 밭머리를 향해 걸음을 옮겼다. 거기 조그마한 봉분 앞에 털썩 앉아, 봉분을 어루만지며 말했다.

"장군이 엄마, 장군이를 찾을 수가 없네. 그래도 희망을 포기하지 않고 장군이를 찾아봐야겠어."

독신녀

　여자란 참 속내를 측량할 수 없는 존재임에 틀림없다. 물론 모든 여자들이 다 그럴 리는 없다. 그런데 어찌하여 보영이라는 여자는 그날 고시촌 근처의 폭포에서 처음 만난 민혁을 그토록 잊을 수 없어, 밤마다 솟고라지는 욕정의 불길을 참아내기 그토록 힘들어 하는 것일까.
　태어난 이래로 민혁처럼 마음에 꼭 들어오는 남자를 한 번도 만나본 적이 없었다.
　무언가 모르게 민혁에게서 풍겨나오는 독특한 카리스마가 보영으로 하여금 밤마다 엎치락 뒤치락 잠 못 이루게 만들고 말았다. 보영 스스로도 깜짝 놀랄 만한 일이었다.　아직은 남들이 그저 답답하게만 생각하는 고시4수생이라는 것 외엔 별 볼 일 없고, 게다가 결혼까지 한 남자인데 어쩌자고 이 모양인지 참 답답한 노릇이었다.

　'일단 단둘이 차라도 한잔할 구실을 만드는 일로 물꼬를 터 봐야겠어…….'
　요즘 보영은 그런 생각으로 머리가 가득 차 있었다. 학수를 만나 어디 대출 보증을 서 줄 사람을 소개해 달라고 언거번거하며 수다를 좀 떨었을 뿐인데 학수는 자신을 고시촌 계곡으로 끌고가 민혁을 만나게 했다.

고시준비생인 민혁이 무슨 돈많은 재벌의 아들도 아닌데 그랬다. 하지만 보영이가 필요하다는 일억쯤의 돈이라면 민혁의 앞으로 등기되어 있는 집을 담보로 해서 충분히 대출받을 수 있다는 것이 학수의 생각이었다.

학수가 민혁을 얼마나 어리숙하게 보았으면 생전처음 보는 여자에게 보증을 서 줄 계기를 만들어 준 것일까.

사실 보영이는 1억쯤의 돈을 조달받을 수 있는 배경이 전혀 없는 것은 아니었다. 5년 전부터 심심풀이 삼아 사귀어오고 있는 방 사장에게 부탁해도 될 것이었다.

게다가 미국에서 슈퍼마켓을 제법 크게 하는 엄마에게 통사정하면 1억쯤은 별로 어렵지 않게 조달받을 수 있는 상황이긴 했다. 그리고 압구정동 목좋은 곳에 3층짜리 상가건물을 갖고 있는 오빠에게 말해도 일억쯤 융통하기는 어렵지 않은 처지였다.

엄마는 오빠에게 그 빌딩을 사 주면서 보영이와 함께 돈 걱정 없이 살도록 해 주고 미국으로 건너갔지만 보영은 오빠와 함께 같은 집에서 사는 게 너무도 싫었다.

그날 학수를 찾아가서 언구럭을 떨며 학수를 갖고 논 것은, 어쩌면 나이 30에 올라선 노처녀의 우울함을 아직도 총각인 학수에게 무턱대고 털어놓고 싶은 심정에서였는지도 몰랐다.

'민혁이란 그 사람, 참 유별난 사람이야, 여지껏 만나본 남자들 중에서 최고로 끌리는 남자거든… 어떻게 수습하냐 이 울렁대며 잠 못드는

불면의 시간들을…….'

　보영은 문득 생각난 사람이 있는 듯 핸드폰을 들고 다이얼을 눌렀다.
　"오빠?"
　핸드폰 속에서 심드렁한 오빠의 목소리가 들려왔다. 오빠의 목소리는 언제 들어봐도 그랬다. 도대체 반들반들 윤이 나는 구석이라곤 한 군데도 없었다.
　"응, 웬일이냐 한동안 감감 무소식이더니?"
　"좀 바빴어. 양주 카페를 새로 내는데 실내장식이 마음에 들지 않아 업자를 바꾸느라."
　"대체 말이다. 넌 그 술집 안하면 목구멍에 풀칠한 방법이 전혀 없니? 술집은 뭘 하러 또 손대?"
　"오빠, 오빤 내 마음을 몰라서 그래, 술집을 운영하다보면 많은 나그네들이 오가며 들러서 차마 털어놓지 못했던 고달픈 인생살이라든가, 찌들어 단내가 풀풀나는 고독의 진액을 함께 나누어 마신다든가, 이런 저런 사는 얘기들을 절절하게 펼쳐 놓고 앉아서, 서로 처해진 입장이나 처지를 하소연하는 재미가 어떤지 몰라서 그러지? 내겐 술집이 바로 문학이거든."
　"괴망 떨지말구, 미국에다 전화해 봐!"
　"왜? 무슨 일 있어?"
　"엄마가 또 위앓이가 시작된 모양이야."
　"아니 미국 같은 초강국, 초특급 나라에서 위앓이쯤 훌륭한 의사에게 치료받으면 금새 멀쩡해질텐데, 또 그래?"
　"아무리 병원치료 받아도 엄마는 그 속앓이병 고치기 힘들어, 수십 년 동안 사채시장을 주물러 오면서 오죽 스트레스를 받았어야지. 그게 바로 홧병이란 건데, 엄마 그 홧병 조금이라도 고쳐드릴 맘 있으면 너라도 빨리 괜찮은 신랑 만나서 시집 가라구. 행여 미국에다 또 술집 차린다는 말 해봐라. 그땐 쇼크로 엄마 돌아가실지 몰라."

"동물병원은 잘 돼?"
"뭐, 요즘은 반려동물을 많이들 기르니까. 그런데 며칠 전 느닷없이 괴물 같은 놈이 들이닥치더니 우리 개를 몇 마리 왕창 작살내는 바람에……."
"뭐, 괴물? 송강호 나오는 영화의 그런 괴물?"
"아냐."
"그럼?"
"난 그런 일 하기 싫은데, 우리 동네 잘 알고 지내던 손님이 개를 팔아달라고 가게로 데리고 왔는데, 그 개가 글쎄 완전 괴물이었다니깐? 그냥 동물병원을 온통 초토화시켰어. 난 생전에 그렇게 괴물처럼 무서운 개는 처음 봤다."
"그래서? 그럼 손해배상 청구해야지."
"지금 봐서는 별 볼 일 없는 고시 준비생인데 사람이 참 착하고 정직한 데다 같은 동네 살다보니 오래 전부터 잘 알게 된 사이였고, 그러니 박정하게 대할 수도 없구. 그냥 한 팔백만 원만 물어달라구 했어. 내가 뭐 돈에 쪼들리는 형편도 아니구."
"고시 준비생?"
"그래 결혼까지 한 젊은인데 사람은 참 성실하고 참신한데, 어떻게 그런 괴물 같은 개를 키우고 있는지 모르겠어."
"………"

"왜 아무 대답이 없냐? 너 혹시 술집 차린다며 돈이 필요해서 전화한 거 아냐?"

"아, 아냐 그냥."

"돈이 얼마나 필요한지는 모르겠지만 꼭 써야 할 돈이라면 말해. 하지만 엄마 생각을 해봐. 엄마가 너 술집 차린다는 사실 알면 당장 비행기 타고 날아오실지도 몰라."

오빠와의 대화를 끊고 탁자 위에 던지듯 핸드폰을 내려놓은 보영은 잠깐 창 밖으로 시선을 내어 몰았다. 집 주위에 잘 조경되어 있는 각종 관상수들이 겨울나기에 벌써부터 마음이 추운 듯 오르르 떨고 있는 모습이 스산하기 짝이 없어 보였다.

'괴물을 데리고 왔던 사람이 고시 준비생?'

보영은 무엇에 생각이 미쳤는지 다시 핸드폰을 들고 민혁이 거처하고 있는 고시촌에다 전화를 걸었다. 신호음은 금방 끊어졌다.

"여보세요? 고시촌 맞죠?"

"네, 그런데요."

"거기 강민혁이라구… 지금 통화좀 할 수 있을까요?"

"집에 내려가 있는 지 벌써 한 달째인데요?"

"네? 집에 내려갔다구요? 벌써 한 달이나요? 그럼 이제 공부 안한데요?"

"아니에요. 집안 사정이 좀 있어서 그런가봐요. 곧 다시 올거에요, 누구세요?"

"아, 그냥 잘 아는 사인데요. 혹 그분 핸드폰 번호 좀 알 수 없을까요?"

보영은 전화를 받은 여인으로부터 민혁의 핸드폰 번호를 가까스로 알아내어 자신의 핸드폰에 입력시켰다. 그래도 행여 잃어버릴까 염려가 되었던지 볼펜으로 또박또박 메모지에 써서 소중하게 거울 옆에 끼워놓았다. 보영은 속으로 썩 자신감을 가지고 중얼거렸다.

'뭐, 유부남이면 어때, 요즘 유부남과 연애하는거 흉도 아냐. 하고 많은 남자들이 모두 나를 탐내는데 민혁씬들 별 수 있을려구. 시도때도 없이 불쑥불쑥 보고 싶고, 할 수만 있다면 언제라도 함께 마주앉아 눈길을 마주치고 싶을 만큼 보고 싶은 남자야.

그녀는 민혁의 핸드폰 번호를 실수없이 꼭꼭 눌렀다. 곧 신호음이 끊기고 부드러운 음성이 들려왔다.

"여보세요?"

"안녕하세요. 저 보영이에요. 유보영."

"유보영?"

"벌써 잊으셨어요, 얼마 전 학수와 함께 고시촌에서……."

"아, 알겠습니다. 안녕하셨습니까. 근데 어쩐 일로……."

"지금 혼자세요?"

"아뇨, 아내와 함께 있습니다. 개가 몸이 많이 아파서."

"개요?"

"네, 우리집 개요"

"민혁 씨네 개가 괴물처럼 생겼담서요? 동물병원에 있던 개들을 마구 물어죽이고 난리법석을 친……."

"엣? 보영 씨가 그걸 어떻게 아시죠?"

"호홋! 전 천리안을 가졌거든요. 호호호, 사실은 그게 아니라 우연히 알게 되었는데 그 괴물이 난장판을 친 동물병원 원장님이 바로 제 친 오빠거든요"

"옛? 동물병원 원장님이 오빠라구요?"

"그래서 사람들은 죄 짓고는 못 산다나 봐요. 세상이 그렇게 좁으니 말이죠"

"그랬군요. 어쨌던 우리 개가 보영 씨 오빠네 동물병원을 난장판을 만들어 놔서 정말……."

"뭐, 제가 무슨 상관이 있나요? 그나저나 민혁 씨, 한번 만나 뵐 수 없을까요?"

"왜? 무슨 일이 있습니까?"

"아이, 뭐 꼭 무슨 일이 있어서는 아니구요. 그냥 한번 만나서 차라도 한잔 하면 안되나요?"

"글쎄요. 특별히 용무가 있는 것도 아니라면 굳이 만날 필요가 없잖습니까?"

"우리 오빠네 가게 옆에 '황제'라는 카페가 있잖아요. 거기서 내일 만나서 차 한잔 할까요? 12시 30분쯤에요. 기다릴께요오?"

그리고 보영은 핸드폰을 딱 끊어버렸다. 그녀는 속으로 쾌재를 지르며 중얼거렸다.

"안 나오면 쳐들어가지 뭐, 후훗! 어쩐지 감이 좋은데?"

기 도

　새벽 3시, 민혁은 소리 안 나게 잠자리를 벗어나와 겉옷을 걸쳤다. 수정은 풍의 발을 손에 쥔 채 곤하게 잠들어 있었다.
　민혁은 수정의 잠을 깨우지 않으려고 조심조심 걸어서 현관을 나섰다. 민혁이 새벽하늘을 올려다 보았다. 별들이 모래알처럼 새벽하늘을 수놓고 있었다.

　그는 승용차 엔진소리에 수정의 곤침을 깨울까봐 발걸음을 죽이고 교회로 향했다. 민혁은 수정과 함께 앉아 예배를 드렸던 의자에 조용히 앉아 눈을 감았다.
　지금까지 살아오면서 이토록 자신감을 잃어본 적이 없을 만큼 자신의 삶이 너무도 허황하게 무너져 버린 듯해서 마음이 심히 아팠다. 그칠 줄 모르고 가슴을 짓누르는 자괴감으로 민혁은 고개를 떨구어 놓은 채로 어깨를 떨었다.
　물론 친구처럼 사랑하는 반려견 한 마리에게 얽매인 자신의 모습이 한없이 참담하기도 했지만, 무엇보다도 민혁의 가슴을 사정없이 물어

뜯고 있는 절망감은 자신에 대한 배신감 때문이었다.

'이 모습으로 어떻게 자신을 수습하며 인생을 살아갈 수 있을까 …… .'

지금 민혁의 괴롭히는 가장 절실한 문제는 물론 똥이 죽지 않고 살아나야 한다는 생각으로 머리가 아프지만, 정작 자신은 많은 사람들 앞에 거리낌없이 큰 발자국을 내딛으며 살아갈 수 없다는 절망감 때문이었다.

'내 영혼의 내면에 웅크리고 있는 악마적 자존심이 나를 얽어매고 기를 죽게 하는구나… 어떻게 내 속에 똥을 죽이고 싶은 분노의 마그마가 끓고 있었단 말인가. 이런 식으로라면 사람인들 못 죽이겠는가 … 사람들이 내게 똥처럼 큰 실수를 범했어도 나는 똥에게 휘둘렀던 악마적 본성을 끝까지 참아낼 수 있었을까? 이런 인면수심으로 어떻게 법정에서 판결문을 두들길 수 있겠는가…….'

무엇보다도 똥이 살아나지 못하고 죽기라도 한다면 자신을 바라보고 살아갈 수정의 눈빛이 예전같지 않을 것이라는 공포감으로, 민혁의 신음소리가 교회의 천정을 울렸다.

현재로서는 똥이 다시 살아나는 것만이 민혁과 수정의 사이에 벌어진 사랑과 영혼의 크레바스가 그나마 간신히 아물어질 수 있을 것이라는 간절함이 민혁의 가슴을 아프도록 물어 뜯었다. 민혁은 새삼 똥의 몸을 죽을 만큼 사정없이 두들겨 팼던 자신의 모습을 떠올리며 몸을 떨었다.

사실 결혼 후 민혁은 수정을 따라서 교회의 문턱을 넘나들었지만 겉차림일 뿐이었다. 어려서부터 엄마의 손을 잡고 교회의 문턱을 넘나들었지만 민혁의 영혼은 교회의 주변을 겉돌기만 했지, 믿음은 거의 없다 해도 과언은 아니었다. 하지만 지금 이 순간 민혁은 보이지 않는 신의 존재를 확인하고 싶은 간절함이 가슴을 찢고 있었다.

"하나님, 저는 사람이 아니라 괴물이었습니다! 저를 용서해 주실 수 없습니까."

민혁은 고개를 떨구고 울었다. 그렇게 고개를 떨군 채 애절함으로 하나님을 연신 부르고 있을 때 누군가 민혁의 옆에 소리없이 다가오는 인기척을 느끼고 민혁이 고개를 들었다. 수정이었다.

수정이 민혁의 옆에 조용히 앉았다. 수정이 살며시 민혁의 손을 잡았다.

"오빠."

민혁이 차마 수정의 얼굴을 쳐다보지 못하고 신음섞인 목소리로 말했다.

"자지 않고서 왜 왔어."

"오빠가 소리없이 현관을 나서는 모습을 나는 보았지."

"거듭 말하지만 미안해 수정아, 그 말밖에는 할 말이 없어."

"오빠, 너무 자책하지마. 설사 뚱이 죽는다 할지라도 오빠를 사랑하는 내 마음은 변치 않아. 너무 자신에 대해 그렇게 절망하지마, 난 뚱이 죽는 것보다 오빠가 자신에 대해 절망하는 것이 더 무서워."

"정말 미안해, 수정을 볼 낯이 없어."

수정이 차분해진 말로 민혁의 귀에 대고 속삭이듯 말했다.

"오빠, 많이 생각해 봤는데 말야. 뚱이 그때 그렇게 엄청난 짓을 저질렀는데도 불구하고 오빠의 반응이 아무렇지도 않은 듯 잠잠했다면 그때야말로 나는 오빠에 대해 절망했을 거야. 악한 것을 보고도 아무런 응징도 못하는 남자가 난 싫어졌을 거야. 오빠는 선과 악의 중간에서 악을 응징하고, 선한 사람의 손을 들어주는 정의의 법관이 되어야 해, 악한 것을 보고도 분노하지 않는다면 그건 죽은 양심 아닐까?

우리 아빠 말이야, 그렇게 신앙심이 깊고 많은 사람들에게 존경을 받는 분인데도 집에 강도가 들어와 엄마의 목에 칼을 들이댔을 때 목검으로 사정없이 강도들을 두들겨 줬어."

"고마워, 수정아 그렇게 말해줘서. 고마워, 수정아······."

"오빠, 그만 집에 가자. 우리의 인생이 뚱이 때문에 갈피를 못잡고 허둥댄다면 우리 둘 다 너무도 비참하잖아. 그만 집에 가자, 오빠."

"알았어, 수정아. 그만 집에 가자."

두 사람이 교회를 나섰을 때 새벽하늘을 수놓은 별들은 여전히 찬란하게 빛나고 있었다. 별똥별 하나가 어딘가로 쏜살같이 떨어지고 있었다. 수정이 속삭이듯 말했다.

"오빠, 저 별똥별을 줍는 사람은 참 좋겠다. 아무도 상상할 수 없는 아름다운 선물을 받았으니까 말야. 그렇지 오빠?"

민혁이 수정의 말에 조그맣게 대답했다.

"지금 이 순간 사랑의 별똥별 하나가 우리 사이에 떨어졌잖아."

"맞아 오빠. 그 사랑의 별똥별을 천국까지 안고 가자, 오빠. 뚱이 우리가 없는 걸 알면 얼마나 놀라겠어."

뚱이 앓아 드러누운 지 오늘로 20일째로 접어들었다. 아직도 뚱의 건강상태는 조금도 호전되는 것 같지 않았다. 아직까지도 뚱이 죽지 않고 숨을 쉬고 있는 것이 기적이었다.

상처가 워낙 심해서 함부로 몸을 들어 병원에 옮기는 것도 여간 조심스럽지 않았다. 별수 없이 유보성 원장은 자신의 병원에 있는 수술도구를 갖고 와서 부러지고 찢어진 곳 여러 곳을 수술하기를 그냥 민혁네 집 응접실에서 실시할 수밖에 없었다.

그래도 죽지 않고 살아있는 것이 놀랍다며 유보성 원장이 감탄했다.

수정이 정성껏 암죽을 끓여 입 안에 떠 넣어주어도 뚱은 이내 입을 꾹 달아버렸다. 철근처럼 굵고 우람했던 뚱의 힘줄과 몸은 그새 앙상하게 뼈다귀만 남았다고 해도 과언이 아니었다.
　그 사이 민혁의 체중도 5kg이나 줄었다. 도벨만 주인과의 약속 날짜도 며칠 남지 않았고, 동물병원 원장님에게도 팔백만 원을 속히 갚아야겠는데 돈은 아직도 장만할 방법이 없다.
　뚱은 쉽사리 회복할 기미를 보여주지 않고, 고시촌에서 나온 지 벌써 한 달이 다 되어간다. 목구멍이 포도청이라 뚱 때문에 둘 다 손놓고 있을 수도 없고⋯ 수정은 매일 회사로 출근해야 했다.

　오늘 아침에도 수정은 아침을 뜨는 둥 마는 둥 숟가락을 놓고 출근 채비를 서두른다. 수정의 옆 얼굴이 무척 수척해 있었다. 윤기가 자르르 흐르던 예쁜 살집도 어디로 갔는지 흔적이 없다.
　"오빠, 미안해 하루종일 뚱 간호하려면 오죽 답답하고 짜증날까."
　"괜찮아. 어서 다녀와. 집안 일은 걱정마. 오늘도 내가 빨래랑 설거지랑 집안청소 등 다 깨끗이 해 놓을께."
　"복지부 장관과의 인터뷰만 마치면 곧바로 퇴근할 수 있을 거야. 닭죽 끓여 놓은 것 뚱 먹여야 해. 안 먹을려 해도 억지로라도 먹게 해봐 응? 무슨 수를 써서라도 뚱을 꼭, 꼭 살려내야해, 오빠?"
　"그래야지. 어서 다녀와."
　수정은 눈물이 글썽글썽 한 채로 뚱에게로 다가갔다. 뚱의 눈이 반쯤 떠진 채로 초점을 잃은 채 움직이지 않았다. 그녀는 언제나처럼 뚱의 머리와 목을 타는 듯한 마음으로 쓰다듬으면서 가슴으로 말했다.
　'뚱아, 절대로 죽으면 안돼, 너 때문에 몇 천만 원 손해보았지만, 그래도 괜찮아. 아직 민혁오빠는 모르지만 이 집을 팔고 변두리로 가면 넓은 초원에 이보다 더 아름답고 좋은 집을 지을 수 있는 땅이 준비되어 있어. 민혁오빠에게 모든 것을 이야기할 거야. 너만 옛날처럼 씩씩하게 살아만 준다면 아무 걱정없어. 어서 정신차리고 벌떡 일어나보렴, 응? 네가 마음껏 뛰어놀 수 있는 드넓은 초원이 우리를 기다리고 있어. 어서 건강을 회복해 뚱아.'

덫

수정이 출근하고 난 뒤 민혁은 소파에 조용히 몸을 내렸다. 그는 창밖에서 초겨울의 찬바람에 바들바들 떨고 있는 목련 나뭇가지를 물끄러미 내다보며 생각에 잠겼다.

'돈을 마련해야 하는데… 대책이 없구나. 은행에 아는 친구가 있으면 좋겠는데…….'

민혁은 돈 때문에 지금 마음이 몹시 안절부절한 것이었다. 사실 겁내지 말고 당당하게 은행 문을 떡 밀치고 들어가 일대일로 대출담당에게 사정을 털어놓으면 그깟 돈 몇 천만 원쯤 집 담보로 빌리는 것은 일도 아닐 것이었다. 그런데도 민혁은 어느 은행창구에 가서 무슨 말을 어떻게 끄집어 내어야 할지도 몰라 가슴이 답답했다.

민혁은 누군가에게 돈을 꾸어달라고 말을 꺼낸다는 것은 공포 그 자체였다. 대체 어떻게 무슨 말부터 꺼내어 돈을 빌려달라고 해야할지 난감하기 짝이 없었다. 돈을 빌리러 은행 문을 들어선다는 자체가 공포였다.

그때 또 전화벨이 울렸다.

"민혁 씨?"

"........."

"저예요, 보영이. 오늘 12시 30분에 황제 카페에서 만나기로 약속한 것 잊지 않으셨죠?"

"........."

"여보세요?"

"네."

"약속장소를 잊어버리시진 않았나 염려되어서 전화드리는 거예요."

"전 약속 안했는데요?"

"어머, 그랬었나요? 호호호, 어쨌든 다시 전화드렸으니 꼭 나오세요?"

"아, 알았습니다. 나가죠."

민혁은 주방으로 가서 설거지를 깨끗하게 끝냈다. 집 안 구석구석을 말끔히 치운 뒤 다시 뚱에게로 다가가서 쪼그리고 앉았다. 그리고 녀석의 눈두덩을 조심스레 쓰다듬으면서 속삭이듯 말했다.

"뚱아, 잠깐 나갔다 올게. 제발 기운 좀 차리고 벌떡 일어나 주렴."

민혁이 황제 카페에 들어섰을 때 저쪽 구석자리에 앉아있던 보영이 반가운 듯 손을 번쩍 쳐 들었다.

"만나뵙기 힘드네요. 민혁 씨."

"죄송합니다. 집에 사정이 있다보니."

"뭘루 드실래요?"

"커피 마실게요."

"그럼 커피 두 잔 주세요."

주문을 받은 아가씨가 돌아서자마자 보영이 민혁의 얼굴을 뜯어보듯 살피며 물었다.

"무슨 나쁜 사정이에요? 그 괴물 개 사건 땜에요?"

"네. 그 녀석 때문에 우리 부부 요즘 사는 꼴이 말이 아닙니다."

"아니 개 한 마리 땜에 민혁 씨 부부까지 사는 꼴이 말이 아니라뇨?"

"그 녀석이 글쎄 산책 나온 어느 신사의 개를 물어 죽이질 않나, 동물병원 개들을 죄 물어 죽이질 않나. 하여튼 그 녀석 때문에 졸지에 생돈 2천만 원 넘게 물어주게 생겼어요."

"옛? 2천만 원 넘게요?"

"도벨만 주인한테 천 오백만 원, 보영 씨 오빠 되신다는 동물병원 원장님한테 팔백만 원, 제겐 엄청난 거금이죠."

"돈이 문제군요. 민혁 씨."

"그래서 요즘 고시촌에도 못 올라가고 아내와 둘이 녀석 병 간호하느라고 밤을 거의 새우다시피하죠."

"병 간호라뇨?"

"제가 그 날 너무도 화가 나서 녀석을 죽도로 사정없이 팼거든요."

"어머나… 어느 정도 팼는데요?"

"워낙 화가 났던 터라 이성을 잃을 만큼요."

"아니. 그렇게 사나운 개를 뭣하러 그렇게 간병을 해서 살리려구 하죠? 나중에 사람을 문다거나 또 다른 집 개를 물어 죽이면 어쩌려구요?"

"그렇다고 아직은 살아있는 개를 내다버립니까? 무엇보다 제 아내가 그 개를 너무도 사랑해서요."

"제가 알기론요, 죽기 직전에 개장수한테 연락하면 아주 싼 값이긴 하지만 그래도 돈을 주고 사 간대요."

"개장수요? 그러니까 보신탕용으로 말입니까?"
"그럼요?"
"어떻게 기르던 개를 보신탕용으로 팝니까. 더군다나 제 아내에겐 말도 안되는 얘기입니다."
"아이, 민혁 씨도 참."
"보영 씨, 제가 지금 이러고 앉아있을 만큼 마음이 한가하지 못해서."
"근데, 돈을 구할 방법은 있어요?"
"아직 방법을 못 찾고 있습니다. "
"어쩌죠?"
"난감합니다."
"제가 알기로 이 동네는 꽤 부잣집들이 모여 사는 동네라 집값도 만만치 않다고 들었거든요. 민혁 씨 살고계시는 집 말인데요?"
"네."
"그 집 민혁 씨 소유예요?"
"그 집은 제가 결혼할 때 장인어른께서 우리 부부에게 선물로 사 준 집이죠. 명의는 제 앞으로 되어 있지만 제 집이라고 하기엔 적절치 않죠."
"민혁 씨 명의로 된 집이면 그걸 담보로 해서 대출을 받으면 돼요. 은행에 제가 잘 아는 친구가 있는데 소개해 드릴까요?"
"은행에 친한 친구가 있다구요?"
"그럼요. 것도 서너 군데요."
"네에……."
"민혁 씨, 돈 구하기가 저엉 힘드시면 제가 그 은행친구를 소개해 드릴까요?"
"글쎄요."

"허지만."

"예?"

"은행에서 2천만 원쯤 되는 소액취급은 별로 달가와 않죠. 일이억 이상이라면 모를까. 왜냐하면 담보가 믿을만 하니까 은행 쪽에선 가능한 많이 대출해 주고 이자를 늘려 받고 싶어하죠."

"………"

보영이 자신의 얼굴을 민혁에게 바짝 들이대며 말했다.

"민혁 씨 이렇게 하면 어떨까요?"

"어떻게요?"

"은행에서 한 일억오천쯤 빌리는 거죠"

"옛? 일억오천요? 뭣하러 제가 일억오천씩 빌립니까? 2천만 원 남짓 하면 모두 해결되는데요."

"민혁 씨가 3천만 원 쓰시고 1억 2천만 원은 제가 민혁 씨에게 빌리는 셈이죠. 물론 은행 이자는 또박또박 제가 갚는 거구요."

"보영 씨가 그렇게 많은 돈을 뭣에 쓰는데요?"

"호호호, 양주 카페를 하나 차렸는데 돈이 좀 모자라서요."

"………"

"돈을 떼일까봐 염려하지는 마세요. 전 돈 문제만큼은 칼처럼 약속을 지키는 여자죠."

"그런데, 은행에선 바로 돈을 줍니까?"

"그럼요. 서류만 확실하게 갖추면 쉽게 돈을 내어주죠. 아는 사람 좋다는 게 뭔데요. 그런데 개값 물어줄 날짜가 언제예요?"

"이제 3일 남았습니다."

"저런! 서둘러야겠네요. 법 공부하시는 분이니 잘 아시겠지만, 날짜를 지키지 않으면 당장 재산압류할 거예요. 그럼 썩 곤란해져요. 재산권 행사도 못할 뿐 아니라, 수틀리면 경매처분해 버리거든요. 그럼 민혁 씨가 매우 억울한 입장이 되는 거예요."

"그럼 보영 씨가 빨리 손 좀 써서 그 은행친구한테 돈좀 융통해보시죠."

"절 믿고 맡기실 거예요?"

"그럼요. 학수가 믿는 친구에다 동물병원 원장님 친동생에다."

"알았어요. 그럼 급한 불부터 우선 끄고 봐야죠. 제가 갖고 있는 돈 중에서 2천5백만 원 먼저 선불해 드릴테니 그걸 갖고 우선 개값이랑 우리 오빠 돈부터 갚고 보세요."

"그래 주시면 고맙죠."

"서류를 갖추어 갖고 다시 만나죠. 지금 저와 함께 은행으로 가서 제 통장에서 2천5백만 원을 찾아드릴테니."

"고맙습니다. 보영 씨. 이렇게 고마울데가."

세상물정 모른다고 사람들에게 면박받는 부류가 바로 민혁처럼 덩둘하고 어리숙한 사람들을 말한다. 맘자리가 너무 순수해서 그렇다쳐도 도대체가 하나에서 열까지 하는 짓이 마뜩찮고, 똑 부러지게 시원시원한 구석이 하나도 없으니…….

그런데 수정이는 그날 저녁 퇴근하자마자 민혁의 턱 앞에 얼굴을 바짝 들이대며 대책을 강구해 보자는 것이… 세상 물정에 무양무양해 빠지긴 수정이나 민혁이나 매한가지였다.

"오빠, 오다가 보니까 전봇대에 써 붙였는데 천만 원에서 5천만 원까지 당일로 돈 빌려준대, 이자도 아주 싸게 해 준다고 써 붙였어. 거기 가볼까?"

"전봇대에 써 붙였다구? 그렇게 돈을 쉽게 빌려준대?"
"그럼? 그 사람들이 거짓말하겠어? 전화번호랑 사무실 주소까지 다 있던데"
"………"

민혁은 잠깐 생각에 빠졌다가 곧 밝은 얼굴이 되어 말했다.
"아냐, 수정아, 돈 해결됐어. 걱정마."
"응? 정말? 어떻게? 오빠가 무슨 수로 돈을 장만했어?"
"세상 참 좁더라 전번에 학수랑 같이 고시촌에 놀러왔던 여자 있잖아."
"………"
"몰라?"
"그 사진 속의 여자? 그, 그 여자가 왜?"
"오늘 우연히 전화를 했어. 만나서 차 한잔 하자구. 마지못해 황제카페로 나갔지. 그런데 말야, 그 여자의 오빠가 바로 똥이 난장판을 친 동물병원 원장님이라잖아."
"근데, 그 여자가 어떻게 했다구?"
"자기가 잘 아는 은행 친구한테 말해서 돈을 대출해 주겠대."
"그래? 대출을 얼마 받는데?"
"1억 5천만 원."
수정의 입이 딱 벌어졌다.
"뭐라구? 1억 5천만 원? 아니 오빠, 그렇게 많은 돈을 왜 빌려야 해?"
"그 여자가 양주 카페를 차렸는데 자금이 부족하다면서 1억 2천은 자기가 쓰고 3천만 원은 우리가 쓰라네? 그 대신 돈을 빌리는 일은 자기가 전적으로 책임지겠다네?"

"………."

"그리고 일단 그 여자가 개값부터 먼저 주라면서 2천 5백만 원을 은행에서 찾아줬어. 날짜가 지나면 법적으로 압류해 버리면 나중에 우리 집 날아간다면서."

"응? 2천 5백만 원을 먼저 줬어? 그럼 우선 개값이랑 동물병원 변상해주고… 그럼… 우리 똥만 살리면 되겠네."

"그럼, 똥을 살려야지."

"하지만 께름직해, 하필이면 그 여자에게서 도움을 받는다니……."

"동물병원 원장님 동생이라잖아. 그 원장님 인격을 보더라도 그 여자가 우리에게 나쁜 짓 하겠어? 그리고 혹 무슨 불상사가 생기더라도 동물병원 원장님이 나서서 해결해 줄 거야."

"………."

상식적으로 생각해 보면 대체로 이런 경우 최소한 수정이만이라도 아버지나 엄마에게 사실을 있는 대로 털어놓거나 그게 어려우면 회사 선배들에게 지혜를 빌려도 될 것이었다.

세상을 살아가려면 산전수전 다 겪어봐야 삶의 덫을 피해서 살 수도 있고, 망할 일도 지혜롭게 피해서 살아갈 수 있는데 사회경험이라곤 거의 전무한 민혁과 수정이기 때문에 너무 어리숙하다는 표현이 맞을 것이다.

앞으로 전쟁터 같은 세상바닥을 비비대기치며 살아가려면 얼마나 험난한 가시밭길을 헤치며 살아내야 할까.

그렇긴 해도 인생만사 새옹지마라고 결과는 두고봐야 알 일이었다. 사람이 약삭빠르지 못하고 어수룩하고 주변머리가 없다고 해서 매사에 꼭 실패만 하라는 법도 없다. 왜냐하면 융통성이 없는 사람이라고 해서 모두 그렇게 앞뒤가 꽉 막혀서 평생 기를 못 펴고 사는 것만도 아니기 때문이다.

때론 가슴이 폭발할 것 만큼 답답하고 벽창호 같은 사람이 어느 날 갑자기 많은 사람들보다 앞질러 달려가더니 세상을 한주먹에 움켜쥐고, 쥐락펴락하는 데는 오히려 놀라운 능력을 발휘하는 예도 적지 않기 때문이다.

어쨌든간에 일단 개값을 물어줄 돈걱정은 덜었다 싶었던지 두 사람은 조금은 마음이 편해진 느낌이었다.

그날 밤에도 수정과 민혁은 뚱을 정성껏 간호했다. 뚱의 몸에 찔러넣은 링거 액이 거의 떨어져 가고 있었다.

하지만 꼼짝도 못하고 몸이 앙상할 정도가 되도록 누워 있는 지 벌써 한 달이 다 되어가는데 별 차도가 없다면, 어쩐지 뚱이 죽을 것만 같은 불길한 생각이 들어, 수정은 너무도 가슴이 답답했고 슬펐다.

어제도 왕진 온 수의사는 수술자국을 살펴보며 또 주사를 찔러 놓고서 여전히 고개만 갸우뚱거렸다.

"죽을 상태면 벌써 죽었죠. 벌써 한 달이 다 되어 가는데요."

원장이 민혁에게 물었다.

"그런데 말이죠. 죽검인데 그토록 파괴력이 있습니까?"

"죽검이라도 치는 사람의 내공의 정도에 따라 충분히 상대방을 죽이거나 다리쯤 부러뜨리는건 아무것도 아니죠. 필리핀의 전통무술은 신문지를 돌돌말아 사람의 손목을 못 쓰게도 하죠. 내가 그날 죽도를 들고 뚱을 팰 때의 내공으로 사람을 쳤다면 그 죽검은 어김없는 살인검이 되는거죠."

초 원

그날 밤에도 민혁과 수정이는 뚱의 옆에서 꽹이잠을 잤다. 두 사람 다 뚱을 거실 한 모퉁이에 혼자 두고 방에 들어가 편히 잠을 잔다는 것은 상상도 할 수 없는 일이었다. 거실 유리창을 뚫고 들어온 파리한 달빛이 핼쓱해진 뚱의 얼굴 위에 납덩이처럼 창백하게 떨어져 있었다.

뚱이 커다란 눈을 잠깐 떴다. 힘없는 눈빛으로 창 밖의 별들을 올려다 보며 뚱이 한숨을 길게 내어 쉬었다. 조금만 움직여도 팔다리가 끊어지는 듯 아팠다.

그날의 서울 밤하늘은 겨울비가 그친 뒤라서 그런지 너무도 맑고 투명해서 좀처럼 보기 힘들었던 별무리가 보석을 흩뿌려 놓은 듯 아름답게 빛나고 있었다.

뚱이 간신히 눈길을 돌려 자신의 목을 안고 잠들어 있는 수정을 바라보았다. 수정이 요즘 몰라볼 만큼 얼굴이 수척했다고 뚱은 생각했다.

순간 뚱의 눈에서 커다란 눈물 한 방울이 또르르 굴러 떨어지고 있었다. 어떡해서든지 자리를 박차고 일어나 옛날처럼 건강해져야겠다고 생각했지만 몸이 말을 들어주지 않았다.

뚱이 간신히 혓바닥을 내밀어 수정의 뺨을 핥았다. 뚱은 역시 생긴 것처럼이나 생명력이 검질긴 녀석이었다. 수정이 뺨에 느껴지는 뚱의 낌새에 눈을 반짝 떴다.

"아, 뚱아!"

수정의 눈에서 눈물이 쏟아졌다.

"뚱아, 자고 있지 않았니?"

뚱이 기력을 다해 수정의 코와 뺨을 핥고 있는 줄도 모르고 민혁은 코를 골며 자고 있었다. 수정은 그런 민혁을 깨우지 않았.

요즘 민혁의 얼굴이 마음고생으로 많이 수척해 있었기 때문에 그나마 여원잠을 깨워서는 안되겠다고 생각했기 때문이었다.

"뚱아, 어서 다시 건강해 주렴. 머잖아 아주 넓은 들판을 네 마음껏 뛰어놀 수 있는 곳으로 널 데리고 이사갈 생각이야."

아침이 밝았다. 수정이 닭고기를 넣고 쑨 죽을 뚱의 입에 갖다 대었을 때 음식이란 전혀 냄새도 맡기 싫어하던 뚱이 머리를 받쳐주자 조금씩 죽을 핥기 시작했다.

"오빠! 이것봐. 뚱이 죽을 먹기 시작했어!"

수정의 큰 목소리에 놀라 벌떡 일어난 민혁이 억지로라도 죽을 먹고 있는 뚱을 보고 금새 눈시울이 붉어졌다. 무엇보다도 뚱이 죽었다 살아난 듯 기뻐하는 수정의 모습에 민혁은 가슴이 뭉클해 왔다.

"뚱아, 고맙다. 어서 먹고 기운차리렴."

그리고 그로부터 일주일 후, 뚱은 벌떡 일어나 앉더니 닭죽을 냄비째로 비워 버렸다. 그리고 예전의 엄청난 식성을 되찾는가 싶더니 희미했던 눈동자가 맑고 초롱초롱해졌고, 바짝 말라 사막처럼 메말라 있던 코 끝이 반들반들 윤이 나기 시작했다. 뼈만 앙상했던 몸이 살이 붙기 시작하더니 얼마 후에는 우람했던 근육질이 다시금 프로 레슬러처럼 울근불근해졌다. 민혁과 수정은 뛸 듯이 기뻤다. 뚱이 완전히 살아났다는 기쁨에 날아갈 듯한 기분이었다.

"와! 오빠, 뚱이 완전히 회복되었어."

수정은 며칠 전부터 마음에 두었던 생각을 행동으로 옮겨 봐야겠다는 생각을 굳혔다.

'뚱을 더욱 건강하게 키우기 위해서는 넓은 땅이 펼쳐져 있는 시골에서 마음껏 뛰놀고 자랄 수 있게 해야겠어. 오빠도 고시촌에 들어가 있을 것이 아니라, 조용한 시골에다 조그맣게 집을 짓고 거기서 공부하는 게 낫지 않을까… 아빠가 말씀해 주셨잖아. 오빠네 부모님이 물려준 넓은 초원이 양주 땅 어디에 있다고… 서울에서 그리 멀지도 않고 말이지.

나는 어려서부터 숲과 나무, 철따라 속삭이는 새들의 노래소리와 풀벌레들의 합창이 너무도 좋았었지. 강아지들도 키우고 돼지도 한 마리 키우고 싶다. 소도 키우고 싶고, 닭들이랑 칠면조, 고라니와 멧돼지들의 친구가 되고 싶다.

하지만 아빠 말씀대로 민혁오빠가 시험에 합격하는 날 판도라의 상자를 열어야지. 조금만 참자.'

그런 저런 생각에 잠겨 꼼짝도 않고 서 있는 수정을 향해 민혁이 물었다.

"무슨 생각을 그리 골똘히 해?"

수정은 묻고 있는 민혁의 얼굴을 쳐다보며 진지한 눈빛으로 물었다.

"오빠, 우리 물 좋고 공기 좋은 시골로 이사 가면 어떨까?"

"글쎄, 그러면 오죽 좋을까만 그런 곳이 어디 있어? 누가 우리보고 들어와 살라고 땅이라도 주겠대?"

"뚱 말이야, 오빠, 뚱이 마음껏 뛰어놀 수 있는 그런 곳이 있음 참 좋겠다. 오빠도 고시촌엘 들어갈 게 아니라 우리 뚱과 함께 조그만 집을 짓고, 공기 좋은 시골에서 공부하는 게 좋지 않을까?

그리고 비로소 오빠한테 고백하는데 난 시골에 가서 살면서 강아지랑 닭도 키우고 싶지만 꼭 소를 한 마리 키울 거야. 그리고 소를 타고 다니면서 시장도 보고, 산나물도 캐러 다니고 말이지. 완전 자연과 함께 더불어 사는 거지."

수정의 말에 민혁이 크게 웃었다.

"뭐? 소를 타고 다니겠다구? 우하하하핫, 그게 정말 가능할까?"

"꿈은 꿈꾸는 자에게 이루어진다, 그런 말 못 들었어?"

"글쎄, 꿈은 좋지만 그런 곳이 어디 있어야 말이지."

"호홋! 오빠, 다시 한 번 말하는데 꿈꾸는 자에게만 꿈은 이루어진다. 알았어?"

민혁이 짧게 한숨을 토해낸 뒤 힘주어 말했다.

"당분간 집에서 공부할게. 뚱도 보살펴줄겸. 이제 덩치가 저렇게 컸으니 좁아터진 마당 한 구석에 허구한날 묶여만 있을려니 녀석도 어지간히 답답하긴 할 거야. 꿈 같은 전원생활이 당장은 이루어질 수 없다 할지라도 그런 곳을 그리면서 살자. 그럼 언젠가는 그런 꿈이 반드시 이루어질 거야. 말도 안되는 소리라고 귓등으로 흘려듣긴 했지만 성경말씀도 있잖아. 믿음은 보이지 않는 것들의 실상이라고."

"오빠, 우리 함께 그런 꿈을 그리면서 열심히 살자. 응?"

"응."

"와!"

그렇게 어린아이처럼 기뻐하는 수정을 보고 민혁은 자신의 모습이 초라한 느낌이 들어서 마음이 아팠다.

'수정이한테 너무 미안하구나…….'

수정이 민혁의 목을 와락 껴 안았다. 순간 수정의 눈앞에 광활하게 펼쳐진 푸른 초원을 똥과 함께 마음껏 뛰어노는 민혁과 자신의 모습이 영상처럼 흐르고 있었다.

'오빠, 두고봐, 꿈은 반드시 이루어질테니까. 아냐, 꿈은 이미 이루어져 있어.'

Vol. 02 이어집니다.

장군이 이야기
vol. 01

초판 펴낸 날   2024년 8월 15일

지은이   김 실
펴낸이   김종관
북디자인   함명희

펴낸 곳   도서출판 명장
등록   제2024-000068호 (2024. 7. 10.)
주소   서울특별시 중구 서애로3길 13-5
전화   (02) 2273-8384, 팩시밀리 (02) 2273-1713
이메일   ebenbooks@daum.net

Copyright©김 실, 2024, printed in Korea
979-11-988440-1-9 (04810)
979-11-988440-0-2 (세트)
값 15,000원

이 책은 저작권법에 따라 보호받는 저작물이므로 무단 전재와 복제를 금합니다.
지은이와의 협의로 인지는 생략하며, 잘못된 책은 교환해 드립니다.
본서는 전자출판진흥사업에서 제공된 Kopub world체와 함초롬체를
사용하여 제작하였습니다.